JN067580

マドンナメイト文庫

母娘奴隷 魔のダブル肛虐調教

深山幽谷

目次

contents

プロローグ……7

第1章　生け贄の美少女……10

第2章　おぞましき菊門検査……41

第3章　初めての口淫奉仕……75

第4章　アナルパールの快楽……109

第5章　梯子の上の全裸少女……141

第6章　アナル処女喪失……174

第7章　奴隷に堕ちた母娘……207

第8章　くすぐり責めの狂乱地獄……240

第9章　母娘レズクンニ……279

第10章　強烈アナルバイブ責め……308

第11章　前後同時口淫奉仕……340

第12章　悦虐の絆で結ばれた母娘……371

母娘奴隷　魔のダブル肛虐調教

プロローグ

太平洋の沿岸部に位置するH市は県庁所在地ではないが、東海地方有数の工業都市で郊外に自動車やバイクの工場をかかえ、人口も百万を超えて非常に活気があった。

岩崎《いわさき》総業の創設者である岩崎典夫《のりお》は本宅を県庁所在地のS市に構えているが、最近ではもっぱらこちらのH市郊外に新築された別邸で暮らしていた。

典夫は若いときに事業を興《おこ》して成功し、六十の還暦まであと二つとなった現在では岩崎総業のトップとして揺るぎない地位を保っていた。

岩崎総業は東海地方を中心に複数の事業を展開するグループ企業で、不動産、運輸、飲食などの分野の子会社を多数保有していた。

グループに属する企業の大半はまっとうで健全な会社であるが、なかにはダーティな要素を持つものもいくつか含まれていた。

というのは、若き日の典夫は裸一貫で事業を始めたので、実業家として成り上がるためにあくどい商売をやったり、裏社会との繋《つな》がりを持ったりしたのである。たとえば闇金並みの高利を取る金融業や、人身売買にも等しい雇用形態の人材派遣業などで、それらの名残《なごり》がグループ内に存在していた。

もっとも、さすがに岩崎総業そのものが健全化された現在ではおおっぴらな事業活動を行なっておらず、ほとんど実態のない幽霊会社となっていた。

しかし、それらの幽霊会社が依然として存続しているのは、典夫が彼の個人的な欲望を満たすためのひそかなパイプとして利用しているからであった。

彼は岩崎総業会長という表の顔を持ちながら、同時にサディスティックな女性凌辱者という裏の顔を持っていたのだ。

典夫はがっしりした大柄な体軀の持ち主で、若い頃から人一倍性欲が強かった。そして、六十近くになっても精力は衰えず、むしろサディスティックで変態的な嗜好を加えて、女体への残虐な征服欲をいっそう強めていったのである。

ただ、あいにくなことに、彼は女にもてるタイプではなかった。鼻が大きくて顎が左右に張り出したいかつい相貌で、陰湿そうな目には好色さと残忍さの入り混じった光がぎらぎらと輝いている。いわば、淫欲の塊《かたまり》ということがはっきりわかる顔つきで、到底女性の心にかなうものではなかった。

しかし、典夫は女にもてなくても、欲望を実現するための強力な武器を持っていた。事業の成功によって得た金と権力、そして若い頃に培《つちか》った裏社会との繫がりである。

彼はその方面の人脈を通じ、金銭などの弱みを抱《かか》えている女性の情報を得ることができた。それらのなかで彼好みの美人を見つけると親切ごかしに融資を行ない、やがて借金でがんじがらめに縛り上げてしまう。というのは、融資は高利の闇金業である例の幽霊会社から行なわれるからである。

こうして典夫に目をつけられた女性はヘビに睨まれたカエルのように身動きできなくなり、彼に肉体を提供せざるをえない状況に追い込まれるのであった。

そもそも、典夫が別邸に住んでいるのは、すでに疎遠になっている古女房を本宅に置き去りにして、だれにも邪魔されずに若く新鮮な女体を味わうためであった。

そのために彼はH市の繁華な市街地からやや離れた丘陵地帯に土地を購入し、屋敷林に囲まれた広い敷地の中に二階建ての宏壮《こうそう》な家屋を新築したのである。

いわば別邸は欲望を満たすための城で、残虐な城主である典夫は手に入れた女性を奴隷として支配し、SM的な責めを行ないながら存分に犯すのであった。

第一章　生け贄の美少女

1

五月のある日曜日、岩崎典夫は別邸にいて終始上機嫌であった。

屋敷に引っ越してくる娘の荷物が午前中に届き、午後には本人が到着したのである。

娘は名前を奈緒《なお》といった。H市内の私立女子高に通う一年生である。

典夫はすでに彼女の母親である北條美紗《きたむらみさ》を奴隷にして、数回にわたり肉体を凌辱していた。その娘を別邸に住まわせようというのだから、彼の悦びと期待は大きかった。

美紗は四十を二つ越えた年齢で、H市の歓楽街で「水月《すいげつ》」というスナックをやっていた。彼女は五年前に夫を交通事故で亡くし、残された一人娘の養育と自分の生活のために店を開いたのである。

美紗は美人で人当たりもよかったため、慣れない水商売でもそれなりに店を繁盛させることができた。彼女目当てに通う客がけっこういたのである。

だが、そんな客の一人として暴力団の幹部である男が常連になると、経営はたちまちおかしくなってしまった。男は一見紳士で問題を起こすことはなかったが、彼がヤクザであると知っている客が噂を広めたために他の客も怖がって店に近づかなくなったのだ。

それで美紗は赤字の店を支えるために借金を重ねたが、どうにも客足は回復せず経済的な苦境に陥ってしまった。

そんな彼女を救ったのは、やはり「水月」の常連客である典夫であった。彼は幽霊会社の一つを通じて男の組織と交渉し、男を「水月」への出入り禁止にしてやった。

美紗にすれば典夫はひとかたならぬ恩人ということになるだろう。

だが、これは典夫が仕組んだまったくの茶番で、そもそもヤクザの男は彼の意を承《う》けて「水月」に通いはじめ、また彼の指示によって店から姿を消したのである。

さらに典夫は美紗に多額の融資をし、彼女を借金漬けにしてしまった。

こうなると美紗はもう典夫の言いなりになるよりほかなく、週に一度彼の別邸に出向いて奴隷的な性奉仕を行なうようになったのである。

しかし、典夫の欲望の向かう先は美紗本人だけにとどまらなかった。彼は美紗に奈緒という娘がいて母親以上の美人であることを知ると、まだ高校一年であるにもかかわらず彼女の肉体も手に入れようとした。それで、彼は美紗に命じて奈緒を彼の別邸で暮らすようにさせたのである。

美紗は典夫が残忍で変態的性嗜好の持ち主であることを身をもって知っているだけに、娘を彼に預ければどのような目に遭《あ》わされるか容易に想像することができた。

しかし、経済的にも肉体的にも奴隷として典夫に支配されている身では彼の意向に逆らうことはできず、泣く泣く奈緒を差し出すことに同意したのである。

「会長、連れてきました」

娘を迎えに行った広沢《ひろさわ》一輝《かずき》は戻ってくると、すぐさま典夫の居室に顔を出した。

一輝は三十を二つ越えた年齢で、身分は岩崎総業本社の社員であるが、実際には典夫の屋敷に住み込んで彼の私設秘書のようなことをやっていた。つまり、典夫のプライベートな面で彼の手足となって働いているのであった。

「ご苦労。奈緒はいやがらなかったか」

「いいえ。母親にきっちり言い含められていたようで、素直に車に乗りました。もっとも、目は泣き腫らして真っ赤でしたが」

「あきらめがついて観念したということだな。それなら、いうことをきかせる手間が省《はぶ》けるというものだ」

「ヒヒヒ、手間をかけて、いうことをきかせるのが愉しみだったんじゃないですか」

一輝はいやらしそうに笑いながら媚びるような口調で問いかけた。彼は現代風なイケメン顔をしているが、表情はどことなく卑しげであった。

「いうことをきくといってもうわべだけの服従心だろう」

典夫は落ち着いた口調で応じた。

「偽りの服従心を見透かしたうえで、厳しく責めたり屈辱的な奉仕をさせたりするのが奴隷調教の醍醐味だ」

「そこまでお見通しなんだから、会長の奴隷にされる女は悪魔に魅入られたも同然ですな。母親の美紗もさぞかし責め甲斐のある奴隷に仕込まれたんでしょう」

「フフフ、あれは実に味わい深い肉体の持ち主で、感性もマゾ奴隷にうってつけだ」

典夫はお気に入りの奴隷のことを聞かれると、上機嫌に笑った。

「そして、一人娘の奈緒がこれまた美少女ときている。だから、屋敷に引き取ろうと思ったのだ。つまり、一から教育をして、わし好みの奴隷に仕込んでやろうとな」

「羨ましいかぎりですな。それで、美紗はどうするんですか」

「当分のあいだは『水月』の上で一人暮らしだ。美紗にとっても店をつづけるにはそのほうが都合がよいだろう。だが、機が熟したらあれもいっしょに屋敷で暮らさせる」

「機が熟すというと?」

「秀美《ひでみ》との離婚だ。女房と正式に別れないことには、法律やら女の嫉妬やらが足枷になってこちらの身動きが取れない」

「向こうは離婚する気はあるんですか」

「あるにはあるが強突張《ごうつくば》りで、財産の半分をよこせと言っている。それで難航しているというわけだ」

「じゃあ、そのあと美紗と結婚するんですか」

「それは何とも言えぬな。だが、法律上はともかく、奴隷妻という身分にしてやるつもりだ。そうすれば美紗もいっそう心を尽くして奴隷奉仕に励むだろう」

「奴隷妻とは聞いただけでもムラムラしてくるような響きがありますぜ」

一輝は羨望と追従《ついしょう》の入り混じった口調で相槌《あいづち》を打った。

「すると、奈緒は奴隷妻の子だから、さしずめ奴隷娘ということになりますか」

「奈緒にはわしを『お父さま』と呼ばせてやる。屋敷にきた奴隷娘は『お父さま』にどのような態度をとらなければならないのかを、早速教え込んでやるんだ」

「ヒヒヒ、お愉しみなことですな。それで、ちゃんと道具を用意してあるんだ」

「ということだ」

典夫は一人掛けの革ソファに腰を下ろしていたが、隣のサイドテーブルには革鞭、ディルドウ、麻縄、首輪、手枷、足枷などの責め具や拘束具が並べられていた。

大型の壁掛けテレビやキャビネットなどの備えられた居間でそれらの性具は異様な雰囲気を醸し出していた。しかし、典夫が別邸を構えたのは彼の性嗜好をかなえるためであることを頭の中に入れれば、本来寛《くつろ》ぎの場所である居間にＳＭ用具が置かれているのはなんら不思議ではなかった。

「もし、いうことをきかなければ、服従心を骨身に沁みるまで叩き込んでやる」

彼は革鞭を手で弄《もてあそ》びながら、部下の一輝に向かって奴隷娘に対する責めを予告した。

「もっとも、素直にいうことをきいたとしても、最初が肝心だからそれなりの躾《しつけ》をしてやるつもりだが」

「会長に責められては、どんな根性曲がりでも性根をなおすよりほかないでしょう。

あの顔立ちだから、極上の美少女奴隷に仕立てられますぜ」

「ところで、奈緒は今どうしているんだ」

「彩華《あやか》が風呂に入れてます。体の隅々まで洗ってから目通りをさせるそうです」

「そうか、完璧主義の彩華らしいな」

典夫はさもありなんと納得の声をあげた。

名前の挙がった彩華は一輝同様典夫の私生活を支える女性で、彼のアシスタントとして奴隷調教の役目を担っていた。きつい性格ながら日本人離れした彫りの深い顔立ちとしなやかな肉体の持ち主で、彼女の行なうＳＭレズ調教は典夫をいつも愉しませるのであった。

「今頃奈緒は浴室でヒイヒイ言わされているんじゃないですか。彩華が単なる入浴だけですますことはありませんからね」

「フフフ、彩華は完璧主義だからな」

一輝が興奮気味に話しかけると、典夫も笑いながら先の言葉を繰り返した。

「完璧主義の彩華によって前と後ろの穴を検査され、さらにわしに目通りをするための作法を躾けられるというわけだ」

「屋敷に到着した早々、おっかない奴隷調教師にこってり絞られるんだから、娘は地獄の一丁目に連れてこられたような恐ろしさを味わっていることでしょうな」

「たしかにおまえの言うとおり、奈緒にとってこの屋敷は地獄かもしれないな。だが、地獄であっても作法をきちんと身につければ、それなりに快適に暮らすことができる。いや、それだけじゃない。マゾの悦びを覚えれば、地獄の中に快楽を見出すことさえ可能になるだろう」

典夫は自信たっぷりに断言した。

「彩華はそのことがわかっているから、本人のためを思って最初から厳しく躾をしているのだろう」

「彼女自身が奴隷を責め嬲る悦びを味わっている面のほうが大きいんじゃないですか。彩華ときたら本当に虐め好きの女ですから」

「仮にそうだとしても、自分が愉しむことの中にわしを愉しませる要素が含まれているのだから、奴隷調教師としての役目をちゃんと果たしているということだ」

「会長を愉しませるとはどういうことで？」

「いくら奴隷が美人でも、それを責める調教師が目も当てられないブスでは雰囲気が台無しになってしまう。そこへいくと、彩華は女主人《ミストレス》のオーラを放つ女調教師で、彼女が美熟女や美少女の奴隷を責めるとじゅうぶん絵になるし、見ていて興奮するだろう」

「言われてみると、たしかに彩華の肉体は観賞価値がありますな。むちむちのボディを体にぴったり張りつく調教コスチュームに包んで鞭をふるう姿なんぞ、ＳＭアダルトの女優そっくりですから」

一輝は典夫の意見に深く同意した。彼も彩華が奴隷を仕置きするところを何度か目にしていたのである。

「だが、それにしても、性格がきつすぎますぜ。あの性格さえなければ整った美貌と魅力たっぷりのボディで男から引く手あまたの誘いがあったでしょうに」

「フフフ、美人でなおかつそういう性格だから、屋敷に欠かせぬ存在なのだ。奴隷を仕置きするのにうってつけの調教師じゃないか」

典夫は彩華の欠点を認めたうえで彼女を高く評価した。

「まあ、奈緒にとっては最初から彩華に絞られるのは不運といえば不運だが、彼女の洗礼を受けることによって奴隷の身分を骨身に沁みて自覚することだろう。彩華がどうやって奈緒をここに連れてくるか、期待じゅうぶんだな」

「俺も期待していますぜ。あれだけの顔立ちをしている娘が服の下にどんな肉体を隠しているか、想像しただけでチ×ポがむずむずと騒ぎ出してくるや」

一輝は露骨な表現で相槌を打った。しかし、典夫は部下の下品な言葉遣いを咎《とが》めるでもなく、かえって薄ら笑いを浮かべながら訊き返した。

「奈緒の裸を見たいのか」

「そりゃ、もちろん！　興味がわかないほうがどうかしていますぜ」

「フフフ、目の毒になっても知らないぞ。おまえは娘の体に触れずに、わしのやることを指を咥えて見ていなきゃならないんだからな」

「へへへ、わかっていますよ。会長は奈緒の肉体を指でじっくり検査して、そのあとここにある道具で仕置きをするって寸法だ。俺は会長の言うとおり、指を咥えて羨ましそうに見ていますぜ」

一輝は典夫に釘を刺されると、自虐気味に追従の返事をした。彼は彩華とは異なり、奴隷調教に参加することができなかったのである、
しかし、屈強な体力を誇る一輝の存在は奴隷調教にはなくてはならぬものだった。抵抗したり逃げようとしたりする奴隷を取り押さえ、典夫の前に引き据えるのが彼の仕事であった。つまり、一輝はボディガードを兼ねた奴隷の監視役であったのだ。

そして、たまには彼もおこぼれに与《あずか》り、典夫が存分にしゃぶり尽くしたあとの女体を犯すこともできた。

もっとも、奈緒は屋敷に到着したばかりの新参奴隷で典夫の関心と独占欲が強く、当分のあいだ一輝には手の届かない高嶺《たかね》の花になりそうであった。

だが、それでも典夫や彩華の奴隷調教を見物することは興味深く、典夫にも劣らぬ期待をいだいているのであった。

「フフフ、私のそばで待っていろ。もうすぐやってくるだろうから」

典夫は鷹揚《おうよう》に許可を与えたが、余裕たっぷりの笑い声には同じ男性である一輝に対する優越感が滲んでいた。

2

やがて彩華が典夫の居室に姿を現したが、先に一輝が顔を出してから一時間以上たっていた。

一輝の言うように、入浴ついでに肉体検査や躾という名目で、新来の娘を厳しく責めたのであろう。

しかし、彩華は男たちの予想に反してシックないでたちをしていた。彼女は立て襟の半袖上衣と裾がくるぶしにまで届くロングスカートからなる黒のワンピースを着て、ハイヒールのパンプスを履いていたのである。

「会長さま、お邪魔します……さあ、お入り！」

彩華は典夫に挨拶をすると、まだ外にいる娘に向かって呼びかけた。

「……」

一瞬の間合いを措《お》いて件の娘がおずおずと部屋の中に入ってきた。

そして、奈緒もまた風呂上がりとは思えない外見をしていた。というのは、高校の制服である紺のセーラー服を着て白のハイソックスで膝下を覆い、足には通学用の黒い革靴を履いていたからである。

女性たちは屋内でそれぞれ靴を履いていたが、そのこと自体は不思議ではなかった。屋敷の建物は洋館の構造をしているので、スリッパ以外に上履きの靴を履くことができたからである。

実際、典夫は部屋着のガウンを着て足にスリッパをつっかけていたが、外から屋敷に戻ってきた一輝はジャケットにズボンというでたちで革靴を履いていた。

だが、奈緒がセーラ服姿で現れたのは男たちにとって意外であった。この日は日曜日で学校は休みだったのである。特に、一輝は娘を屋敷まで連れてきたので、彼女が車の中では私服のシャツとスカートをつけていたことを知っていた。

もちろん、典夫にとっても入浴後のセーラー服は予想しづらく、驚きの念を禁じえなかった。

「初のお目通りですから、フォーマルな服装がよろしいかと思いまして」

彩華は男たちの心理を察したかのように説明した。

たしかに、高校の制服は冠婚葬祭にも着用することのできるフォーマルな服である。彼女が奈緒にそれを着せたのは、典夫の前に出るにはあらたまった心持ちを必要とすることを自覚させる効果を狙ったに違いなかった。

もっとも、効果はそれだけではなかった。セーラー服は中年男の想像力と淫欲を刺激する。そのことは典夫にも当てはまったのである。

「うん……」

典夫は満足そうにうなずきながら、セーラー服姿の奈緒にじっと目を注いだ。

目の前の少女は恐怖と緊張感に顔をこわばらせていたが、母親に劣らぬ美貌やセーラー服から滲み出す若々しい肉体の息づきは隠すべくもなく、典夫のサディスティックな情欲をゾクゾクとかき立てた。

「さあ、会長さまにご挨拶をしなさい。今日からおまえの父親代わりになってくださるのだから、感謝の気持ちを込めて挨拶をするのよ」

「……あ、あの、北條奈緒です。どうか、よろしくお願いします」

少女は消え入るような声で挨拶をした。ソファに座ったまま、脂ぎった顔つきで彼女を見上げている中年男がどのような人物であるのか、およその見当はついていた。

いや、およその見当どころか、そばに置かれたＳＭ責め具を見れば、彼が女性を鞭やディルドウなどで責めて悦ぶサディストであることは明らかであった。

彼女はそんな恐ろしい変態男が当主であるこの屋敷で暮らさなければならないのだ。

「わしがおまえの母親の恩人だということを知っているな」

「は、はい……」

母親の美紗は経営するスナックが赤字で莫大な借金を抱《かか》えている。その債権者が典夫であるのだ。

「そして、今度は娘のおまえがわしに面倒を見てもらうことになった。いわば、おまえたち親子にとって、わしは二重の恩人だ」

「……」

奈緒は唇を噛んだ。少女が典夫の別宅に住むのは、なにも彼女の希望ではなかった。むしろ、いやでたまらなかったのである。

しかし、典夫は畳みかけるようにつづけた。

「彩華はわしがおまえの父親代わりになるといったが、父親代わりでなくて父親になってやるんだ。だから、今日からわしのことを『お父さま』と呼べ。いいな」

「うっ……はい」

「言ってみろ」

「お、お父さま……」

「フフフ……」

典夫はとってつけたようなぎこちない声を聞くと、不気味な笑い声で応じた。彼は奈緒がいやいやながら言いつけに従っていることを見抜いていた。

しかし、だからといって、すぐに機嫌を悪くすることはなかった。なぜなら、偽りの服従心を見透かして責めの理由にするのは、彼にとって奴隷調教の大きな愉しみだったからである。

「『お父さま』と呼んだのだから、おまえはわしの娘だ。わしの娘になったからには、わしのいうことをきかなければならぬぞ」

「……」

「ところで、風呂に入ってきたのか」

「はい」

「何のために風呂に入ってきたんだ」

「あうっ！　そ、それは……」

典夫に訊《たず》ねられた途端、狼狽《うろた》え声をあげた。瓜実顔《うりざね》の美少女は部屋に入ってきたときは蒼ざめていたが、典夫の質問を受けるとにわかに赤みが差してきた。

「奈緒！　わかっているわね。どうしておまえがお風呂に入ってきたのか、会長さまにきちんと説明しなさい」

「うひっ……肉体の検査をしてもらうためです。奈緒は、お父さまに肉体の検査をしてもらうために、お風呂に入って体を隅々まで洗ってきました」

「フフフ、ちゃんと『お父さま』と言えるじゃないか」

典夫は少女の返事を聞くといっそう上機嫌に顔をほころばせた。

「そのとおりだ。おまえはわしの娘といっても、世間並みの娘ではない。頭のてっぺんから足の爪先までわしに支配される娘だ。おまえの身分は何なのか、彩華に教えられただろう」

「ううっ、教えてもらいました……私はお父さまに支配される奴隷です」

「フフフ、よくわかっているな」

典夫はまたしてもいやらしげな笑いを込み上げさせながら、今まさに彼の犠牲者になろうとしている娘の顔を覗き込んだ。

「彩華はこの屋敷で、おまえに奴隷の作法と服従心を躾けてくれる奴隷調教師だ。これからは彼女のことを『調教師さま』と呼べ」

「はい……」

「それから、一輝はおまえの通学のために駅まで送り迎えをしてくれる運転手だ。こちらも『一輝さま』と呼ぶんだ」

「はい」

「じゃあ、もう一つ訊いてやろう。おまえは何のためにわしから検査をされるんだ？」

「お父さまに可愛がってもらえるような肉体をしているか、調べてもらうためです」

「わしに可愛がってもらいたいのか」

「可愛がってください、お父さま」

奈緒は声を震わせながら精一杯に返事をした。

「うん、彩華に仕込まれてきただけのことはあるな。一生懸命わしに取り入ろうとするじゃないか」

典夫は満足そうにうなずいた。

「じゃあ、彩華。おまえが娘に指示を出してやれ」

「はい！　奈緒、もっと前に進みなさい。会長さまの膝におまえの脚が触れるくらい間近に寄るのよ」

彩華は口で言うだけでなく、手で背中を押して奈緒を無理やり典夫の間近に進ませた。

典夫は一人掛けの大きなソファにどっかりと腰を下ろしてガウンの裾を広げるように脚を開いているが、奈緒はそのあいだに割り込むようにして立たされたのである。

「スカートの下からパンティを抜き取って、会長さまに渡しなさい」

「……！」

少女はビクッと体を震わせた。彩華の命令はとても恥ずかしい行為を強《し》いるものであった。

しかし、恐ろしい奴隷調教師に逆らうことはできなかった。奈緒は観念して前屈《かが》みになり、スカートの内側に隠されているパンティをずり下ろして靴先から引き抜いた。

「両手で差し出すのよ」

「お、お父さま……」

奈緒は瓜実顔を赤く火照らせながら、白いパンティを両手に捧げて恭《うやうや》しく差し出した。恐ろしい支配者である典夫に恭順の意を示すための所作であるが、パンティを乗せた手のひらは左右ともブルブル震えていた。

「ふむ、これか……」

典夫は少女の手からパンティを受け取ると、白いコットンの布地を左右に広げた。下ろしたばかりの真新しいパンティであると一目でわかったが、生地を二重に重ねたクロッチのあたりには早くもうっすらと染みがついていた。

「蒸れむれの染みつきパンティだな」

中年の好色サディストは奈緒とパンティを交互に見比べながらいやらしげな口調で言った。典夫の手にしたパンティはつい直前まで少女の秘部を覆っていたものである。染みのついたクロッチはその部分が股間の割れ目に食い込んでいたことを示唆《しさ》していた。

「どれ、匂いは……」

典夫は、恥ずかしさに体を熱く火照らせている少女を目の前に立たせたまま、パンティを鼻に近づけて匂いをクンクンと嗅いだ。

「うむ、ソープの香りと女体の匂いが入り混じって、何とも言えぬかぐわしさだ」

「奈緒ったら、お風呂で綺麗に洗ってきたばかりなのに、もうおつゆを滲み出させているのね」

「フフフ、すえたオリモノの匂いではなくて、蜜液のように甘い香りがする。実際にそこを味見をするのが愉しみだな」

典夫はそう言いながら、少女の股間のあたりに食い入るような視線をやった。スカートの下で秘部が剝き出しになっていることは、パンティが彼の手の中にあることからありありと想像することができた。

「奈緒、会長さまに気に入っていただけそうじゃない。スカートを脱いで性器を披露しなさい」

「……！」

彩華に命じられると、奈緒は細い眉を八の字に寄せて声にならない呻《うめ》きを込み上げさせた。しかし、膝頭をブルブル震わせながらも濃紺のスカートを引き下ろして下半身を剝き出しにした。

「手で前を隠してはだめよ。両手を頭の後ろで組みなさい」

容赦のない指図が少女をいっそうみじめな敗北感へと追いやった。彼女は脱いだスカートを彩華に渡すと、注文に従って屈辱的なポーズをした。

「うっ、うあっ……ううう……」

少女の呻き声と体の震えはいっそう大きくなり、今にもわっと泣き出すか床に崩れ落ちるかしてしまいそうであった。それでも言いつけどおり両手をうなじに回し、下半身を剝き出しにしたまま懸命に立っている様子はいじらしくもけなげであった。

「フフフ……」

典夫はそんな少女にサディスティックな情欲のこもった視線をやりながら、低く不気味な笑い声を込み上げさせた。

3

「黙っていてはおまえの気持ちが会長さまに伝わらないわよ」

少女の後ろに立っている彩華が意地悪く促《うなが》した。

「会長さまのお気に入りの奴隷になるために、肉体を検査してもらうんでしょう」

「ううっ、お願いします……お父さまのお気に入りの奴隷になることができるかどうか、肉体を検査してください」

「フフフ、セーラー服だけつけて、下半身が剝き出しというのはいいものだな。妙にエロティックで、素っ裸でいるよりも色気がある」

典夫は少女の頭のてっぺんから足の爪先までじろじろと眺め回し、感心したように言った。

彼の言うように、奈緒は紺のセーラー服を着ているものの、スカートとパンティを脱ぎ去っているので下半身は白のハイソックスと通学用ローファーを除いて下半身を剝き出しにしていた。

「素っ裸でいるよりも肉体がいやらしく見えるのは、剝き出しとなっている性器が紛れもなく女子高生のものだということが、セーラー服によってわかるからだ」

「へへへ、なかには年増の熟女にわざわざセーラー服をつけさせて悦に入っている変態男もいるくらいですからね」

典夫の声に応じて隣から一輝が合いの手を入れた。

「だが、これは正真正銘、女子高生の性器だ。それだけに価値が高い……どれ」

そう言いながら再び下腹部に目を凝らし、羞恥に肌を熱く火照らせている少女の性器を観察した。

「うむ、割れ目の縦線がはっきり見えるぞ。パンティはここに食い込んでいたんだな」

典夫は性器とパンティを見比べながら含み笑いをして言った。ソファに腰を下ろしている典夫に対して奈緒は直立不動の姿勢を保っているために、彼女の下腹部はちょうど男の目の高さにあった。しかも、目と鼻の先という間近である。生々しい光景が視界に迫ってくるだけでなく、股間のあたりから漂ってくる艶めかしい匂いも彼の嗅覚をしきりに刺激した。

「黒くて艶々した茂みだな。こぢんまりしていて綺麗な形だ……おや、手入れをしてあるようだぞ」

「わかりましたか。少し剃って形を整えてまいりました。恥丘の下は割れ目の周囲の毛をすっかり取り除いてあります」

「それで、性器がはっきり見えるというわけだ……うん、なかなかいい感じだぞ」

典夫は刈り残してある縮れ毛をつまんだり、恥丘の下のぬめっとした媚肉を撫でたりして性器の感触を指で愉しんだ。

「うっ、うひっ……」

無骨な男の指が性器を弄ぶあいだ、奈緒は恥ずかしげな呻きを何度も込み上げさせた。それでも両手を頭の後ろに置いて懸命に直立不動のポーズをつづける様子は、けなげとも殊勝とも言えるものであった。

「じゃあ、今度は後ろを向け」

「ううっ……」

少女は典夫の命令を聞くといっそう苦しげな呻き声をあげた。彼女は自分がつぎに何をされるか知っていたのだ。というのは、彼女はあらかじめ彩華から肉体検査の手順と概要を知らされていたからである。

だが、恐ろしい支配者の言いつけに逆らうことはできなかった。彼女は両手をうなじで組んだまま後ろ向きになって典夫に尻を見せた。

「うん、可愛い尻だな。小さいがお椀のように丸みがある」

典夫は奈緒の臀丘を見て満足そうに感想を言った。十六歳の少女の持ちものである白く無垢の肉塊は彼の言うように小ぶりのサイズであるが、張りがあってプリプリした弾力感に満ちていた。

「奈緒、お尻を手で割り開いて！　ウンチの穴を調べてもらうのよ」

「ひいっ、堪忍！」

女調教師の命令を聞くと、少女はついにいたたまれなくなって悲鳴をあげた。

「もう、これ以上検査するのは堪忍してください、お父さま」

「どうしてだ」

「ふ、不潔な穴を調べられるのはいやです！　うくっ、くうっ……うわーん！」

奈緒は今までこらえていた感情を一気に爆発させて激しく泣き出した。そして、いきなり走って部屋から出ていこうとした。どこへという当てもなかったが、ただその場から逃げ出したいという一心に衝き動かされて走り出したのである。

「待て！　逃がさないぞ」

しかし、出口の扉に向かって二、三歩走りかけたところで、追いかけてきた一輝に髪を掴まれてしまった。一輝はジタバタもがく少女の体を抱きかかえ、無理やりソファの前に連れ戻した。

「こら、奈緒！」

――パシーン！

「ひゃあっー！」

待ち構えていた彩華が甲高い声で叱りつけ、平手で頬をしたたかに打ち懲らした。

「会長さまの前ではお行儀よくしなさいと、何度も言い聞かせておいたでしょう」

「うく、ひくうっ……」

それまで一輝の腕の中で暴れていた少女は強烈な痛みに我を取り戻して泣きやんだが、代わりに咽喉の奥から低い嗚咽を何度も込み上げさせた。

「フフフ、行儀よくできないのは、服従心が本物ではないからだ」

三人のうちで典夫だけがソファにどっしりすわって落ち着いていた。しかし、娘の演じる愁嘆場《しゅうたんば》を見ながら平然とあげる笑い声には不気味な響きがこもっていた。

「一輝、奈緒を床に引き据えろ。尻の穴を差し出すのがいやだと言うのなら、悦んで差し出すように性根を鍛えなおしてやる」

「へい！　ほら、従順《おとな》しくしろ」

一輝は典夫の命令を聞くと、奈緒の髪を摑んだ手に力を込めて腰を折り曲げさせ、顔を絨毯に押しつけた。

「ううっ……」

すでに彩華から強烈なビンタを見舞われた少女は戦意を喪失していて、ほとんど抵抗せずに力なく体を床に突っ伏した。

しかし、膝をヘアピンのように折り畳んでうずくまっていることは許されなかった。

一輝は奈緒の顔を絨毯に押しつける一方で尻を抱えて宙高く持ち上げた。

「膝を立ててケツを浮かせるんだ。肉体検査を受けている最中だってことを忘れるんじゃないぞ」

一輝はやっと回ってきた出番に張りきって仕事をしながら、少女に向かって厳しく命令した。奴隷の脱走を阻止したり、力ずくで反抗を制圧したりすることにかけては、女の彩華よりも男の彼のほうが適任であったのだ。

「もう一度逃げ出すことのないように、そのまま首根っこを押さえつけていろ」

一輝に指図する典夫の手には革鞭が握られていた。彼は少女が従順であっても痛い目に遭わせるつもりであったが、肉体検査をいやがって反抗したのは、仕置きをする口実ができてむしろ好都合であった。

「それっ！」

——ピシーン！

「ひゃあっ！」

臀丘の柔肌をしたたかに打ち懲らされ、奈緒は甲高い悲鳴をあげた。

ソファの前に連れ戻された彼女は典夫から一メートルも離れていないところで床に突っ伏し、尻を彼に向けさせられていた。膝下までの白いソックスと革靴以外の下半身は剝き出しで、白く艶めかしい生尻が典夫の視線に捉《とら》えられている。典夫のふるった革鞭は丸く膨れた双臀の右側の頂上を勢いよく打ち弾き、犠牲者に肌の灼《や》けるような痛みを感じさせたのである。

「つぎはこっちだ」

——ピシーン！

「きゃひーっ！」

つづいて左の臀丘を打たれ、少女はピリピリと灼けつく痛みに泣き悶えた。だが、彼女は残酷な仕置きから逃れることができなかった。なぜなら、典夫の部下である一輝がうなじの髪を鷲掴みにしたまま顔を床の絨毯に押しつけているのだから。奈緒は身動きできない状態で、恐ろしい支配者の前に剝き出しの尻を無防備に曝しているよりほかなかったのである。

「フフフ、こういう格好をすれば、ケツの穴が丸見えだ」

典夫は鞭を二発打ち込むといったん打擲《ちょうちゃく》の手を休め、代わりにシャフトの先の革ヘラで双臀の谷底をゆっくりと刷き撫でた。

彼の指摘に間違いはなく、床に突っ伏して尻を後ろ向きに差し出しているので、桃割れした双臀の谷底には性器とともにアヌスがはっきりと観察されるのであった。

「ここを調べられるのがいやで、逃げようとしたり泣きわめいたりしたんだな」

「ううっ……」

「だが、いくらいやがっても、奴隷のおまえは支配者であるわしの命令に逆らうことはできぬ。この屋敷で暮らす最初の日に、そのことをきっちりと教え込んでやる……ほら、どうだ！」

――ピシーッ！

「ひゃーっ、痛ぁーい！」

――ピシーン！

「ひゃーん！」

再び鞭が舞い、下半身を剝き出しにした少女の尻や腰、大腿部などを容赦なく打ち懲らした。奈緒はヒイヒイと泣き悶えしたが、一輝にがっちり頭を押さえられているために身動きすることができなかった。

――ピシーッ！

「ひゃいーっ！」

「奈緒、会長さまにあやまるのよ」

そばで見ていた彩華が少女に助け船を出した。典夫の怒りを和らげるためにどうしたらよいのか、奴隷調教師として教えてやろうというのである。

「『ごめんなさい』をして、よい子になることを誓うのよ」

「うひっ、ごめんなさい！　ごめんなさい、お父さま！　二度と言いつけに逆らいません。奈緒はよい子になります」

奈緒は泣きべそをかきながら後ろの典夫に向かって懸命に詫びを入れた。生まれて初めて鞭を打たれた彼女は、恐ろしい責め具のもたらす痛みに完全に打ち負かされてしまったのだ。

「よい子になってどうするんだ」

「あ、あの……お尻の穴の検査をしてもらいます。お父さまのお気に入りの奴隷になれるよう、お尻の穴を検査してもらいます」

「フフフ、そういうことなら……一輝、彩華と交替しろ。奈緒は改心したから、おまえが押さえつけるまでもない。女の彩華でじゅうぶんだ」

「へい……」

一輝は奈緒の体から手を離したが、未練の残る表情を顔に浮かべた。下半身を剝き出しにした少女の肉体を押さえつけるのは、頭だけでなく尻や腰などに触ることのできる、いわば役得のある仕事だったのである。

「彩華、娘に首輪をはめてリードをつけろ。奴隷の身分が実感できるように畜生の格好をさせるんだ」

「はい、かしこまりました」

彩華はサイドテーブルの上から奴隷用拘束具を取り上げると、奈緒の髪を摑んで顔を上げさせた。そして、黒革の首輪をはめてリードの鎖を取り付けた。

「自分のお尻に左右の手をあてがいなさい」

女調教師は鎖を手繰《たぐ》って奈緒の上体をほぼ水平に起こすと、首輪を引っ張る鎖の力で彼女を支えながら命令した。彩華は典夫の信頼が厚いだけあって、彼が何を望んでいるのかをちゃんと察していたのだ。

「さあ、会長さまはおまえが服従心を示すのを待っているわ。言葉と行ないで、奴隷としての服従心を示しなさい」

「み、見てください……」

奈緒は典夫に向かってか細い声で懇願した。そして、自らの手で双臀を割り開き、谷底のアヌスを典夫の目の前にさらけ出した。後ろ向きのポーズをしているために、すでにアヌスは露《あらわ》となっていたが、手で割り開くことによって菊皺の一本一本までくっきりと典夫の目に捉えられた。

しかし、「改心」した奈緒は典夫の機嫌をとるために震える手で尻肉を拡げながら、彼に向かって卑屈な懇願を繰り返すのであった。

「お願いします、お父さま！　奴隷奈緒のお尻の穴を見て、お気に入りの奴隷になれるかどうか検査してください」

第二章　おぞましき菊門検査

1

「前の穴もそうだが、特に後ろの穴が魅力的でなければ、わし好みの奴隷になることはできないぞ」

　典夫は奈緒に向かって厳しく言い聞かせた。少女が「不潔な穴」と表現した排泄器官にじっと目を凝らす中年男の顔はテカテカと上気し、彼が性器以上にその箇所への関心があることを窺《うかが》わせた。

「おまえはそのことを知っているんだな」

「知っています。彩華さん……いえ、調教師さまに教えてもらいました」

「理由を聞いたか」

「き、聞きました。お父さまはお尻の穴を責めるのが好きなサディストだからだそうです」

「フフフ、たしかにおまえの言うとおり、わしは奴隷のケツの穴を責めるのが好きなサディストだ。だが、理由はもう一つある。わしはおまえの母親と約束をしたんだ」

「約束……？」

「美紗がおまえをわしに差し出したのは、借金のカタにするためだということは知っているな。だが、美紗は泣くなく同意したものの、わしに向かって哀願したのだ。奈緒のヴァギナを犯すのは、どうか堪忍してやってください、四十も年上の会長さまに処女を奪われるのでは娘があまりにも可哀想ですと」

「まあ、なんて言いぐさなの！　会長さまにあれだけ目をかけていただいているのに、とんでもない恩知らずだわ」

彩華が怒って、その場にいない美紗を罵《ののし》った。奴隷調教師の彩華は美紗を何度も調教して彼女をよく知っていたのである。

「つぎにお仕置きをするときには容赦をしないから」

「フフフ、そういきり立つな。娘を思う母親の情なのだから」

典夫は余裕たっぷりに笑いながら、彩華をなだめた。

「美紗が哀願しながら、今まで以上に奴隷奉仕に身を入れると誓ったので、わしも少しは心が動かされた。そこで、二つの条件をつけてやったのだ。一つは奈緒が本当に処女であること……奈緒！　正直に答えろ。おまえは処女なのか」

「処女です」

「もし、嘘をついて、あとでばれたらどういう目に遭わされるか、わかっているな。もう一度訊くぞ、おまえは処女か」

「うっ……しょ、処女です」

「フフフ、それならよろしい」

奈緒がビクビクしながら懸命に返事をすると、典夫は上機嫌に笑った。

「さて、もう一つの条件は、ケツの穴をわしの玩具にして好きなように犯すこと。つまり、おまえはヴァギナを犯されない代わりに、ケツの穴専用奴隷になって、毎晩そこを責められたり犯されたりするんだ」

「ひいっ、そんなっ！」

「フフフ、『そんな』も『こんな』もあるか。母親がちゃんと承知しているんだから」

典夫はサディスティックな笑いを浮かべながらうそぶいた。

「これで、ケツの穴が魅力的でなければ、わし好みの奴隷になれないことがわかっただろう。どうだ、返事をしろ」

「ううっ、わかりました」

「わかったら、どうしてほしいんだ」

「うっ、ううっ……どうか、奈緒のお尻の穴を気に入ってください」

「フフフ、それなら、手でケツの肉を拡げたままじっとしていろ。穴をじっくり観察してやるから」

「奈緒、膝同士を離して、脚を八の字に開きなさい。そうすれば、会長さまはおまえの服従心を認めて、点数を上げてくださるわ」

そばから彩華が少女に向かってアドバイスした。彼女は奴隷がどういうポーズをすれば典夫に気に入られるか、長年の経験から知っていたのだ。

「それでいいわ。そうやって奴隷に相応《ふさわ》しいポーズや仕種を覚えて、会長さまに気に入ってもらうのよ」

彩華は奈緒が言いつけどおりマゾヒスティックなポーズをすると、満足げな口調で諭した。それから、ソファの上の典夫に向きなおり、

「奈緒をアナル専用奴隷にするなんて初耳ですわ」

と驚きを伝えた。すると、一輝も、

「さすがに会長のやることとは手が込んでいるな。娘も前の穴を犯されたくないので、ケツの穴の色気に磨きをかけて、懸命に媚びを売るってわけだ」

「フフフ、前の穴を犯されたくないのかどうか、それはわからないぞ。仮に初めはいやがっていても、アナルセックスの快楽を知れば、ヴァギナでも同じ悦びを得たいと願うかもしれぬ。もし、そうなれば、美紗との約束はなかったことにしなければならぬ」

「ううっ……」

「まあ、それはあとの話として、とりあえずは、奈緒がわし好みのアナル奴隷になれるかどうかの検査だ」

典夫はそう言うと、あらためて少女の尻に視線をやった。

「……うん、見た目は上々の部類だな。メラニンの沈着はそれなりにあるが、イカスミのように真っ黒というわけではない。濃いめのアンバーといったところか」

典夫は、奈緒が自らの手で左右に拡げるアヌスをじろじろと観察しながら、熱心に論評した。

「むしろ、周囲の肌の白さと対照的に、卑猥感たっぷりの飴色ゾーンを作っていると

いった風情《ふぜい》だ。また、中心の菊蕾が窪みの中で放射状の皺をくっきりと見せている

「……うむ、何ともいえぬ眺めじゃないか。ぺろっと舐めてやりたいくらいだ」

典夫は年甲斐もなく興奮して声を弾ませた。彼は自ら認めるように、アナル責めに異常な嗜好を持つサディストだったのである。

「奈緒、お尻の穴を清潔にしてきたんでしょう。会長さまにご報告なさい」

「お、お父さま！　奈緒はお尻の穴を清潔にしてきました。調教師さまに穴の奥のほうまで綺麗に洗ってもらいましたから……そ、そこを舐めたり指で触ったりしても不潔じゃありません」

「指や舌で検査をしてほしいのか」

「ううっ、検査をしてください」

「感心じゃないか。さっきいやがったのが嘘のように素直になったな。じゃあ、両手を床について四つん這いになり、体を横向きにしろ」

「……」

奈緒は怯えたように体を震わせたが、すぐに彩華のリードに操られて注文どおりのポーズをした。四つん這いになった奈緒は体の向きを九十度回転させて、ソファに座った典夫に対して側面を向けたのである。

「フフフ……」

典夫は少女の肉体に触れる悦びに笑いを込み上げさせながら、手のひらで尻や大腿部を軽く打ちはたいて体の角度を微調整させた。彼に対して真横を向かせるのではなく、やや斜め前方を向かせたのである。そうすることによって、彼は少女のアヌスを視界に捉えると同時に、容易に手を届かせることができるようになったのである。

「さて、締まりと感度はどんなものか」

そう言いながら、指を菊皺に触れてゆっくり撫で回した。

「あっ、あうっ……うあぁーっ！」

指でアナル検査をされる少女は恥ずかしさに耐えられず咽喉から掠れた声を込み上げさせたが、その声には敏感な肉襞を刺激される感覚への反応も多分に含まれていた。

彼女は従順なポーズを懸命に保持しようとしたが、おぞましい感覚に衝き動かされて思わず双臀をブルッと痙攣させた。

「うあっ、堪忍！　お父さまぁ！」

「こら、お行儀よくしなさいとさっきから言っているのに！　いうことをきかないと、またお仕置きをされるわよ」

「うひいっ、逆らったりなんかしません。でも、お尻の穴がゾクゾクして……あひいっ、じっとしていられないんです！」

奈緒はウズウズと双臀をうごめかせながら、感に堪《た》えぬといった口調でアヌスに伝わる触感の気味悪さを訴えた。

「逆らっていなくても、勝手にケツを動かすのは行儀違反だ……ほらっ！」

――パシーン！

「ひゃあっ、ごめんなさーい！」

剝き出しの尻を平手で打たれると、奈緒はこらえ性もなく泣き声であやまった。彼女は鞭の仕置きを受けた時点から、典夫が奴隷に対して容赦のないサディストであることを骨身に沁みて感じていたのだ。

「フフフ……」

だが、典夫は上機嫌だった。指の検査にじっとしていられないのはアヌスの感度がよいことにほかならない。彼は奈緒の反応からそのことを確信したのだ。

「気持ちがよくて我慢できないんだろう、奈緒」

「うあっ、痒いようなくすぐったいような……ゾクゾク鳥肌が立ってきてじっとしていられないんです」

「じゃあ、もう一発だ」

——パチーン！

「ひゃいーん！」

灼けるような痛みが菊蕾に走り、奈緒はひときわ甲高い悲鳴をあげて身悶えた。二発目の平手打ちは双臀の谷底のアヌスを的確に捉えたのだ。

「どうだ、これで痒いとかくすぐったいとかの感覚は消えただろう。検査がすむまで従順しくしているんだぞ」

「ううっ、はい！」

奈緒は涙を浮かべて返事をした。平手打ちとはいえ、敏感な菊蕾を打ち懲らされる痛みは絶大なものがあり、彼女は死ぬほどの苦しみを味わったのである。だが、典夫の言うとおり、その痛みによってむずむずした感覚が解消されたのも事実であった。

「さあ、穴の中を検査してやる」

典夫は皺を拡げるように菊蕾を揉みほぐすと、中指を窪みの中心に突き立てた。

「あひいっ！……ああうーっ！」

奈緒の口から悲鳴にも似た喘ぎ声がほとばしり出た。彼女は反射的に肛門の筋肉を締めて指の侵入を阻もうとしたが、男の力にはかなわなかった。ゴツゴツと節くれ立った指は強引に肛門をこじ開け、第二関節を越えるあたりまで侵入してきた。

「あああっ、あひっ、あひいーん！」

「フフフ、よく締めつけてくるな」

典夫は薄ら笑いを浮かべながら、関節を曲げたり指全体を回転させたりして、直腸の粘膜に刺激を与えた。アナル嗜虐の趣味を持つ典夫にとって、尻の穴の検査はそこを虐めて愉しむことにほかならなかったのである。

しかも、初《うぶ》な少女がアヌスの指嬲りをされて示す反応は被虐感に満ち、典夫のサディスティックな情欲をそそらずにはおかなかった。彼は裸体にグレーのガウンを着けただけであるが、股間のペニスは合わせた裾の下で硬くそばだっていた。

「どうだ、感じるか」

「あひひっ、感じます……あひゃあっ、ひゃいーっ！」

奈緒はアブノーマルでおぞましい感覚の虜《とりこ》にされて、悲鳴とも喘ぎともつかぬ声を込み上げさせた。肛門の内部で指が動くたびに彼女は反射的に筋肉を痙攣させ、またおぞましい感覚から逃れようとするかのように双臀をヒクヒクとうごめかせた。

「一輝、おまえは女子高生のケツの穴に指を入れて、直腸の粘膜をえぐったことがあるか」

「へへへ、残念ながらありませんや。会長のお古になった奴隷で、女子高生はこれまでいませんでしたからね」

一輝は典夫に問われると追従笑《ついしょう》いをしながら応じた。彼は典夫が使い古して飽きた奴隷を何人か犯したことがあるが、その中に女子高生はいなかったのである。

「会長が羨ましいですぜ。こんな美少女ＪＫをアナル専用奴隷にして恣《ほしいまま》にケツの穴を嬲ることができるんですから……で、味はどうですか」

「フフフ、『味は？』と言われてもまだ実際に舐めていないが、少なくとも感触は最高だ。締まりもいいし、わしの指の動きに実にいい反応をしてくれる……ほらっ、一輝に聞かせてやれ」

典夫は上機嫌に返事をすると、アヌスに挿し込んだ指をクネクネと曲げた。

「あおっ、いひひーっ！」

「うん、泣き声だけじゃなくて、ケツの穴もよく反応するぞ。クイクイと指を締めつけてくる筋肉の感触はえも言われぬものだ」

彼は一輝に向かって自慢するように言った。

「おまえにも指で確かめさせてやりたいところだが、奈緒はわし以外の男に触れられるのをいやがるだろう。わし専属のアナル奴隷であることを自覚している娘だからな」

「ヒヒヒ、言ってくれますぜ。もちろん、俺は触る気なんかありませんや。こんなにおいしい仕事をクビになりたくありませんからね」

一輝は苦笑いをしながら応じた。たしかに、典夫の私生活における秘書を務める一輝は仕事らしい仕事をせずにそれなりの給料を与えられているのであった。しかも、お古になった奴隷を犯す役得まである。みずみずしい果実のような奈緒に手を出したいのは山々であるが、今は我慢のしどころであった。

典夫はそんな部下に見せつけるように、下半身を剥き出しにした四つん這い少女のアヌスを指嬲りして、泣き声や穴の締めつけを愉しむのであった。

2

「奈緒！ 会長さまにお尻の穴を気に入っていただけたかお訊《たず》ねしなさい」

「お、お父さま！ 奈緒のお尻の穴を気に入っていただけましたか」

少女は奴隷調教師の彩華に命令されると、後ろを振り返って恐るおそる典夫にお伺《うかが》いをたてた。

「フフフ、返事を聞きたいのか」

「……」

「彩華、娘をこちら向きにさせろ。顔を見ながら話してやるから」

典夫は奈緒のアヌスから指を引き抜くと、リードを握っている女調教師に命じた。

「四つん這いのまま体の向きを入れ替えなさい。会長さまに顔を向けるのよ」

すぐに彩華はリードを操って奈緒の体を百八十度転回させ、顔を典夫に向けさせた。

「わしがおまえのケツの穴を気に入ったかどうかの返事は、言葉ではなくわしの肉体で示してやる」

典夫はそう言いざま、ガウンの裾を左右に払って下半身を露《あらわ》にした。

「……！」

奈緒は剝き出しの股間を目にした途端、声にならない声をあげてビクッと体を震わせた。股間のペニスは硬く勃起し、血管の青く浮き出した胴部やグロテスクに膨れ上がった亀頭などを彼女の目と鼻の先にさらけ出していたのだ。

「これが何だかわかるか」

「ペ……ペニス」

奈緒は掠れた声で返事をした。まだ高校一年であっても、異性のシンボルのことはちゃんと知っていたのだ。

「硬さを確かめてみろ……」

「あわっ？……ひゃっ！」

男の手によって頭髪を掴まれた奈緒は逆らいがたい力で引き寄せられ、顔をペニスになすりつけられた。

「どうだ、硬いか」

「うひゃっ、硬いです」

少女は頬や顎にペニスの圧力を感じながら、怯えた声で返事をした。

「太いか」

「太いです」

「ペニスが膨らんで硬くなるのはどういうときだ」

「興奮したときです。男の人は興奮すると、ペニスが硬くなると習いました」

「保健体育の授業の話をしているのか。おまえはわしの奴隷だ。『お父さまのオチ×チン』と言ってみろ」

「お父さまの、オ……オチ×チンは、お父さまが興奮すると硬くなります」

「じゃあ、わしはどうして興奮したんだ」

「奈緒のお尻の穴を検査したからです」

「フフフ、そのとおりだ。わしはおまえのケツの穴に指を挿し込んで感度や締まり具合を検査してやった。そうしたら、ペニスがむくむくと膨らんできた。つまり、おまえのケツの穴に興奮した……わしはおまえのケツの穴が気に入ったということだ」

「奈緒、よかったじゃない。会長さまはおまえのアヌスに合格点をくれたのよ」

「ありがとうございます、お父さま」

「わしを悦ばせることができて、嬉しいか」

「嬉しいです」

「じゃあ、もっとわしを悦ばせたいだろう」

「あうっ……」

奈緒は苦しげな喘ぎを込み上げさせた。彼女は典夫が何を求めているのか知っていた。硬く怒張したペニスが繰り返し唇に押しつけられたからである。

グロテスクに膨れ上がった亀頭が唇の上を這い回る感触は、少女をぞくっと震え上がらせずにはおかなかった。

「奈緒！　会長さまのご機嫌がいいうちに御奉仕を申し出たらどう？　おまえぐらいの年頃なら、どうやったら会長さまに悦んでもらえるかわかっているでしょう」

「ううっ、もっと悦んでもらいたいです。どうか、お父さまのオチ×チンを……な、

「奈緒に舐めさせてください」

奈緒は懸命に声を絞り出した。彩華の言うとおり、彼女はフェラチオという愛戯についての知識を持ち合わせていたのである。

「フフフ、舌でもわしを悦ばせたいんだな」

典夫は満足げな表情で奈緒を見下ろした。その気になれば、少女はすっかり観念して、彼に向かって卑屈な口淫奉仕を願い出ている。赤く可憐な唇を割ってペニスを口の中に押し込むことも可能であった。

しかし、彼はあえてそうせずにペニスで唇を刷き撫で、亀頭に伝わる柔らかな感触を愉しむにとどめた。

少女の肉体検査をもうしばらくつづけ、そのあと本格的な奴隷調教を行なうつもりであったのだ。もちろん、フェラチオ奉仕も調教メニューに含まれているが、それはプログラムの後半に回す予定であった。

奈緒は奴隷の身分を受け入れて典夫に恭順な態度を見せているが、本心から服従しているかどうかは大いに疑問の残るところであった。

そこで、まず厳しく仕置きをして支配者である彼への恐怖心を徹底的に植えつけ、奴隷の身分を骨身に沁みて自覚させようと思い立ったのである。そのように責め嬲ってからフェラチオ奉仕を命じれば、心からの服従心を示すためにペニスに懸命に舌を絡ませるに違いない。

「奴隷がフェラチオをするのは主人に対する服従心を示すものであると同時に、主人が奴隷に与える褒美でもあるのだ。だから、もうしばらく様子を見て、おまえが心からわしに服従していると判断したら、太い肉棒を存分に咥えさせてやろう」

彼はそう言ってフェラチオの猶予を告げると、泣きそうな表情で必死に我慢している少女の唇からペニスを離してやった。

「一輝、娘が反抗することはもうないだろう。つまり、おまえの出番は終わったということだ」

ついで典夫は彼の隣に立っている私設秘書に向かって告げた。

「ここからはわしの愉しみの時間だ。おまえには遠慮してもらおう」

「へい、へい。会長は思いきり愉しんでください。俺は昼間からやけ酒をあおりますから」

一輝は未練がましい口調で冗談を言うと、すごすごと典夫の居室をあとにした。

「彩華、奈緒を立たせてやれ」

部屋の主人は一輝の後ろ姿を見送ったあと、奈緒のリードを握っている奴隷調教師に向かって命じた。そして、目の前に立ち上がった少女をあらためて見つめ直した。

「うん、下半身を剝き出しにしたセーラ服姿は奈緒にぴったり似合っているな。これからは毎晩この格好でわしの前にこさせてやろう。セーラー服の下で剝き出しになっている性器とケツの穴をわしに検査されながら、学校での出来事を報告するんだ」

「学校で何か悪いことをしたら承知しないわよ。たとえば、休み時間にこそこそどこかに隠れて男の子に体を触らせるとか」

「そんなことは、けっしてしません。お父さま以外の男の人には体を触らせたりしません」

「フフフ、この年頃の娘は油断も隙もあったものじゃないからな。ちょっと目を離すとすぐに男とできてしまう。だから、わしが毎晩二つの穴を調べてやるんだ」

「ううっ……」

「そのあと厳しく奴隷調教をして、わしに対する服従心を骨の髄まで教え込んでやる……彩華、セーラー服を脱がせろ。まだ夜になっていないが、今日は特別だ」

「では、お色なおしをしてまいりましょう」

彩華は典夫の意図を悟ると、いったん奈緒を連れて部屋を出ていった。そして十分後に戻ってきたが、奈緒は下のスカートだけでなく上のセーラー服も脱いで全裸となっていた。

もっとも全裸といっても頭のてっぺんから足の爪先まで一糸も纏《まと》っていないというわけではなく、少女の肉体にはいくつかのアクセサリーが施されていた。

まず、左右の手首を短い鎖で結んで拘束する革の手枷――奈緒は典夫のもとを去る前にはすでに首輪をはめられていたが、それと同じデザインの黒革のカフスが手首に取り付けられたのである。さらに、平底の革靴を大人びたハイヒールに履き替え、通学用のソックス代わりにセパレートの白いストッキングをつけていた。

そして、セーラー服を脱いで露になった乳房の先端にも倒錯的なSMアクセサリーが施されていた。それは左右一対が細いチェーンで結ばれた小さなクリップで、ギザギザした金属製の鰐口《わにぐち》が淡いピンクの乳首を残酷に咬んでいるのであった。

チェーンは二つのクリップを結んでデルタのあたりまで届くU字の曲線を描いているが、十八金製で長さもかなりあるのでどっしり重く、それぞれのクリップが乳首を咬《か》む力を重力によって増幅していた。

「もう一度両手を頭の後ろで組んで気をつけの姿勢をしなさい」

「はい……うひっ！」

典夫の前に立った奈緒は、言いつけに従って服従のポーズをした。だが、乳首を咬んだクリップが媚肉の芯に痛みを及ぼしているのか、彼女は眉に皺を寄せて咽喉の奥から喘ぎを込み上げさせた。

「うん、顔が美人だと肉体もそれについてくるようだ。初めて見る乳房だが、形のよさといい肌の滑らかさといい美少女に恥じぬものを持っているじゃないか」

典夫は奈緒の乳房を見て感心したように言った。彼女の乳房は半球形でリンゴを二つ並べた程度の大きさであるが、細身の肉体なので膨らみがよく目立ち、典夫の褒めるように肌理《きめ》細かな肌と相俟《あいま》って魅力たっぷりの肉塊をなしていた。乳首もピンクに近い色合いで、周囲の乳暈とともに匂い立つような美少女の裸体を形成するのに大きく寄与していた。

ただし、かえすがえすも残念なのは、その魅力的な乳首を金属製のクリップが挟みつぶしていることであった。そのため彼女は急所を襲う痛みに耐えかねるかのように、悲鳴とも呻きともつかぬ声を何度も込み上げさせた。

だが、サディストの典夫にとって奈緒の乳房を苛《さいな》むクリップの存在は、残念どころかかえって彼の性的嗜虐心をかき立てる魅力的なアクセサリーであった。

「だんだん奴隷らしくなってくるな」

典夫はソファから立ち上がって少女を見下ろした。大柄な彼は奈緒よりも頭一つ半分背が抜きんでていた。

「乳房の検査をしてもらうためにこれをつけてきたんだな」

「そ、そうです……」

「クリップをつけられるときに、彩華に言われなかったか。わしの前で行儀よくしないと、これを使ってお仕置きをされると」

「言われました……うひゃっ、ひゃーっ！」

典夫がチェーンを掴んで上下に揺らすと、乳首は鰐口に咬まれたまま激しく揺れ動いた。そのたびに痛みの波動が媚肉の芯に伝わり、少女にマゾヒスティックな情感をわき起こさせた。

奈緒は典夫に対して恐怖心しかなかったが、思春期にさしかかっているだけに性的好奇心は強く、ＳＭというものを理解していたのだ。

「ひゃっ、ひゃっ！　お行儀よくします！　堪忍してください、お父さま」

「乳首の感度はなかなかのものだな……これはどうだ」

「ひゃーっ！　痛いのが沁みてきますーっ……ひゃあーん、またあーっ！」

典夫の指がいったんクリップの鰐口を拡げると麻痺しかけていた感覚が甦《よみがえ》り、かえって痛みがぶり返した。そして、もう一度クリップを閉じると、ギザギザ尖った鰐口が甦った痛覚を刺激して、いっそう痛みを増幅した。

「フフフ、いい泣き声だ。マゾの素質があるぞ」

典夫はクリップの開閉を繰り返して痛みの波動を媚肉の芯に送り込み、奈緒が苦悶する様子をじっくり覗き込んだ。サディストの彼は少女の反応が大きければ大きいほど悦びを感じるのであった。

「うん、乳房も合格だ。どうやらおまえは仕込み甲斐のある娘のようだな」

屋敷の主人は奈緒の乳房を存分に玩具にしてからようやく手を離してやったが、少女の受難はこれからが本番であった。

「四つん這いになれ」

「はい、お父さま……」

奈緒は畜生にも等しい四つん這いの格好を命じられたが、そうすると彼女はますます奴隷の姿に近くなった。

首輪、手枷、乳首《ニップル》クリップなどを装着されて床に両手両膝をつき、リードの鎖によって肉体を支配されているのである。初々《ういうい》しさに満ちた美少女の奈緒であるが、ここへきてにわかにマゾ奴隷の雰囲気を醸し出してきた。

「ここからはわしが直接おまえを躾けてやる」

典夫は彩華からリードの持ち手を受け取って左手に持ち、右手には革鞭を携《たずさ》えていつでも打てるという構えをした。

「行くぞ」

「えっ、行くって？　どこへ……」

「フフフ、あのドアだ」

唐突な命令に戸惑う奈緒に向かって、典夫は笑いながら奥の扉を指さした。部屋には出入り口のほかにもう一つ扉があって、隣の部屋に通じているのであった。

「あそこの向こうには奴隷を仕置きするための部屋がある。おまえはそこでみっちり調教されるんだ」

さらに彼は少女に向かって意地悪く注文をつけた。

「おまえは四つん這いの似合う娘だな。だから、そういう格好をしているときは奴隷の牝犬だということを自覚しろ。畜生になったつもりでケツを振りながら歩いていくんだ……そら、歩け！」

——ピシーン！

「うひっ、歩きます……」

剝き出しの臀丘に鞭の打擲を浴びた奈緒は、哀しそうな呻きを洩らしながら屈従の四つん這い歩行を開始した。彼女は典夫の容赦のない仕打ちに恐怖を覚えるとともに、恐ろしい屋敷で暮らさなければならない自分の不幸を嘆かずにはいられなかった。

3

首輪、革手枷、ニップルクリップなどのSMアクセサリーを肉体に施された奈緒はあさましい畜生姿で部屋の床を這い歩かされた。

左右の手枷を繋ぐ鎖はそれなりの長さがあるので、交互に動かして前進するのに支障はなかった。だが、首輪とともに鎖付きの手枷をはめられた己《おのれ》の姿を意識するとみじめな境遇を骨身に沁みて感じ、涙があふれてくるのをこらえることができなかった。つまり、それらの肉体拘束具は奴隷の身分を自覚させるものとして、奈緒を精神的に打ち負かしたのである。

そして、もう一つのアクセサリーである乳首クリップは彼女を肉体的苦痛で苛んだ。金属製のギザギザした鍔口はバネの力によって乳首に深く食い込み、敏感な肉突起の芯まで痛みを浸透させた。

それに加えてクリップ同士を繋ぐ十八金チェーンはどっしりした重みによって乳房

を下向きに引っ張った。立っている状態ではチェーンは恥丘付近まで垂れているが、四つん這いになると一部が床に接してとりあえず重みが軽減する。しかし、その代わりに毛足の長い絨毯との摩擦による抵抗が生じ、立っているときと変わらぬ力で乳首を引っ張った。こうして彼女は乳首に常に痛みを感じながら、屈辱的な四つん這い歩きをつづけなければならなかったのである。

「あっちだ」

典夫は四つん這いの少女を先に行かせ、彼自身は革鞭とリードの鎖を左右の手に携えながらあとからついていった。鞭も鎖も奈緒を支配するための道具で、彼はそれらを巧みに用いて思いのままに進ませることができるのだった。

――ピシーン！

「うひいっ！」

柔肌を打ち弾く革鞭の音とともに、あえかな悲鳴が部屋にこだました。

屋敷の主人は少女の後ろ姿に好色な視線を注ぎながら、ときおり剝き出しの臀丘や背中を打ち懲らすのであった。それなりに手加減をした打擲だが、ピリピリと肌の灼けるような痛みは少女に苦痛と恐怖を覚えさせるにじゅうぶんであった。

「フフフ、すぐに隣の部屋に行かせるのはもったいないな」

典夫は、性器やアヌスを丸見えにしている奈緒の後ろ姿に目を細めながら、つき従う彩華を振り返ってうそぶいた。

まだ男の手垢にまみれていないみずみずしい肉体を恣に責め嬲る悦びは、サディストの典夫にとって格別のものだったのである。

「ぐるっと大回りをしろ。この部屋で牝犬歩きを躾けてから隣の部屋に行かせてやる」

典夫は後ろからリードの鎖を操り、娘に針路を変更させた。そのため奈緒は隣室に通じるドアに向かう前に、今いる部屋の中を一周することを余儀なくされた。

「上手《じょうず》に歩いてわしを悦ばせるんだ」

「奈緒、会長さまのお言葉を覚えているわね。おまえは四つん這いで調教をされているときは、奴隷の牝犬なんだと」

「覚えています……」

「でも、ありがたいことに、おまえは野良犬じゃなくて、れっきとした会長さまの飼い犬なのよ」

彩華は典夫に同伴しながら、四つん這い歩きを強《し》いられている奈緒に向かって恩着せがましく言い聞かせた。

「それだから、こうやって会長さまに躾けられるときは、散歩をさせてもらう飼い犬の悦びを表現しなさい」

「ど、どうやって？……」

「リードをぐいぐい引っ張ったり、一歩ごとにお尻をくねらせたりして、会長さまに愉しんでもらうのよ」

「あうっ、そんな難しいことを言われても……」

奈緒は女調教師の注文を聞いて泣き言を言いかけたが、それでも懸命に歩みを速めてリードの鎖をピンと張ったり、拙《つたな》いながらも尻をクネクネ揺らして典夫のご機嫌取りをしようと試みたりした。

「フフフ、けなげだな……」

典夫は奈緒の四つん這い姿を見下ろしながら満足そうに笑った。可憐な少女の行なういじらしい振る舞いは彼の意にかなっていたのだ。だが、彼女を気に入れば気に入るほど、サディストの心には残虐な情欲がわいてきた。

「一生懸命引っ張るじゃないか」

少女は彩華に命じられたとおり、四つん這いの手足の動きを早くして首輪に繋がれたリードを引っ張った。

しかし、典夫は手綱《たづな》を引き絞るように手に力を込め、奈緒の動きを制御した。そのため奈緒は前に進みたいという気持ちを典夫に伝えながらも、ゆっくり歩くことを強いられた。鎖をピンと張った首輪に後ろ向きの力がかかり、彼女は顎を上げて唇のあいだから苦しげな喘ぎを洩らした。

「首輪を後ろから引っ張られると顔が上がるだろう。そうやって下を俯かずに歩くのが牝犬の作法だ」

典夫は後ろからリードを引き絞りながら少女に向かって教え込んだ。

「それから、背中を丸めて猫背になるんじゃない。姿勢よくピンと伸ばすんだ」

そう言いながら、革鞭で指摘の箇所をピタピタと打ち嬲った。奈緒は思いきり打たれはしないかと怖れ、言いつけどおり背筋を伸ばした。

「つぎに、こうされたらどうするんだ」

「あっ!?」

引き絞られていたリードがさらに引き絞られ、奈緒は完全に歩みを止めさせられた。

「さあ、どうするんだ」

「ど、どうするって?……」

「奈緒、四つん這い歩きをつづけて会長さまに愉しんでもらいたいんでしょう」

奈緒が狼狽《うろた》えていると、すぐに彩華が助け船を出した。

「もっと散歩させてくださいと、お尻を振っておねだりするのよ」

「ううっ、そんな恥ずかしいことを……」

奈緒は戸惑いの声をあげた。

「いやだというのか」

「ううっ、いやじゃありません」

典夫の手にした革鞭に臀丘を撫でられると、奈緒は慌てて服従の返事をした。そして、四つん這いで床に立ち止まったまま、後ろのサディストに向かって素っ裸の尻をおずおずと振り立てた。

「『愉しんでください』と言いなさい」

「た、愉しんでください、お父さま……」

「わしに愉しんでもらいたいのか」

「は、はい！　愉しんでもらいたいです」

奈緒は性器もアヌスも丸見えとなっている四つん這いの格好で、双臀を懸命にくねらせて典夫の機嫌をとった。

「わしを愉しませるには、一つは上手にケツを振ってわしを興奮させることだ」

典夫はけなげに尻を振り立てる奈緒の後ろ姿にぎらぎらした視線を注ぎながら意地悪く言った。

「もう一つは、わしの責めにおまえがマゾの反応を示すことだ……それっ！」

――ピシーン！

「ひゃあっ！」

無防備な臀丘に革鞭を浴びせられ、奈緒は甲高い悲鳴をあげた。新しく打ち込まれた鞭は以前にもまして肌に強烈な打撃を与え、彼女を苦痛と恐怖の淵に突き落としたのだ。

「フフフ、初調教にしては上出来の反応だな」

典夫は奈緒の悲鳴を聞いたり身悶えする姿を見たりして、脂ぎった顔をほころばせた。

「おねだりをつづけろ。本物のマゾなら、鞭を打たれれば打たれるほど興奮して、熱心にケツを振るはずだ」

「ううっ……」

奈緒はじーんと肌に沁みる痛みが引くのを待つことも許されなかった。彼女は恐ろしい支配者の命令に従って卑猥な仕種を再開した。

「フフフ、打たれる前よりも動きがよくなったじゃないか」

典夫は奈緒の行なう卑猥な仕種に目を細めた。彼の指摘したとおり、鞭を打たれた少女は以前にもまして熱心に双臀をくねらせた。

もちろん、鞭の打擲が怖くてそうしているのだが、マゾヒスティックな情感に駆られている面もあり、典夫に仕置きの効果を確信させた。

「奈緒、そうやってマゾ奴隷のおねだりの仕方を覚えるのよ」

「は、はい……」

「上手にねだることはわしを愉しませることに繋がる。おまえはわしを愉しませたいんだな」

「ううっ、愉しんでもらいたいですが、鞭のお仕置きはどうか堪忍してください」

「フフフ、あいにくだが、堪忍してやることはできぬ。なぜなら、わしはおまえを鞭打つことによって愉しみを得るのだから」

典夫はサディスティックな笑いを浮かべながら言い渡した。

「おまえも鞭の痛みにマゾの興奮を覚えるようになるんだ。そうすればお互い悦びを分かち合えるだろう」

「つまり、鞭で打たれるのを好きになるってことよ。このお屋敷で一カ月も暮らせば、会長さまが鞭を手にするのを見ただけで、ぞくっと感じて性器を濡らすようになるわ」

「あうっ、鞭のお仕置きを好きになるなんて……」

「さあ、おねだりをつづけろ」

――ピシーン！

「うひっ！　ううっ……」

臀丘の柔肌に鞭を打ち込まれた奈緒は呻きをあげながら屈従の尻振りダンスを再開した。どれほど卑猥な仕種をして典夫におもねっているかと思うと、自分が情けなくて涙が出てきそうにさえなった。

「ところで、おまえは何をねだっているんだ」

「あの、四つん這いで歩かせてくれるよう……」

「四つん這い歩きをしたいのか」

「し、したいです……」

「牝犬の姿を見ていただいて、会長さまに愉しんでいただきたいのね」

「うっ、そうです」

「フフフ、感心だ。だが、わしを愉しませたいのなら、もう一つのことをおねだりするんだ」

「もう一つのこと？」

「わしの愉しみを忘れたのか。ほら、これをくださいとねだるんだ」

典夫はヒントを与えるように革鞭のヘラで臀丘の頂上を刷き撫でた。

「わひゃっ！　鞭のおねだりなんてできません」

革鞭の感触によって典夫の意図を悟った奈緒は恐怖に駆られて甲高い悲鳴をあげた。

「鞭打ちを堪忍してやることはできないといっただろう。だが、おまえの態度によっては打ち方を加減して、苦痛一辺倒ではなくて、痛みの中にマゾの興奮を呼び覚ますように打ってやる。さあ、何が望みなのかわかるように、ケツをくねらせながら口でおねだりをしろ」

「あうっ、ううっ……」

奈緒は苦しげに呻いた。しかし、残忍な鞭打ちを免《まぬか》れないと知った彼女は双臀をヒクヒクとくねらせながら、後ろの典夫に向かって卑屈に懇願した。

「鞭を打ってくださ い、お父さま……」

「フフフ、そういうことなら……それっ！」

――ピシーン！

「ひゃあーん!」

サディストのふるった鞭は丸みを帯びた臀丘の柔肉に炸裂し、ピリピリと灼けるような痛みを柔肌に広がらせた。少女はまたしても甲高い悲鳴をあげたが、その声にはどことなく哀しげな響きが込められていた。

「どうだ、望みがかなって嬉しいか」

「うひいっ、嬉しいです……うく、うくうっ!」

少女は返事をしながら嗚咽《おえつ》を込み上げさせた。しかし、打たれたあとも双臀をクネクネとくねらせる様子はいかにもいじらしさを感じさせ、後ろから見下ろす典夫を大いに悦ばせた。

「フフフ、じゃあ、もう一つの願いもかなえてやる……そら、行け」

典夫は引き絞っていたリードの鎖を緩め、それを前に波打たせて少女に歩行を再開するように促した。

「隣の部屋に連れていってやる。ドアに向かって歩いていくんだ」

第三章　初めての口淫奉仕

1

典夫は鞭とリードを用《もち》いて奈緒に奴隷の卑猥な仕種を覚え込ませると、四つん這いのまま隣の部屋に連れていった。

「さあ、入るんだ」

典夫は剝き出しの尻を鞭で軽く小突きながら少女に向かって命令した。

「……」

奈緒は例によってリードの鎖を引っ張りながら、未知の部屋に入っていった。本心はどうあれ、前に進みたいという意思を示さなければならないのであった。

しかし、彼女はドアをくぐり抜けた途端に足が萎えそうになった。

奈緒の入り込んだのは周囲を壁に囲まれた密室であった。窓がないために外光が差し込まず、人工の照明によって内部が照らされている。それまでいた居間に劣らぬくらい広く、こちらでもじゅうぶん四つん這い歩きの調教ができそうであった。

だが、あちらの居間にはたまたまソファの脇に革鞭や首輪など置かれていただけだったのに対し、こちらの部屋には四囲の壁に沿ってさまざまな責め具や肉体拘束具が数えきれないほど吊るされたり置かれたりしていた。いわば、最初から犠牲者を責め嬲る目的で造られた部屋だったのである。

「どうだ、わしの寝室は気に入ったか」

「し、寝室！……」

後ろの典夫から自慢げに問いかけられ、奈緒は驚きの声をあげた。

だが、言われてみると、その部屋が寝室であるのは間違いなかった。なぜなら、部屋の中央には大きなベッドが設置されているのだから。

それは直径二メートル以上もある円形のベッドで、派手な緋色のカバーが掛けられていた。

「おまえはあのベッドの上で夜伽《よとぎ》をするんだ」

「ヨトギ？」

奈緒は聞き慣れない言葉を聞いて不安そうな表情を浮かべた。

「夜伽というのは奴隷が御主人さまの快楽のために尽くすことよ。つまり、おまえはベッドの上で会長さまのペニスをフェラチオしたり、お尻の穴のセックスをされたりするの」

「もっとも、それは後半のメニューで、おまえはこの部屋にやってきたら、まずベッドの周囲にある責め台や肉体拘束具に繋がれてわしの責めを受けるんだ。つらい仕置きを味わうことによって、わしへの怖れと奴隷の服従心がもう一度わいてくるだろう。そうしたらベッドに上がらせてやる。それが夜伽の内容だ」

「……」

すっかり怯えた奈緒はビクビクしながら部屋の中を見回した。

典夫が寝室と称する部屋は中央部に大きな円形ベッドが据えられていてもまだ広い空間を残しているが、そこには一般家庭の家具とは明らかに異なる台座や椅子がいくつも置かれていた。鎖や手枷、足枷などが付属した奇怪な家具が犠牲者の肉体を拘束したり屈従のポーズをさせたりするための道具であることは、経験のない奈緒にもじゅうぶん推察された。

つまり、この部屋は寝室を兼ねた奴隷調教室だったのである。きっと彼女は毎晩のようにここに連れてこられ、苦痛と屈辱感に満ちた〝夜伽〟を強いられるのだろう。

「夜伽が終わったあとも朝までここにいて、わしの添い寝をするんだ。そうすれば、わしが夜中に目を覚まして再び欲望を覚えたときにおまえの肉体が役立つからな」

「うひっ、そんな……」

奈緒は典夫の言葉を聞いて咽喉の奥から呻《うめ》きを込み上げさせた。つらい仕置きや屈辱的な性奉仕を終えたあとも、脂ぎったサディストの腕に抱かれて朝まで過ごさなければならない。想像するだけで虫酸《むしず》が走るほどの嫌悪感がわき上がってきた。

「わしはおまえがこの屋敷で快適に暮らせるように、おまえ専用の個室を用意してやった。もう見ただろう」

「み、見ました」

奈緒は小声で返事をした。彼女は屋敷の二階に一部屋を与えられたのだ。引っ越しの荷物はそこに運び込まれたが、学習机やベッド、タンスなどの家具はあらかじめ備え付けられていた。

「あちらは夜伽がないときに使用する部屋だ。夜伽を命じられたときはこちらがおまえの寝室になる」

「ううっ、こんな恐ろしい部屋が寝室だなんて……」

「フフフ、わしとおまえの寝室だ。わし好みの奴隷になれば、毎晩ここで過ごさせてやるぞ」

「……」

少女は目の前が真っ暗になった。できればいやだと叫びたかった。だが、逆らえば恐ろしい罰を受けることはすでに骨身に沁みている。奴隷にされた奈緒は支配者である典夫に服従するよりほかなかったのである。

「さて、見れば見るほどそそられる肉体だな」

典夫はしげしげと少女の裸体を見下ろすと、感に堪《た》えぬように言った。

「四つん這いの牝犬調教をしてから、わしのペニスは突っ張りっぱなしだ。やはり居間でフェラチオをさせておくべきだったか」

「それなら、お仕置きを兼ねて御奉仕テクニックを仕込んでやればよいではありませんか。せっかく乳房にアクセサリーをつけているのですから、それを使わない手はないでしょう」

女調教師はすぐに乳首責めの仕置きを提案した。彼女は女性であるが天性のサディストで、奴隷調教に関してはむしろ典夫よりも機転と応用力を働かせることができた。

「なるほど、彩華の言うとおりだ。乳首にお誂《あつら》え向きのクリップをはめている」

典夫は四つん這いの少女をこちら向きにさせて、彼女の乳房からチェーンが垂れているのを確認した。

「彩華、仕置きの段取りをしてくれ。クリップを装着してきたのはおまえだから、何か考えがあってのことなんだろう」

「かしこまりました。この娘は奴隷にされたばかりで、まだ心から服従してフェラチオ奉仕をする気になっていないでしょうから、好むと好まざるとにかかわらず、否応なくペニスを舐めざるをえない状況を作ってやります」

彩華はそう前置きすると、仕置き具を探して壁沿いの棚をいくつか物色した。実際、サディスト好みに造られた寝室には膨大な数の責め具が置かれているので、奴隷調教師の彩華でも、こまごましたものまでは在処《ありか》を覚えていなかったのである。

しかし彼女は見当をつけた棚から目的のものを探り当てると、それを持って典夫のところに戻った。そして、彼の足もとで四つん這いのポーズをつづける奈緒を見下ろした。

「お立ち。気をつけの姿勢をして、さっきのように両手を頭の後ろに回しなさい」

彩華は奈緒を立たせると、両手を頭の後ろで組ませた。すでに彼女は鎖付きの手枷で左右の手首を結ばれているが、彩華は鎖をうなじのリングに通して両手首を革枷ごと首輪にくくりつけた。

そのため奈緒は虜囚に等しい降参ポーズをしたまま、手を動かす自由を奪われてしまった。

「脚を開いて、ハイヒール同士の間隔を三十センチ取るのよ」

「……」

奈緒が怯えながら命令に従うと、女調教師は棚から持ち帰ったSM用具を典夫に差し出した。

「会長さま、どうぞ」

「ん？　これか……」

典夫が受け取ったのは二個で一対《つい》をなすクリップで、乳首に取り付けてあるのと同じものであった。しかし、それぞれに付属するチェーンは独立していて三十センチ以上の長さがあり、先端にはラバーコーティングされた黒い球が取り付けられていた。球の直径は一個五センチほどであるが、手にずしりとくる重みは典夫の予想した以上のものであった。

「フフフ、鉛の球だな。奈緒も彩華のような調教師に見込まれて気の毒なことだ」

典夫は薄ら笑いを浮かべながら心にもないことを言った。彼は鉛玉の付属したクリップを取り付ける箇所をちゃんと心得ていたのだ。

「どれ、これまでの調教で少しは濡れたか」

典夫は少女の前にしゃがみ込むと、剝き出しとなっている性器に指を触れた。奈緒は恥毛をトリミングされてから典夫のところにやってきたので、性器の周囲は無毛であった。典夫がぬめっとしたラビアの割れ目に指を挿し込んで見ると、膣口はとろりとした蜜であふれそうになっていた。

「ほう、予想以上にヌルヌルしているぞ……奈緒！　おまえは四つん這いの牝犬調教をされて興奮したんだな」

「ううっ、興奮しました」

奈緒は正直に返事をするよりほかなかった。なぜなら、屋敷の主人は興奮したことの動かぬ証拠である淫蜜を指の腹にたっぷりと載せているのだから。

「フフフ、マゾの素質ありだ。なかなか筋がいいぞ」

男は蜜液にまみれた指を見ながら満足そうに言った。

「じゃあ、今度の仕置きにも興奮して、マゾの悦びを覚え込むんだ」

そう言い聞かせると、割れ目の縁から引っ張り出したラビアにクリップを咬《か》ませた。

「うひっ、痛ぁい！」

ズキッとする痛みがラビアの粘膜に染み通り、少女を喘がせた。クリップは乳首に施されたのと同じ種類のもので、バネの力によってギザギザの鰐口を敏感な肉花弁に食い込ませたのだ。

「従順《おとな》しくしているんだ。もう一個つけてやるから」

反対側のラビアにも残りのクリップが咬ませられ、少女が感じる痛みを倍加した。しかし、残忍な責めはそれで終わったわけではなかった。いや、むしろクリップをラビアに取り付けるのは、これから延々と行なわれる恐ろしい拷問調教の序幕にしか過ぎなかったのである。

「さて、きちんと立っていられるか……」

しゃがみ込んだ典夫は上目遣いに奈緒の表情を観察しながら、手をゆっくりと下げていった。手のひらの中にはずしりと重い鉛の球が入っていたのだ。

「あっ？……あひいっ、堪忍！」

チェーンがピンと張って鉛球の重みがクリップに伝わりはじめると、少女の口から悲痛な叫びがわき起こった。乳首を繋ぐチェーンと同じ十八金製でそれ自体重量があるところへ鉛の重みが加わるのだから、ラビアの感じる痛みは並大抵のものではなかった。

「あひひっ、ひぃーん！　いやあーっ！」

鉛玉が男の手のひらから離れて完全に宙吊りになると、激烈な痛みが股間の急所を襲った。彼女は甲高い悲鳴を部屋中に轟かせてしゃがみ込もうとした。

だが、後ろから彩華が手でがっちりと首輪を押さえているのでそうすることもできず、膝をわなわなと震わせながらじっと立っているよりほかなかった。

「フフ……」

典夫はしばらくそのままにして奈緒の苦悶する様子を観察したが、やがて再び手のひらで球を受けとめてやった。

それで奈緒は多少楽になったが、クリップ自体は依然として左右のラビアを咬んでいるので完全に痛みが解消されたわけではなかった。

「さて、つぎはどうするのかな」

典夫は女調教師に向かって訊《たず》ねた。仕置きの演出者は彩華なので、彼はただ指示に従って奈緒を責めればよいのであった。

「奈緒、股を割ってしゃがみなさい。膝を深く曲げれば鉛の球が床に届くから。そうすれば、チェーンが緩んで楽になるでしょう」

「あうっ……」

奈緒は脚をブルブル震わせながら膝を折り、スクワットをするような格好でしゃがみ込んだ。そうすると彩華の言うとおり、鉛球は床に届いてチェーンを弛ませた。そうやっているかぎり、痛みが増幅されることはないだろう。

しかし、奈緒は痛みの軽減と引き換えに、猥褻感の生々しく匂ってくるようなあさましい格好をしなければならなかった。

両脚をヘアピンのように折り曲げてしゃがみ込んでいるが、剝き出しの股間には性器が丸見えとなっている。クレヴァスの左右を縁取る肉の花弁にはそれぞれクリップが咬ませられ、それらを引っ張るように二本のチェーンが垂れて床に届いているのだ。

しかも、残忍な彩華が奈緒に楽をさせたままにしておくはずはなかった。

「膝を閉じたら承知しないからね。股を大きく割り開いて性器を曝しているのよ」

彩華は厳しく命じると、典夫に向かって仕置きのやり方を教示した。

「会長さま、この格好で御奉仕をさせてやってください。チェーンをペニスに絡めれば、乳首もラビアも思いのままに責められますわ」

「フフフ、なるほど」

典夫は感心したようにうなずいた。彩華の勧める仕置きがどのようなものか理解したのである。

クリップに咬まれた乳首とラビアを交互に責める、あるいは同時に両方を責めるというそのやり方を頭に思い描くと、典夫のペニスはいっそう硬さを増した。彼は間違いなく真性のサディストであったのだ。

2

「さて、やってみるか」

典夫はそれまで羽織《はお》っていたガウンを脱ぎ捨てると、足につっかけたスリッパ以外素っ裸になった。六十間近の年齢だが老いを感じさせる要素はほとんど見られず、かえって張りのある皮膚は股間に聳《そび》えるペニスとともに精力絶倫の肉体を誇っているかのようであった。

典夫は奈緒の前に立つと、両の乳房を繋ぐチェーンに手をかけた。チェーンはたっぷり長さがあり、最深部が恥丘にまで達するU字の曲線を描き出していた。彼はそれをくるっと一巻きして輪を作り、その中にペニスを通した。

「あひゃっ!……」

少女の口から悲鳴に近い喘ぎがこぼれ出た。チェーンの中央部で輪を作ればその分だけ長さが切り詰められる。しかも、ペニスの位置は乳房よりもかなり上であった。それまで余裕たっぷりに垂れていたチェーンは上に持ち上げられ、ほぼ弛みをなくしてグロテスクなペニスに繋がれたのである。

「フフフ、ちょうどいいあんばいだ」

典夫は床にしゃがんでいる奈緒を見下ろして満足そうにうそぶいた。彼のペニスは硬く勃起して水平以上の角度を保ち、先端の亀頭は少女の顎のあたりにあったのだ。

「一口舐めてみろ」

「……」

少女は言いつけに従うよりほかなかった。彼女はビクビクしながら舌を出し、カリ高に膨れ上がった亀頭を舐めた。

「フェラチオは初めてか」

「は、はい……」

「そうすると、おまえは運がいいぞ。初めてのフェラチオをわしに仕込まれるのだから。他の娘が経験したことのない方法で舐めさせてやる」

「……？」

「ホホホ、つまり、マゾ奴隷に相応《ふさわ》しい方法でフェラチオをするってことよ。みっちりお仕置きをされて奴隷の服従心をもう一度思い出し、フェラチオ御奉仕によってその気持ちを会長さまにお伝えするの」

彩華が奈緒に説明してやった。彼女は仕置きの演出者であるだけに、少女がどのような苦痛を味わいながら奴隷奉仕をさせられるのかよく知っていたのである。

「さあ、先っぽの膨らんでいる部分をすっぽり咥えろ。わしを悦ばせることを考えて舌や唇を動かすんだ」

「は、はい！　あむ……」

奈緒は気味の悪さをこらえて亀頭を咥え込んだ。彼女はペニスが小便の排泄器官であることを知っていた。それで、フェラチオをすることに生理的な嫌悪感を覚えたのである。

しかも、ふだんはぐんなりと柔らかいものが現在では膨張して硬くそばだっている。見るからにグロテスクな突起物を口に含む気味悪さは吐き気を催《もよお》すほどであった。

しかし、いくらいやでも彼女は典夫のペニスを熱心に舐めざるを得なかった。

「あむ、ぴちゃ……あっ？」

亀頭を咥えて十秒もたたないうちにペニスが口の中から後退しはじめた。典夫がフェラチオをさせながら後ろにゆっくりと体を動かしたのである。

奈緒は口の中からペニスが引き抜かれそうな感覚に激しく動揺し、彼を追いかけるように前に進み出た。もしペニスが口から抜ければ、いやがって吐き出したと難癖をつけられるだろう。彼女はそれが怖くて懸命に身を乗り出したのである。

「あひゃっ、いひーん！」

いや、何よりも差し迫った問題として、典夫の動きについていかなければ乳首の受けるダメージが大きくなってしまうのである。なぜなら、乳首を咬むクリップはチェーンを介して彼のペニスに繋がれているので、ペニスが彼女の口から離れるにつれてチェーンの張りがきつくなり、ズキズキする痛みが増幅されるからである。

「わひゃっ!?　ひゃあーん！」

だが、しゃがんだまま懸命に歩き出そうとした途端、奈緒は性器にも鋭い痛みを感じた。乳首同様、ラビアにもクリップが咬ませられ、それぞれのチェーンの先には重い鉛球が繋いであったのだ。奈緒がしゃがみ歩きをすればクリップに咬まれたラビアは当然のごとく床の上の球を引っ張ることになる。

「フフフ、乳首とラビアを責められながらわしのペニスを舐めるんだ。そうすれば、おまえを支配するのがわしであることを骨身に沁みて覚えるだろう」

「奈緒、お仕置きつきのフェラチオ御奉仕で、会長さまを怖れ敬う奴隷の服従心を体で覚えるのよ」

典夫がサディスティックな笑い声をあげながら告げると、つづいて奴隷調教師の彩華が嚙んで含めるように言い聞かせた。

「ついでに、おまえ自身マゾの興奮を味わうことができるのだから、こんなありがたい御奉仕はないと感謝しなさい」

「うひいっ！」

奈緒は哀しげな呻きを込み上げさせた。〝マゾの興奮〟だの〝ありがたい御奉仕〟だの言われても、現実の苦しみが消えることはない。しかも、それは言語に絶する激痛なのだ。

「うひゃひゃっ！……ひゃーっ！」

典夫や彩華が話しかけている最中もペニスは少しずつ後退していった。奈緒は乳首に負荷がかからないように懸命に前進したが、そうすると、ラビアの媚肉が鉛球に引っ張られて耐えがたい痛みを味わわされるのであった。

「立ち止まることも立ち上がることもできないだろう。おまえはその格好でペニスを咥えたまま、わしについてくるよりほかないんだ」

「うひひっ、痛くて死にそうです」

「痛ければ痛いほどフェラチオを熱心に行なうだろう。なぜなら、クリップを外すのもつけたままにしておくのもわしの一存だから、仕置きを許してもらうためにはわしの気に入るようにしなければならない。おまえはそのことをわかっているはずだ」

「うひいっ、わかっています！　お父さまの気に入るように舐めますから、どうかお仕置きを堪忍してください」

「『気に入るように舐めるから』堪忍するんじゃなくて『気に入るように舐めることができたから』堪忍してやるんだ。口先だけの空手形では堪忍してやらぬぞ」

典夫は意地悪く訂正した。

「ううっ、どうしたら気に入ってもらえるのか？……」

「それを今から教えてやろうというのだ。つまり、奴隷調教とは奴隷に痛い思いをさせて奉仕テクニックや作法を体で覚え込ませることだ。少なくとも、このベッドの周りを一周するまでクリップを外してもらえないと覚悟しておけ」

「ひーっ、そんなぁ！」

奈緒は絶望の叫びをあげた。直径二メートル以上ある円形ベッドの周囲は七、八メートルにもなるが、彼女がこれまで歩いた距離はほんの数センチでしかなかったのだ。

「さあ、わしを悦ばせろ。ただ咥えているんじゃなくて、積極的に、舌を絡めて亀頭を刺激するんだ」

「あ、あむ……むむ！」

少女はチェーンに乳房を持ち上げられながら、典夫のペニスに懸命の奉仕を行なった。彼の注文どおり口の中で舌を動かして亀頭の表面を舐め回したり、唇を窄《すぼ》めてカリ溝や稜線に刺激を与えたりした。

「あむ、うんむ……むひゃっ！　むひーん！」

しかし、くぐもった鼻音はすぐに甲高い悲鳴に取って代わられた。

「ひゃいーん！」

奈緒は後退《あとずさ》りする典夫についていくために、開脚スクワットの体勢を保持したまま懸命に前に進もうとするのだが、足を一歩動かすごとに急所のラビアは激烈な痛みに襲われるのであった。その原因が媚肉を咬む一対のクリップとそれぞれに繋がれた鉛球であるのは言うまでもないだろう。

少女が動くにつれてチェーンはピンと張り、鉛球のずっしりした重みをクリップに伝えてくるのであった。

「ひゃっ、あむ、ひゃいい！」

それでも歩みを止めるわけにはいかなかった。立ち止まればペニスは遠ざかり、そこに絡めてあるチェーンが乳首のクリップを残忍に引っ張るのだから。

しかし、前に進もうとすれば鉛球を引きずらなければならず、乳首の痛みに勝るとも劣らぬ痛みをラビアに感じてしまう。いわば、少女は止まるも地獄、進むも地獄という苦しみの中で残忍な支配者への口淫奉仕を強いられているのであった。

「フフフ、いい格好だぞ」

典夫は奈緒を見下ろしながら満足そうにうそぶいた。

「おまえのような美少女にみっともない奴隷の格好をさせると、えも言われぬ悦びがわいてくる」

「……」

奈緒は男の言葉によって羞恥心をかき立てられた。彼女は股を大きく割って床にしゃがみ込み、両手をうなじにくくりつけられた虜囚姿で屈従のフェラチオを行なっているのだ。

しかも、剥き出しの乳房や性器には残忍なSMアクセサリーが取り付けられている。まさに彼女は奴隷の格好で奴隷の奉仕をさせられているのであった。

「ダックウォークは興奮するか」

「ダックウォーク？」

「そうやってしゃがんだままよちよち歩きをするのはアヒルの格好に似ているだろう。だから、アヒル歩き、つまりダックウォークというんだ」

典夫は高校生の奈緒のために英単語を交えて解説してやった。

「どうだ、大股開きのダックウォークをすると興奮するか」

「ううっ、恥ずかしいです。それに、ラビアが痛くてたまりません」

「恥ずかしいのと痛いのが混じり合って、マゾの興奮をぐんと高めるんだ……彩華！後ろから鞭を使ってダックウォークに磨きをかけてやれ」

「はい、会長さま。クリップとは異なる痛みでマゾの悦びを深めてやりますわ」

すぐに彩華は鞭を手にして奈緒の後ろに立った。

「股をもっと大きく開きなさい。大きく開けば開くほど会長さまに愉しんでいただけるのだから」

――ピシーン！

「ひゃっ！」

斜め後ろからふるった鞭が脇腹をかすめて太股の鼠蹊《そけい》部を打ち懲らし、奈緒に甲高い悲鳴をあげさせた。少女はエナメルのハイヒールを履いて膝上まで白のストッキングで覆っていたが、大腿部の上半分は生肌が露出していた。サディスティックな奴隷調教師はそこを狙って鞭を打ち込んだのである。

だが、ダックウォークに〝磨きをかける〟ための仕置きとしてこれほど適切なものはなかっただろう。奈緒は敏感な鼠蹊部に生じた鋭い痛みに恐怖と服従心をかき立てられ、以前にもまして股を大きく開いたのだから。

「右を打ったら左も打たなくては不公平ね」

――ピシーッ！

「うひゃあっ、開きますぅ！　股を開いてお父さまに見てもらいますぅ」

彩華がもう一方の鼠蹊部も打ち弾くと、奈緒は金切り声をあげて服従を誓った。そして、可能な限り膝同士を離して大股開きのダックウォークを披露した。

「おまえはアナル専用の奴隷だったわね」

つづいて女調教師は鞭のシャフトを真後ろから双臀の谷沿いに股間へ差し込みながら、美貌の少女に向かって意地悪く話しかけた。

「だからといって性器を責められないと思ったら大間違いよ。現にこうしてラビアにクリップをはめられているくらいなんだから……ほらっ、内側をえぐってやるわ」

「うひゃっ！……うひゃあーむ」

女調教師の操る鞭の革ヘラに割れ目をしごかれ、奈緒は狂ったように悲鳴をあげた。しかし、それでもペニスを懸命に咥えてダックウォークをつづける姿はいたましくもマゾ奴隷の従順さに満ち、典夫のサディスティックな情欲を煽ってやまなかった。彼は後退りしながら少女の前髪を摑み、硬く膨らんだペニスをさらに深く咥えさせた。

3

「あむ、ぺろ、ぴちゃ……ひゃいむーっ！」

奴隷に堕とされた奈緒が初めて行なう性奉仕は、四十も歳の差のある典夫のペニスを舐めることであった。

中年サディストのペニスは精力絶倫で脂ぎった肉体そのままにグロテスクな勃起状態を呈し、少女に虫酸の走るような嫌悪感を覚えさせた。

しかし、それよりもっとつらいのは、奴隷の口淫奉仕が恥ずかしさと屈辱感、そして何より耐え難《がた》い苦痛を伴《ともな》うことであった。

両手をうなじに拘束された虜囚さながらの姿で股を大きく開いてしゃがみ込み、あさましいダックウォークをしながらペニスに舌や唇を絡ませるのである。

「ひゃい、ひゃんむぅ……」

硬く勃起したペニスやずっしり重い鉛球はチェーンを介してクリップを引っ張り、ギザギザした鰐口に苛《さいな》まれる媚肉の痛みを二倍にも三倍にも増幅した。

——ピシーン！

「ひゃいーん！」

さらに、鞭の責めを託された彩華が容赦なく少女を打ち懲らし、彼女を新たな苦しみに悶えさせた。

「ほら、ここよ」

——ピチィーン！

「きゃひーん！」

残忍な女調教師が背後からふるった革鞭は鼠蹊部のさらに内側にまで達し、無防備にさらけ出されているデルタを打ち弾いた。革ヘラの先端にクリトリスを捉えられた奈緒はあまりの痛さに口の締まりをなくし、ペニスを咥えた唇の端から思わず涎を垂れこぼしてしまった。

「ホホホ、効いたでしょう」

「ううっ、うひいっ……」

奈緒は悲痛な呻きを込み上げさせた。膝同士を思いきり離してしゃがんでいる彼女は、股間のデルタが無防備に曝されていることをあらためて思い知らされたのだ。

「こうやってお仕置きをされながらフェラチオをする気分はどう？　服従心がわいてくるでしょう」

「うひいっ、わいてきます」

「その気持ちを会長さまにお伝えするために、心を込めてオチ×チンを舐めるのよ」

「舐めます！　あむ……んむ」

奈緒は泣き声で返事をすると、ペニスに懸命に舌を絡めた。グロテスクな肉竿を舐めさせられる嫌悪感よりも、仕置きへの恐怖心のほうが遥かに強かったのである。

しかし、いくら典夫の機嫌を取るために舌や唇を熱心に動かしても、残忍なSM調教を免れることはできなかった。なぜなら、典夫が仕置きを行なうのは躾のためであると同時に彼自身の愉しみのためであったのだから。

そんな彼の意を承《う》けて、奴隷調教師の彩華もそばから生け贄《にえ》の少女を打ち懲らすのであった。

「つぎはおっぱいよ」

意地悪な予告を聞いても、奈緒は乳房への鞭打ちを逃れることができなかった。両腕を高く持ち上げて手首を首輪のうなじに繋がれているので、手で庇《かば》うことができなかったのである。しかも、脇はまったくがら空きで、剝き出しの乳房を鞭の標的にさらけ出している。

――ピチィーッ！

「きゃひーっ！」

彩華のふるった鞭は横薙ぎに乳房を打ち弾き、灼けるような痛みを肌に伝えながら白い肉塊を揺るがした。

「うひひ、ひーん！」

痛みは鞭が直接及ぼしたものだけにとどまらなかった。乳房が揺れるにつれてクリップとペニスを結ぶチェーンは緊張度を強め、乳首の痛みを倍加させたのである。

「フフフ、つらくても仕事をおろそかにするんじゃないぞ」

典夫は全裸の美少女が残忍な女調教師に痛めつけられる様子を平然と見ながら、一歩、二歩と後退りした。

「ほら、前に進め。ペニスが口から抜けてもいいのか」

「ひゃっ、困りまひゅ……あむ、むうーん」

現在はかろうじて竿の三分の一ほど咥えているペニスが口から抜けてしまえばそこ

に巻きつけてあるチェーンはいっそう張りを強くして乳首に多大の痛みをもたらす。

少女はどうあっても典夫のペニスを咥えていなければならなかったのである。

「ひゃっ、ひゃっ！　ラビアがズキズキするぅ！」

しかし前に進めば二個の鉛球がそれぞれのラビアに取りつけたクリップを引っ張るのはすでに見てきたとおりである。

「もたもたしていると、いつまでもこの仕置きがつづくぞ」

典夫は意地悪く脅した。

「一周しなければ、クリップを外してやらぬと宣告しておいたからな」

「うひいっ、そんな無理……」

奈緒は泣きそうな顔をして訴えた。彼女はペニスを咥えながら円形ベッドに沿ってよちよちとダックウォークをつづけているものの、まだ行程の三分の一、いや四分の一にも達していなかった。

「一周歩くなんて絶対無理です。どうか、もう許してください、お父さま」

「許すわけにはいかぬな。わしは怒っているのだから」

「ひいっ！　ど、どうして……」

典夫から思いもよらぬ言葉を浴びせられて、奈緒は驚きと恐怖に捉えられた。彼女は懸命の奉仕をつづけ、拙《つたな》いなりにも彼の快楽に貢献していると思っていたのだ。

「おまえのダックウォークが遅すぎて、会長さまはイライラしていらっしゃるのよ」

「フフフ、そうではない。たしかに、ダックウォークはお世辞にも速いとは言えないが、大股開きのよちよち歩きは見応えじゅうぶんだ。隣の部屋で躾けてやった四つん這い歩きに勝るとも劣らぬいやらしさを醸し出しているくらいだ」

典夫は彩華を制すると、奈緒のダックウォークを皮肉っぽい口調で褒めてやった。

少女が苦痛に耐えながら懸命に股を開いて行なうアヒル歩きはぶざまでぎこちなかったが、その拙さがかえって処女奴隷の初々しいマゾヒズムを想起させ、同時進行中のフェラチオ奉仕と相俟《あいま》って、典夫にえも言われぬ快感を覚えさせるのであった。

「舌の動きも、初めてのフェラチオのわりには積極的に動かしてくる。つまり、ダックウォークもフェラチオもいやらしさたっぷりということだ。おかげでわしのペニスは立ちっぱなしだ。おまえも舌や唇で触ってみて、そのことを感じるだろう」

「感じます。お父さまのオチ×チンはさっきからとても硬いです」

「だから、わしは怒っているのだ。おまえのいやらしさがわしのペニスをビンビンにいきり立たせたのだから」

「うひゃあっ、そんなぁ！」

奈緒はとんだ言いがかりをつけられて、戸惑いと狼狽の叫びをあげた。つらい仕置きに喘ぎながら懸命にペニスの快楽に貢献しているのに、かえってそのことを咎《とが》められるのではまったく割が合わなかった。

「それにしても、初めてのダックウォークや初めてのフェラチオでわしをこんなに〝怒らせる〟のだから、おまえはわしが思っていた以上にふしだらで、いやらしいことの好きな娘だったんだな」

「ううっ、違います……」

奈緒は恨みがましく呻いた。ペニスを熱心に舐めたのも、懸命にダックウォークをつづけたのも、そうしなければ局部を耐え難い痛みで苛まれるからであった。

しかし、典夫は少女の抗議を無視して意地悪く決めつけた。

「おまえのようにふしだらな娘は徹底的に懲らしめてやるにかぎる。厳しく仕置きをしておかないと、そのうちにわしの目を盗んで、若い男のペニスを咥えるに決まっているからな。わしのペニスでさえこれほどいやらしく舐めるのだから、若い男のペニスなら夢中になってむしゃぶりつくだろう」

「ひいっ、絶対にそんなことはしません。奈緒はお父さまのオチ×チンだけを舐めます。お父さまのオチ×チンを一生懸命に舐めて悦んでもらいますから、つらいお仕置きは堪忍してください」

「フフフ、一生懸命に舐めれば、わしはもっと怒るぞ。かといって、ぞんざいな舐め方をすればそちらには地獄が待っているからな」

「ああっ、どうしたら……」

「自分がふしだらな淫乱娘だということを認めたうえでフェラチオをつづけ、わしからいっぱい仕置きをされるんだ」

「あうっ、そのお仕置きがつらくて、我慢できないのです」

「それなら、わしの怒りを解くんだ」

「ど、どうやって？……」

「ペニスの膨らみと硬さを絶頂まで持っていき、わしがおまえの口の中に射精するように仕向けるんだ。そうすれば、ペニスがほぐされて、わしの怒りが和らぐ」

「……」

「つまり、舌と唇を上手に動かして、わしをイカせるんだ。どうだ、できるか」

「は、はい……」

「だが、ペニスはわしの怒りが乗り移って、射精するまでのあいだにどんどん凶暴化するぞ」

「ひっ！……」

「奈緒、口の奥まで太いものをねじ込まれても、嫌がったり拒んだりしちゃだめよ」

「フフフ、心配は無用だ。ちょっとでもいやがる動きをすればクリップが引っ張られて、乳首やラビアを痛めつけるからな。奈緒もそのことがわかっているだろう」

「ううっ、わかっています。けっしていやがりません」

「さっきまでの生ぬるいフェラチオでは通用しないぞ。それっ、奥まで咥えるんだ」

典夫は後退りをやめて立ち止まると、奈緒の口をペニスの根もとに向かって荒々しく引き寄せた。

「むはんむ、むぐう！」

「唇を窄めてペニスを締めつけ、舌を亀頭や竿に絡めるんだ」

新たなフェラチオはピストン運動を伴うものであったが、典夫は自らのペニスを動かさず、代わりに奈緒の顔を引き寄せたり引き戻したりして、彼女の口に往復運動を行なわせた。

「あむむ、むんぐ……」

奈緒は必死でペニスを咥え、彼女を支配する手の動きによって亀頭から竿のつけ根近くまで何度も往復した。

「むぐ、うむ……ぺろ」

「うむ、いいぞ。ヌルヌルした唇や舌がペニスに絡みついてくる」

典夫は手で少女の前髪を摑み、ぐいぐいとペニスに向かって引き寄せた。最初のうちはペニス全長の半分程度の行程であったが、少しずつストロークを延ばして竿の七分目、八分目、そして最後には亀頭から竿のつけ根まで往復させた。

「むぐ、あぐ、うんむ……」

ペニスを咥えた口をつけ根まで引き寄せられるにつれて、奈緒の鼻や口から苦しげな息が漏れた。カリ高に膨れていて硬さと弾力性を保持した亀頭が口蓋垂《のどちんこ》を突き上げるたびに、彼女は絶息感に襲われて咽《む》せそうになった。

「どうだ、わしの怒りがペニスに乗り移って、どんどん凶暴になっていくのがわかるか」

「ひ、ひゃむ！　わかりまひゅ」

太いペニスに口腔内を占領された奈緒は呂律《ろれつ》の回らない声で返事をした。

だが、彼女の言葉には実感がこもっていた。

ペニスの大きさや硬さ自体は変わらないが、一突きごとに到達地点を深くしていくのだから、それが凶暴化していると奈緒が感じるのも無理はなかった。

「それなら、わしの恐ろしさをもっと思い知れ！」

「ひゃはっ、ひゃんむ！　むんぐう……」

前髪を摑んだ男の腕は奈緒の顔を荒々しく引き寄せたり引き戻したりして彼女の口の中でペニスを動かした。いや、それだけでは飽きたらず、彼自身も腰をグイグイとスイングさせてペニスを口蓋垂に向かって何度も突き立てた。もうその頃までには、典夫の劣情は理性で抑制できないほどに昂っていたのである。

「あぐ、ぐ……あんぐ、あむ、ぺろ」

奈緒は何度も絶息感に咽せ返ったが、口からペニスを吐き出すことはできなかった。典夫が言ったように、彼のペニスから離れようとすればたちまち乳首やラビアのクリップがチェーンに引っ張られ、敏感な急所に耐え難い痛みをもたらすからであった。

「うんむ、あんむ……ぴちゃ」

「うむ、そうだ！　いいぞ、いやらしく舌を絡めてくるな」

典夫は亀頭や肉竿に生じる艶めかしい触感に悦楽の情を昂《たかぶ》らせながら、夢中になって腰を動かした。

一方、奈緒も苦しみながら少しずつフェラチオのコツを摑んでいった。ペニスに口を塞がれて咽せ返りそうになるのを必死でこらえ、生理的嫌悪感を押し殺してグロテスクな肉竿に舌や唇を絡めた。

するると、嫌悪感はだんだん薄れ、逞しく勃起した支配者のペニスを舐めるというマゾヒスティックな行為にときめきを覚えるようになった。典夫の〝怒り〟によって奴隷の身分を再認識させられた彼女は淫らで卑屈なフェラチオ奉仕に快楽の萌芽を感じはじめたのである。

「うぐ、むぐ……ぺろ、ぴちゃ！」

「うーむ、淫乱な娘だ。舌をいやらしく絡めてわしを挑発してくる。わしのペニスをもっと凶暴にさせたいのか」

「あぐ、うんぐ……ぺろ、んむちゃ」

典夫はうわずった声で問いかけたが、奈緒は返事もせずにペニスを舐めつづけた。いや、太いペニスに口を塞がれた状態では、返事をしたくてもできなかったのだ。しかし、彼女の舌のもたらす淫らな感触は、典夫にサディスティックな征服欲をかき立てさせるにじゅうぶんであった。

「むむ、催してきたぞ！　ほら、わしの凶暴なペニスを咽喉の奥でたっぷり味わえ！」

快楽の虜になって抑制力を失った典夫は、硬く怒張したペニスを繰り返し少女の口の奥深く突き立てた。

「あんぐ、むぐ……ぺろ、んむ、ぺろ」

奈緒は絶息感に咽せながらも、口の中で激しく動く肉竿に舌を絡めて淫らな感触を与えつづけた。ヌルッとした舌にペニスをこすられる快感は典夫のサディスティックな情欲を煽ってやまなかった。

「うおう、何とも言えぬ！　言葉にできない快感だ……おう、いいぞっ！」

典夫はペニスを根もとまで口の中に押し込んだまま、小刻みに腰を揺すって繰り返し亀頭を口蓋垂《のどちんこ》に打ち当てた。すでに快感は頂点に向かって走り出していた。彼は理性を完全に失い、快楽の爆発に向かって激しく腰を動かした。

第四章　アナルパールの快楽

1

　典夫は残虐なやり方で奈緒にフェラチオ奉仕をさせたあと、彼女の口の中に大量の精液を放出した。もうあと二つで六十に手の届く年齢だが、精力絶倫の彼はサディスティックな興趣《きょうしゅ》さえわけば一晩に二回や三回は射精することができた。

　そして、新しく奴隷となった奈緒は彼の嗜虐的な征服欲をかなえるための犠牲者としてうってつけの存在だったのである。

「どうだ、わしの精液は旨かったか」

「うくっ……ひ、ひくっ、おいしかったです」

円形ベッドの端に腰を下ろした典夫に問われると、彼の足もとで屈辱的な奴隷奉仕をさせられている奈緒は、嗚咽に声を途切れさせながら返事をした。

彼女は典夫の放出した精液を一滴残さず飲むことを強いられ、そのあとも亀頭や肉竿の汚れを清めるための口淫奉仕をさせられているのであった。

しかし、返事とは裏腹に、奈緒は精液の生臭い味に吐き気を催しながら死ぬ思いで飲み下したのである。

「仕置きのクリップは効いたか」

「あうっ、効きました。今でもまだおっぱいやラビアがズキズキしています」

奈緒は怖いものでも思い出したかのように眉根をひそめてクリップの感想を言った。

実際、四個のクリップは今ではすべて外されているが、ズキズキする痛みは急所の媚肉に残っていたのである。

「チェーンの先の鉛の球はサイズを変えることができる。ちょっとでもわしに逆らったら、さっきよりずっと重い球を乳首とラビアに取りつけてやるぞ」

「ひいっ、絶対に逆らいません」

「奈緒、会長さまのご機嫌を損ねたくなかったら、心を込めてお清めの御奉仕をするのよ。会長さまのオチ×チンを隅から隅まで舐めて、綺麗にして差し上げなさい。そうすれば、またオチ×チンが硬くなるから」

「舐めます！　あむ、ぺろ……」

男の足もとにひざまずいた奈緒は口に咥えたペニスに舌を絡ませ、表面から精液の残滓《ざんし》や淫液を舐め掬《すく》った。そのおかげで典夫のペニスは次第に硬さと勃起力を回復していった。

「硬くなってきたな。おまえは何のためにペニスを舐めているのか知っているか」

「汚れを舐め取って、お父さまのオチ×チンを綺麗にするためです」

「それもあるが、硬さを取り戻したということは、つぎの仕置きをする元気が出てきたということだ。つまり、おまえはわしに仕置きをしてもらうためにペニスを舐めているんだ」

「ひっ、またつらい目に？……」

「おまえはどういう奴隷なのだ。言ってみろ」

「あ、あの、お尻の穴専用奴隷……」

「つまり、ケツの穴を専門に責められる奴隷ということだな」

「ううっ……」

「だから、これから行なうのは本命の仕置きだ」

「ああっ、お尻の穴を虐められるなんて！」

「いやなのか。それなら、もう一度クリップ責めをするぞ。さっきよりも一回り大きな球を乳首とラビアの四箇所から吊るし、四つん這いで歩かせてやる。どうだ、こちらのほうがいいのか」

「うひーっ、いやです！　そんな残酷なことはしないでください」

奈緒は金切り声をあげた。初な少女は典夫の脅しにすっかり怯えてしまったのだ。

「こら、いやとはなんなの！　おまえにいやなどと言う権利はないのよ。会長さまにあやまりなさい」

「うひっ、ごめんなさい、お父さま。どうか、恐ろしいお仕置きは許してください」

彩華に厳しく叱られると、奈緒はすぐに己《おのれ》の身分を悟って典夫にあやまった。

「それならわしにケツの穴の仕置きをお願いしろ」

「ううっ、自分からお願いするなんて……」

「奈緒、会長さまがその気になってくださるように、心を込めてお願いするのよ」

「ううっ、お願いします。どうか、奈緒のお尻の穴をお仕置きしてください」

「おまえは淫乱穴の持ち主か」

「い、淫乱穴？」

「淫乱穴とは、ディルドウやバイブで虐められたり、ペニスを咥え込んだりするのが好きなケツの穴のことだ。どうだ、おまえのケツの穴は淫乱穴か」

「うひっ、違います。虐められるのが好きな淫乱穴なんかじゃありません」

「淫乱穴の持ち主じゃないと、毎晩つらい目を見るぞ。ケツの穴専用奴隷はその箇所をターゲットにされて仕置きを受けるのだから」

「ううっ、酷《むご》い」

「それなら、淫乱穴に仕込んでもらえばいいだけの話でしょう。さあ、『奈緒のアヌスを、虐められ好きな淫乱穴に仕込んでください』とお願いしなさい」

「ひいっ、そんなことまでお願いさせられるなんて……あうっ！　ど、どうか、奈緒のアヌスを、虐められ好きなマゾの淫乱穴に仕込んでください」

「フフフ、案外この娘は仕込まなくても、最初から淫乱穴の持ち主かもしれないぞ。さっき指で検査してやったら、思いのほか反応がよかったからな」

典夫はニヤニヤ笑いながら言った。そして、足もとでビクビクしている奈緒に向かっては、わざと厳しい口調で決めつけた。

「もしそうなら、おまえは嘘をついていたことになるぞ」

「あわっ……」

「嘘がばれたときには、おまえはこんなにいやらしい娘だったのかとわしの怒りが復活して、ペニスがまた凶暴化するからな」

「うひゃあっ！」

「奈緒！　会長さまの怒りの矛先が向けられるのはどこなのか、当ててごらん」

「お、お尻の穴……」

「そのとおり。アナル専用奴隷だけあって、ちゃんとわかっているようね。会長さまは凶暴なオチ×チンをおまえの淫乱穴にハメて、たっぷりお仕置きしてくださるわ」

「ううっ、死にたい……」

奈緒は絶望の呻《うめ》きを込み上げさせた。ヴァギナの凌辱は免《まぬか》れたものの、アナル専用奴隷に堕とされた彼女は最初の日からアヌスを犯されると宣告されたのだ。

「フフフ、わしのペニスがおまえのケツの穴の中で凶暴性を発揮することができるように、わざわざおまえが清めの奉仕で復活させてくれたというわけだ。なかなか気が利くじゃないか」

典夫は皮肉たっぷりに奈緒を褒めてやった。彼のペニスは少女の清め奉仕によってピカピカに磨き上げられると同時に、射精以前の状態に戻って高々と勃起していた。

「だが、ペニスをハメる前におまえの素姓を明らかにしなければならぬ。根っからの淫乱穴の持ち主かどうかということを」

「それはよい考えですわ。最初から淫乱穴の持ち主なのに、純情なふりをして嘘をついている可能性がありますからね。バイブやディルドウなどの責め具を用《もち》いて調べてやるのがよろしいかと存じます」

「彩華、おまえが責めのプランを立てろ。おまえは優秀な奴隷調教師でわしを愉しませる術《すべ》を心得ているから、おまえの演出に従って動けば間違いない」

「ホホホ、期待に応えられますかどうか……まあ、とりあえずやってみましょう」

彩華は笑って謙遜したが、すぐに頭の中でプログラムを組み立てた。

「本日は四つん這い歩きを躾けている最中なので、アナルのお仕置きコースもそれの応用編から入ることにいたします」

彼女はそのように前置きをすると、壁際の棚からアナル責めに用いる道具を選び取ってきた。そして、典夫の足もとでビクビクしている奴隷少女に向かって命令した。

「奈緒！　四つん這いにおなり。さっき会長さまから奴隷のお作法を躾けられたわね。お作法に則って、お行儀のよいポーズをするのよ」

「うっ、はい……」

奈緒は仕方なく言いつけに従った。左右の手のひらと膝を床につけて畜生の格好になり、さらに膝同士の間隔を空けて性器やアヌスなどの秘部を無防備にさらけ出した。

「うん。マゾ奴隷の雰囲気がだいぶ出てきたわね」

彩華は、四つん這いになった奈緒の姿を見下ろして少しばかり褒めてやった。

典夫の鞭によって奴隷の作法を躾けられた少女は、サディスティックな支配者の目を愉しませる術を覚え込まされていたのである。

猫背にならないように背筋をピンと伸ばして尻の高さを強調し、膝下を八の字に開いて、性器やアヌスの連なる双臀の谷底を大きく露出させる——彼女は情けなくみじめだと思いつつも〝奴隷のお作法〟という名目のもとに、あさましいポーズを決めるのであった。

典夫と彩華に尻を向けた奈緒は、彼らによって性器やアヌスを視姦されていると感じたが、特にアヌスに好色で嗜虐的な視線を感じることが甚《はなは》だしかった。なぜなら、これから行なわれるのはその箇所を標的とする仕置きであるとすでに予告されているのだから。

「ううっ……」

尻の穴が丸見えになっていることを恥ずかしいと思うのはもちろんのことであるが、その箇所が見えるだけでなくまったく無防備であると自覚すると、羞恥よりも恐怖心のほうが遙かに大きかった。それで、少女は四つん這いの卑猥なポーズをつづけながら、剝き出しの菊蕾を懸命に窄めるのであった。

「だいぶ緊張しているようね。筋肉をこわばらせているじゃない」

奈緒の背後にしゃがみ込んだ彩華も彼女の緊張状態を看《み》て取ったようである。しかし、女調教師は剝き出しの菊蕾を指で触りながら、意地悪くきめつけた。

「純情なふりをしてお尻の穴を一生懸命窄めているけれど、この穴がディルドウでもオチ×チンでも、何でも咥えたがる淫乱穴だってことは、ちゃんとお見通しなのよ」

「そ、そんなことはありません。最初からの淫乱穴なんかじゃ……あひゃっ！」

奈緒はむきになって抗弁しようとしたが、尻の穴に異物の侵入を感じてビクッと体を痙攣させた。彩華が棚から持ち帰った責め具をアヌスの内部に押し込んだのである。

「アナル用ブラックパールよ」

後ろを振り返って確認することのできない奈緒のために、彩華が説明してやった。

奴隷調教師が手にしているのは直径三センチほどの珠《たま》を十数個連ねて糸を通したものので、アナルパールと呼ばれるSMアクセサリーであった。もちろん、パールといっても本物の真珠ではなく、樹脂製の珠を真珠に見立てているのであった。

特に、彩華が使用しているのは真っ黒い珠なので、彼女はそれをブラックパールと呼んだのである。

「ほら、アナル用のゼリーを塗っておいてよかっただろう。ゼリーなしなら、痛くてヒイヒイ泣き声をあげていたところよ」

彩華は大粒のパールを尻の穴に押し込みながら、恩着せがましく言った。彼女は奈緒を入浴させたあと、アナル潤滑剤を塗り込んでから典夫のもとに連れていったのだ。

とはいえ、パールは直径が三センチもあるので、それが肛門を割って直腸に入り込んでくる圧迫感は耐え難《がた》いものがあった。しかも、一個だけでなく二個、三個とつぎつぎに入り込んでくるので、たちまち直腸はパールによって満たされてしまった。

「どう、パールが穴の中に入ってくるときの感覚は？　気持ちよくてゾクゾクするでしょう」

「うひっ、穴を思いきり拡げられてつらいです」

「とりあえず最初は四個にしておいたから、残りは会長さまに入れてもらいなさい」

「フフフ、わしのために八個も残しておいてくれたというわけか」

典夫は彩華の台詞を聞くと嬉しそうに合いの手を入れた。アナル責めの数珠《じゅず》は十二個のブラックパールからなり、黒光りする珠は尻の外にまだ八個も出ているのであった。

「ひいっ、あと八個なんて！　今でもお腹がパンクしそうなほど苦しいのに」

奈緒の口から悲鳴があがった。後ろを見ることのできない彼女はアナルパールが十二連もの長いものだとは知らなかったのである。

彩華は尻から出ているアナルパールの端に細いチェーンを接続すると、それを背中伝いに首輪まで延ばし、うなじのリングをくぐらせて後ろに折り返した。

「さあ、どうぞ。あとは会長さまが存分になさってください」

作業を終えた彩華はチェーンの握り手を典夫に差し出した。つまり、仕置きを待つ奴隷の身柄を残虐な支配者の手に引き渡したのである。

「娘にベッドの周りを周回させながら、アナル芸を仕込んでやるのがよろしいかと存じます」

「アナル芸？」

「四つん這いで歩きながら、パールを一個ずつひり出させるのです。もちろん、手を使うのは御法度で、歩きながらウンチをひり出すように排泄させてください」

「難易度の高い芸だな。しゃがんで息むならともかく、四つん這いの格好で歩きながらひり出すのは難しいぞ」

「だからこそ、躾け甲斐があるわけです。一周につき一個排泄させて、できなかった場合は罰として外に出ているパールを一個押し込んでやってください」

「なるほど。一周終わるまでに一個を排泄すれば、四周で仕置きが終了するが、それができない場合はどんどんパールをケツの穴の中に押し込まれていくというわけだな」

「奈緒もパールの数珠すべてをお尻の穴に押し込まれると知れば、死にもの狂いで芸を覚えるでしょう」

「聞いたな、奈緒？　このアナル芸ができなければ、おまえのケツの穴にはあと八個のパールが押し込まれるんだ」

「ううっ、絶対に無理です。こんな大きな珠を、ウンチをするようにひり出すなんて」

「四個のパールは外から中に入ってきたんでしょう。それなら、中から外に出すことだってできるはずじゃない」

彩華は有無《うむ》を言わせぬ屁理屈で少女の泣き言をぴしゃりと封じた。

「さあ、会長さま！　アナル専用奴隷の名に恥じぬように、奈緒にアナル芸を仕込んでやってくださいませ」

「よし。さあ、行け！　さっきのようにベッドの周りを回るんだ」

――ピシーン！

「うひゃっ！……」

合図の鞭を臀丘に打たれ、少女は前に進まざるをえなかった。彼女は直腸の壁を押し拡げるパールの圧迫感に苦しみながら、あさましい四つん這い歩きをはじめた。

――ピシーッ！

「ひゃっ！」

「ダックウォークでは一周もできなかったが、この四つん這い歩きでは何周でもできるだろう」

2

典夫は革鞭で少女を追い立てながら嬲るように言い聞かせた。

典夫はとうの昔にガウンを脱いで素っ裸になっていたが、魁偉《かいい》な体格の彼はだいぶ下腹が出ているものの、五十代後半の年齢とは思えぬ若々しい肉体を保持していた。

そして、精力絶倫を証立《あかした》てるように、股間のペニスは射精後にもかかわらず高々と隆起していた。

もっとも、ペニスの回復には奈緒の献身的な清め奉仕が与《あずか》っていることはいうまでもない。皮肉なことに、少女はペニスの汚れを舌で清めることによって、アヌスを残忍に凌辱しようとする嗜虐的エネルギーを彼の体内に復活させてしまったのである。

「一周ごとにアナル芸をしてわしに見せないと、穴の中のパールが増えていくからな」

「ううっ……」

奈緒は絶望的な気分になって呻きを込み上げさせた。彼女は四つん這い歩きをしながら懸命に下腹を息ませているものの、直腸内に居座ったパールはピクリとも動かなかったのである。

「もちろん、アナル芸の最中だからといって、行儀作法をおろそかにするんじゃないぞ。わしの目を愉しませるように歩くんだ」

典夫はリードのチェーンを握りながら、厳しく注文をつけた。

新しいリードは以前のものよりも鎖が細く、ネックレスチェーンのように華奢《きやしや》であった。それは首輪に固定されておらず、うなじのリングをくぐって少女の背中を通り、腰のあたりでアナルパールに接続されている。いわば、典夫はリードを介して奴隷少女に対する支配力をアヌスの中まで及ぼしているのであった。

――ピシーン！

「ひゃいっ！」

「どうした？　もう半周歩いたのに、ケツの穴からパールが現れてこないぞ」

典夫は四つん這いの少女を鞭で追い立てながら、後ろから意地悪く声をかけた。彼の指摘したとおり、奈緒はまだ一個もパールの排泄に成功していなかった。

「それにしてもいやらしい牝犬っぷりだな。アナルパールをリードに繋げてあるので、性器の割れ目が丸見えになっているぞ」

典夫は少女の羞恥心をかき立てるように、わざわざ彼女の後ろ姿について言及した。

数珠つなぎになったアナルパールは尾骶《びてい》骨から尻の頂上を通って背中方面に延び、腰のあたりで首輪のリングをくぐってきたリードに接続されている。つまり、リードをピンと張っているかぎりパールは上方に引っ張られ、アヌスの下に位置する性器の眺めを遮《さえぎ》ることがなかったのである。

「おまえのケツの穴が淫乱穴かどうかは、性器の濡れ具合で判定できる。割れ目から淫蜜があふれ出したら、おまえのケツの穴は淫乱穴だ」

「ど、どうして？……」

「ケツの穴の仕置きを受けているのに、手つかずの性器が濡れれば、それは仕置きに興奮したということだろう。だから、アナル芸を躾けられている最中に割れ目からよがり蜜をあふれさせれば、おまえのケツの穴は、仕置きに興奮するマゾの淫乱穴ということになる」

「……」

「フフフ、こうして観察すると、つゆが今にも垂れてきそうな濡れっぷりだな」

典夫はいやらしげな目で奈緒の秘部を観察しながら意地悪く指摘した。実際、彼女の性器は残虐な仕置きを受けるにつれ、淫蜜を少しずつ分泌していたのである。

「ほら、根っからの淫乱穴だと言われたくなければ、よがり蜜が垂れてくる前にアナル芸をやり遂げるんだ」

「う、ううっ！……」

奈緒は必死になって下腹を息ませたが、努力も空《むな》しく四個のパールはいっこうに出てくる気配を見せなかった。少女は絶望感にとらわれながらも、クネクネと尻をくねらせてあさましい四つん這い歩きをつづけるよりほかなかった。

「さあ、一周したぞ」

典夫は少女を追い立てて出発点に戻ってくると、手綱を引き絞って停止させた。

「どうだ、アナル芸をしてわしを愉しませることができたか」

「ううっ、できませんでした」

奈緒は恐怖に声を震わせながら返事をした。一周するあいだにパールを排泄することができなければ、つらい罰を受けなければならないことを知っているのだ。

「それなら、予告どおりパールの追加だ。膝を浮かせてケツを高く持ち上げろ」

「ああっ、今のぶんだけでもつらくてたまらないのに……」

少女は嘆きの声をあげたが、支配者の命令に逆らうことはできなかった。彼女は床についていた膝を浮かせて四つん這いから四つ足のポーズになり、典夫に向かって尻を差し出した。

「フフフ、それっ！」

「あおーっ！」

数珠繋ぎになっているパールのうちの一番アヌスに近いものが典夫の手によって菊蕾に押しつけられると、奈緒は被虐感たっぷりの悲鳴をあげた。しかし、パールは肛門の筋肉によって多少の抵抗を受けたものの、そこを抜けると存外すんなりと直腸の中に収まった。

もっとも、すんなり収まったといっても、奈緒の苦しみはいちだんと大きくなった。既存の四個と合わせて五個のパールに直腸を圧迫されることになったのである。

「さあ、行け！　つぎの一周だ」

「うひっ、ひっ……」

少女は円形ベッドの周囲を再び歩かなければならなかった。一周して出発点に戻ってくるまでにパールをひり出さなければならない。さもなければ六個目がアヌスに押し込まれてしまう。

しかし、最初の一周でできなかった芸がどうして二周目でできるようになるのか。むしろパールが五個に増えたために直腸の受ける圧迫感は増大し、おぞましい感覚に全身の力が萎えてしまった。歩くのがやっとで下腹を息ませる余裕などほとんどなかったのである。

「もたもた歩くんじゃない。さっさとつぎの一周をするんだ」

――ピシーン！

「うひいっ、一周したら、またパールを入れられてしまう」

「一周する前にパールをひり出せば、入れられずにすむだろう」

「あうーっ、それができないんです。どうか、もう許してください」

「許してくれだと？　その台詞は残りのパールがすべてケツの穴に納まってから言え」

「うひぃっ、これ以上入れられたら、死んでしまいます」

「泣き言は通用せぬぞ。そらっ、もっと速く歩け。時間稼ぎは許さないぞ」

——ピシーン！

「ひーん！」

鞭に追い立てられた奈緒は直腸に生じる耐え難い圧迫感に手足を萎えさせながらよろよろと這い進み、やがて二周目のゴールに到達した。もちろん、アナル芸を披露することはかなわず、追加の罰を受けなければならなかった。

「そらっ、六個目だ」

「うひひーん！　お腹がパンクしますぅ！」

すでに満杯になっているところへ新たなパールが無理やり割り込んできて、直腸の粘膜を押し拡げた。奈緒は下腹を圧迫される感覚にいても立ってもいられず、苦悶に満ちた表情で四つん這いの肉体を激しく波打たせた。

「フフフ、なかなかの手応えだ。肛門のところでいったん抵抗するが、そこを押し抜けるとすうーっと穴の中に落ちていく。何とも言えない感触だ」

典夫はパールを呑み込んだ直後の肛門に指をあてがいながら満足そうにつぶやいた。

無防備に尻をさらけ出すアヌスを割って、直径三センチのパールを押し込む快感はひとしおのものであった。まだ男の手垢のついていない美少女の肉体——それも尻の穴というとっておきの箇所を恣《ほしいまま》に虐めることでサディスティックな情欲がぐっと昂り、彼のペニスは一段と硬さを増した。

「さあ、三周目だ。行け！」

——ピシーン！

「うひいっ、もう歩けません。堪忍してください、お父さま！　どうか、堪忍して……」

奈緒は合図の鞭を打たれても動こうとしなかった。いや、下腹を圧迫される苦しみに手足が萎えて、動きたくても動くことができなかったのである。

「いうことをきかないと、もっとつらいめを見せてやるぞ」

「うひーっ、本当に歩けないんです」

後ろを振り返って必死に訴える奈緒の目には涙が滲んでいた。彼女の言葉に偽りはなく、四つん這いの肉体を支える四肢は今にも崩れ落ちんばかりにブルブル震えていた。

「じゃあ、ここで会長さまが少しだけお情けをかけてやったらどうですか」

「情け？」

「アナル感覚の悦びを経験させてやるのですわ。苦痛ばかりではトラウマになって心が萎縮してしまい、アナル責めに興奮する奴隷に育たないでしょう」

「どうやって悦びを経験させるんだ」

「パールがお尻の穴から排泄されるときの感覚を味わわせてやるんです。アナル責めに慣れていない者にとっては、入ってくるよりも出ていくほうが快楽を感じやすいのです。パールが入ってくるときは菊皺を巻き込んで直腸に居座ってしまいますから、苦痛と不安が生じるのに対して、出ていくときは菊皺を拡げながら排泄されるので、その感覚が快楽を呼び、しかも直腸を圧迫していたものが出ていくので安心感が付け加わるのです」

「なるほど、ケツの穴に詰まっていた太いクソをひり出したときのような快感があるというわけだな」

典夫は彩華の説明に納得したようにうなずいた。

「要するに、この娘は重度の便秘になって、自力でクソをひり出せずに悶え苦しんでいる。それをわしが手助けして、排便の悦びを味わわせてやるということだな」

「おっしゃるとおりです。ただし、会長さまが直接パールを引っ張り出しては娘のためになりませんから、リードを操作してパールを動かしてやってください」

「フフフ、そういうことか」

典夫は手に握っているリードをピンと張った。

リードのチェーンは首輪に固定されておらず、うなじのリングをくぐって少女の背中をたどり、腰のあたりでアナルパールの数珠に接続していた。そのため、典夫がチェーンを動かせば力がアナルパールに伝わるようになっていたのである。

「そらっ！」

「……！」

アヌスの外に出ているパールの数珠がリードのチェーンによって引っ張られると、その力は直腸の内部に伝わった。典夫がリードを手前に引くことによって、パールを引き抜こうとする力がかかるのである。

しかし、彼はパールを完全に抜くつもりはなかった。彼の行なうのはあくまで補助だったのである。

「さあ、やってみろ」

「うっ、ううーっ……」

直腸の中でパールが動く気配を感じ取った奈緒は、ここぞとばかりに下腹を必死に息ませた。

「ううっ……うあーっ！」

努力の甲斐あって、直腸深く居座っていた六個のパールは少しずつ肛門に向かって移動していった。そして、ついに穴の中から出ようとするパールが菊皺を押し拡げ、黒く艶光りする表面を見せはじめた。

「うあっ……うあーっ！」

しかし、何度息んでも、奈緒はパールを排泄することができなかった。直径が三センチもある球が肛門の菊皺をめいっぱい押し拡げて排泄されるためには、よほどの力を必要としたのである。

「フフフ……」

少女に課せられたアナル芸は依然として未成功のままであったが、懸命な試みを行なう姿は典夫の目を愉しませるにじゅうぶんであった。

奈緒が息みを繰り返すたびに、飴色の菊蕾は呼吸でもするかのように皺を拡げたり窄めたりして漆黒のパールを見え隠れさせる。生々しい迫力に満ちたその光景はグロテスクともエロティシズムともつかぬ卑猥さを醸し出して、典夫の目を惹きつけてやまなかった。

「どうした。わしが手助けをしてやっているのに、まだひり出せないのか」

「ううっ、あとちょっとなのに……うあっ！」

「じゃあ、一歩前に出ろ」

「うはっ、はい！……」

奈緒は言いつけに従って四つん這いの手足を一歩前に出そうとした。

しかし、後ろの典夫が手綱を引き絞ったままので、制動力が首輪の咽喉《いんこう》にかかって彼女の顎は上がってしまった。

「さあ、リードをぐいっと引っ張るんだ」

「う、うをっ！……わひゃっ！」

咽喉を締めつけられたまま必死になって足を踏み出すと、肛門のところで引っかかっていたパールはスポッと抜け出した。

アナルパールに接続されているリードのチェーンが首輪のところで固定されていないので、奈緒が咽喉の苦しみに耐えながら強引に前に出ると、チェーンは背中の上をずれ動いて直腸内のパールを引きずり出したのである。

「うっ、うひゃ……ああっ！」

奈緒は荒く息を継ぎながら、ようやく一個のパールを排泄することができた安堵感に浸った。

3

「奈緒、パールをひり出した感想はどう？　入ってくる感覚よりも、出ていく感覚のほうがよほど気持ちがいいでしょう」

「ああっ、気持ちいいです」

彩華に問われると、奈緒は感に堪《た》えぬような声で同意した。実際、直径が三センチにもなろうとする大粒のパールが肛門の粘膜をこすりながら菊皺を押し拡げていく触感は、背筋がぞくっとするほどの淫らさと蠱惑《こわく》感に満ちていた。しかも、パールが一個排泄されることによって、直腸の圧迫感が軽減される。そのこともあって、奈緒は快感と安堵感の両方を同時に得ることができたのである。

「それじゃあ、もう一歩前に出ろ」

「は、はい！……ああっ、うーん！」

リードのチェーンをピンと張られたまま、奈緒はさらに一歩踏み込んだ。すると、もう一個の珠が菊蕾を割り開いて外にこぼれ出た。

「ああ、いいっ！……」

少女は悦楽の喘ぎを込み上げさせた。

彼女は淫らな触感を肛門の粘膜で味わうことによって倒錯のアナル感覚を知ったのである。

しかし、三個目のパールを排泄することはかなわなかった。彼女はまだパール排泄のアナル芸を身につけておらず、成否は典夫の気持ち次第だったのである。

「さあ、もう一歩前に出ろ」

「はい！」

少女は勇んで言いつけに従った。典夫がリードを張りつめてパール排泄の手助けをしてくれると期待したのである。

「うーん、ううっ……」

しかし、チェーンの張りは前の二回よりも弱く、奈緒は菊蕾の窪みから姿を現したパールをどうしても肛門の外に押し出すことができなかった。

「……わひゃっ!? ひいっ！」

息が途切れて肛門の筋肉が緩んだ途端、たった今排泄したばかりのパールが再び侵入してきて奈緒を狼狽させた。革鞭を逆さに持ち替えた典夫が柄尻でパールを菊蕾の中に押し込んだのである。

「うひっ、うくうっ……」

おぞましい圧迫感が直腸の粘膜に甦《よみがえ》り、奈緒は苦悶の呻きをあげた。

「奈緒！　出ていく快感を覚えたら、入ってくる快感も覚えるのよ。おまえはマゾのアナル奴隷として会長さまにお仕えするのだから、お尻の穴を可愛がられるだけじゃなく、虐められることにも悦びを見出すようになりなさい」

典夫の仕打ちを見ていた彩華が少女に向かって、もったいぶった口調で説教した。

「フフフ、彩華の言うとおりだ。ケツの穴を虐められるのが好きな奴隷にならなければ、アナル専用奴隷としてやっていけないぞ……さあ、四つん這い歩きをつづけろ」

——ピシーン！

「ううっ、歩きます。お行儀よく歩きますから、どうかまたパールをひり出させてください」

奈緒は四つん這いの周回運動を再開しながら、典夫に向かって卑屈に訴えた。まだあどけなさの残る十六歳の美少女は、典夫の別宅にやってきて半日もしないのに奴隷の服従心と行儀作法を覚えつつあった。それだけ典夫と彩華の仕置きは残忍かつ狡猾で、純真な少女を短時間のうちにマゾ奴隷に仕込んでしまったのだ。

「パールをひり出させるのはケツの穴を可愛がってやるということだな。おまえはケツの穴を虐めてほしいのか、それとも可愛がってほしいのか」

「ああっ、可愛がってください。アナル奴隷奈緒のお尻の穴を可愛がって、ヒイヒイよがり泣きさせてください」

「フフフ、可愛がるよりも、虐めるのが先だ。パールを出してやるためには、最初に入れなければならないからな」

典夫は奈緒に期待を持たせておいて、すぐに意地悪く言い聞かせた。

「うあっ、お尻の穴にはもういっぱい入っています」

「何個入っているんだ」

「五個です。最初に彩華さまから四個入れられましたが、アナル芸ができないので罰としてお父さまに二個追加されて六個にされ、そのあとお情けで二個出してもらいました。でも、すぐに一個戻されたので、お尻の穴の中には五個のパールが入っています」

「おまえは五個のパールにケツの穴を虐められているんだな」

「ああっ、虐められています。パールにお腹を圧迫されて、じっとしていることができないくらい苦しいです。どうか、奈緒のお尻の穴を可愛がって、五個の珠《たま》をひり出させてください」

「じゃあ、外に出ている残りの七個はどうするんだ。せっかくおまえのケツの穴を虐めるために待機しているのに、使われないのでは宝の持ち腐れというものじゃないか。パールたちにしてみれば、最後の一個まで使われるのが本望だろう」

「うひいっ、そんな！　十二個全部入れられたら、お腹が破裂して本当に死んでしまいます」

「死ぬか死なないかは、実際に入れてみなければわからない。十二個入れられる前にアナル芸を覚えることだな」

「うあっ、それができないから……」

「できなければ、ケツの穴虐めのつづきだ」

典夫は冷たく突き放すと、逆さまに持ち替えた鞭の柄尻で大珠のパールを菊蕾に押しつけた。

「そらっ！」

「うひひっ、うひーん！」

黒く艶光りするパールが菊皺を巻き込んで肛門を穿《うが》つと、少女の口から苦悶に満ちた悲鳴があがった。

「フフフ、せっかく二個ひり出させてもらったのに、また中に戻されてしまったな。

これで何個だ」

「うひいっ、六個です」

「ケツの穴を虐められて嬉しいか」

「あうーっ、嬉しくなんかありません。苦しくて死にそうです」

「フフフ、また『死ぬ』の台詞が出たな。六個で死にそうということは、七個目を入れられると死んでしまうんだな」

「うひいっ、もう入れないで！　お願いします、お父さま！　どうか、これ以上お尻の穴を虐めないでください」

「フフフ……それっ、未知の体験だ。死んでみろ！」

「あわ、わひゃーん！　気が狂うーっ！」

典夫の言葉どおり、七個のパール挿入は未知の体験であった。すでに存在する六個に加えて新たなパールの侵入は直腸の粘膜をおぞましい圧迫感に曝し、少女を身悶えさせた。

「うひっ、うひひっ……」

「どうだ、死んだか」

「ううっ、死にません」

「気が狂ったか」

「あうっ、本当に気が狂ってしまいそうです」

「死にそうだが、実際には死んでいない。気が狂いそうだが、何とか正気を持ちこたえている……フフフ、偉いじゃないか。おまえはケツの穴虐めに耐性のある娘だ」

典夫は奈緒の苦悶する様子をぎらぎら光る目で見下ろしながら皮肉たっぷりに褒めてやった。

「あとは虐められるのが好きなマゾ奴隷になれば言うことなしだ。さあ、つぎのパールが穴の間近で待機しているぞ」

典夫の言葉に間違いはなかった。パールは数珠繋ぎになっているので、七個目のパールが肛門の中に入っていくと、それに繋がる八個目のパールが菊蕾の窪みに触れるという寸法であった。

彼は正確を期するために首輪を掴んで少女の動きを封じ、右手でパールを窪みの中にぐいっと押し込んだ。

「そらっ、どうだ」

「うひゃっ、もう無理……うぎゃーっ！」

「もう一個だ」

「うひーっ……」

奈緒は八個目のパールを挿入されると断末魔の悲鳴をあげて身悶えたが、つづいて九個目が押し込まれたときにはもうほとんど意識を朦朧《もうろう》とさせて、掠《かす》れた呻きを込み上げさせるばかりであった。彼女の四肢はへなへなと萎え、典夫が首輪を摑んでいなければその場に崩れ落ちてしまいそうであった。

「ほらっ、しゃんとするんだ！」

——ピシーン！

「うひゃっ！」

「歩け。もう一周したら、おねだりをさせてやる」

「うひい、うあっ……」

直腸を九個ものパールに塞がれた少女は、苦しげに呻きながら四つん這い歩きを再開した。あっちによろけたりこっちによろけたりしながら手足を動かしたが、意識が霞《かす》んで今にも倒れてしまいそうであった。

第五章　梯子の上の全裸少女

1

　少女に対するアナル責めは、四つん這いの周回運動をさせながら執拗につづけられた。

　十二連のアナルパールのうち九個までを尻の穴に押し込まれた奈緒は額《ひたい》に脂汗を浮かべながら屈辱的な畜生歩きをつづけたが、彼女が肉体と精神を何とかもちこたえることができたのは、リードの支えと臀丘に見舞われる鞭とのおかげであった。

　――ピシーン！

「うひひっ、ひいいっ！」

奈緒はパールのおぞましい感覚に気が狂ってしまいそうだが、鞭の痛みによって何とか正気を保っていられたのだ。

「さあ、立ち止まっておねだりをしろ」

「お、お父さま！　どうか、お尻の穴からパールをひり出させてください」

少女は典夫を振り返って必死に哀願した。九個のパールが下腹を押し上げる圧迫感はすさまじく、彼女は額に脂汗を浮かべながら手足をブルブルと痙攣させた。

「お尻を振っておねだりをするのよ。会長さまに愉しんでいただけなければ願いをかなえてもらえないから」

「あうっ、お願いします……どうか！」

奈緒は吐き気と悪寒《おかん》に苛《さいな》まれながら、震える手足を励まして四つん這いのポーズを保ち、剝き出しの臀丘をクネクネとくねらせた。その仕種は拙《つたな》くもマゾの情感にあふれ、少女嗜虐愛好者の情欲をかき立てずにはおかなかった。

つまり、奈緒は典夫の機嫌を取るために双臀をいやらしげにくねらせているのだが、かえってその仕種が彼の残虐な情欲をかき立てるという皮肉な結果を招いているのであった。

「何をねだっているのだ」

「お、お尻の穴を可愛がってください！　奈緒にパールをひり出させて、お尻の穴の快楽を感じさせてください」

「ケツの穴を虐めてくださいと言わないのか。まだ三個外に出ているぞ」

「うひいっ！　もう限界です。どうか、堪忍して……」

「フフフ、よし。一歩前に進め」

「は、はい！」

少女はよろけながら体を前に進ませた。すると、首輪にかかる圧力が増し、典夫がチェーンを引き絞っていることが窺い知れた。そのまま咽喉の苦しみに耐えながら懸命に一歩を踏み出すと、菊皺を押し拡げてパールが一個こぼれ出た。

「ううーんっ、感じる！」

パールが粘膜をこすりながら排泄していく感覚は、アナル馴致《じゅんち》をされた少女にえも言われぬ快感を覚えさせた。彼女は双臀をブルッと痙攣させ、淫らな感覚の余韻に浸った。

「ケツの穴の中に入っているパールの個数が変わるごとに、いくつか言い当てろ」

「は、はい！　八個です」

「フフフ、ではつぎだ」

「あっ？……うわっ！　ああっ、七個……」

連続して二個パールを排泄することができて、奈緒は快楽と安堵の混じった深いため息をついた。

しかし、少女は排泄による快楽のみを享受《きょうじゅ》することはできなかった。挿入のおぞましい圧迫感も味わわなければならなかったのだ。

「これはどうだ」

たった今排泄されたばかりのパールがまだ温かいうちにもとの直腸に戻され、奈緒を被虐の情感に突き落とした。

「うひゃあっ！……は、八個！」

「うん、正解だ。その調子で当てていくんだ」

典夫は奈緒の答えを聞くと上機嫌にうなずき、外に出ているパールをもう一個アヌスの中に押し込んだ。

「ひゃいーん、九個ーぉ！」

「フフフ、最多タイに戻ったな。どうだ、感想は？」

「うひいっ、苦しくて！　本当に、本当に気が狂いそうです」

「ちゃんと個数を当てられるのだから、まだじゅうぶん正気だ。だが、そのうちきっと気が狂うぞ」

「ひいっ、どうして?」

奈緒はぎくっとして聞き返した。本人は何度も気が狂うと言っているが、典夫に予言されると急に不安感が募ってきたのだ。

「さっき九個に達したときに比べれば、ケツの穴虐めにも慣れただろう。どうだ、違うか」

「ううっ、少しは……」

少女は戸惑いつつも肯定の返事をした。たしかに典夫の指摘したとおり、パールを挿入される苦痛は以前よりも和らいでいた。パールの挿入・排泄を何回も繰り返すことによって、肉体が馴致されてきたのである。

「これからは苦痛がどんどん快楽に変わっていく。つまり、ケツの穴虐めにはまっていくんだ」

「う、嘘……」

「嘘ではない。その証拠におまえの性器は、もうとっぷり濡れているだろう」

「あっ!……」

奈緒ははっと気づいた。彼女はいつのまにかラビアから淫蜜をこぼし、四つん這いの太股に伝わらせていたのだ。

「やはりおまえのアヌスは淫乱穴だったな。ケツの穴を可愛がられたり虐められたりするのがよくて、マゾづゆをこぼしたんだ」

「ううっ、可愛がられて興奮しましたが、虐められるのはまだつらいです」

「まだつらいというのは少しずつ慣れているということだ。そのうちケツの穴を虐められるのが病《や》みつきになって、夢中になってわしにねだるようになる」

「そ、そんなことは……」

「じゃあ試してやるから、畜生歩きをつづけろ。ケツの穴を虐めてほしくなったら、そう言ってねだるんだ」

「そんなおねだりなんか、絶対にしません」

「歩け！」

——ピシーン！

「ひゃうっ！」

少女は拒否する術《すべ》もなく四つん這い歩きを再開した。九個ものパールによって直腸を圧迫される苦しみは絶大であったが、以前と違ってよろけたり倒れそうになったりすることはなかった。たしかに典夫の言うように、アナル調教に慣れてきているのであった。

「あっ、あうっ!」

行程の三分の一も進まないうちに手綱のチェーンが引き絞られた。

「止まらずに歩くんだ」

「は、はい!……うーん!……あうっ、感じる……はちーぃ(八)!」

首輪にかかる負荷をこらえて進むと、期待に違わず直腸内のパールがチェーンに引っ張られて一個抜き出された。すでに排泄の快感を知っている少女は、パールに菊皺を押し拡げられる感覚にぞくっと背筋を凍らせながら、うわずった声で個数をカウントした。

「?……わひゃっ、きゅーっ(九)!」

しかし、すぐに同じパールが鞭の柄尻に押され、アヌスを割って直腸の中に戻ってきた。今度はパールが菊皺を巻き込む感覚が発生して直腸の圧迫感をもたらした。奈緒はこの感覚に苦しめられてきたのだが、今では苦しいながらも何とか耐えられるようになっていた。

そして、アナル専用奴隷の虐めを受けているという意識が典夫への恐怖と服従心を呼び覚まし、マゾヒスティックな興奮へと導いていくのであった。

「？……あわっ！　ひゃいーん！　じゅうーっ（十）！」

ついに十個のパールを直腸に押し込められ、奈緒は被虐感に満ちた悲鳴をあげた。

だが、彼女の声は苦痛を訴えるよりも、むしろ淫らな情感を訴えるものに近かった。

「どうだ、一出し二入れの責めは気に入ったか」

「うひいっ、感じますぅ。背筋がゾクゾクしてきます」

「じゃあ、もう一度やってやろう」

「あうーっ、それをされたら、十一個になってしまいます」

「フフフ、まだちゃんと計算ができるじゃないか……そらっ、歩け！」

――ピシーン！

「あひっ、歩きます！……お尻を振りながら歩いてお父さまに愉しんでもらいますから、どうか早くパールをひり出させてください」

少女は後ろを振り返り振り返りしながら典夫におもねった。すっかりマゾ奴隷の服従心を身につけた彼女は、彼の機嫌を取ることが自分の快楽に繋がると悟ったのだ。

「ほら、ひり出せ」

「うあっ……うひーっ！　きゅうーっ（九）！」

リードが引き絞られると、奈緒はすかさず下腹を息ませてパールを一個排泄した。

ようやくコツを覚えてきた彼女は完全な自力とはいかないものの、少しのきっかけがあれば何とかアナル芸をやり遂げることができるようになってきたのである。

奈緒はつぎのパールを排泄しながら、おぞましいアナル感覚にゾクゾクと気分を昂らせた。大きく膨れたパールの球面に肛門の媚蕾をこすられる生々しい触感に加え、性器を丸出しにした四つん這い姿で周回運動をさせられるマゾヒスティックな状況が異常な興奮をもたらすのであった。

「ううっ……はちーっ（八）！」

十六になってまだ日の浅い少女が三倍以上も歳の離れた中年サディストの奴隷にされて、尻から異物を排泄するという卑猥な行為を繰り返し強いられている——奈緒はそのことを意識すると恥ずかしさの極みで泣き出してしまいたかったが、反面マゾヒスティックな情感が心にわき起こり、直腸の粘膜に生じる淫らなアナル感覚と相俟《あいま》って彼女を悦虐感の虜にするのであった。

「うひゃーっ、きゅうーっ（九）！」

「どうだ、ケツの穴虐めは？　好きになったか」

典夫は鞭の柄尻を操ってパールを一個アヌスに押し込むと、無我夢中で四つん這い歩きをつづける少女に向かって問いかけた。

「あうっ、感じます……あひっ、本当に気が変になりそう……わひゃっ、また！　ひゃーん！」

さらにもう一個のパールを押し込まれ、奈緒は悦虐の悲鳴をほとばしらせた。典夫が〝虐め〟と称するパール挿入は〝可愛がり〟の排泄にも劣らぬ淫らなアナル感覚を少女に覚えさせるようになっていたのである。

「うひーん！　感じますぅ！」

四つん這いの少女はつぎのパールが菊蕾の媚肉を巻き込んで侵入してくる気配に首を振り動かしてよがり泣いた。直腸がパールで満たされていくおぞましい圧迫感さえ今ではマゾヒスティックな興奮の要素であった。

「フフフ、よがりづゆが太股に伝っていくのが見えるぞ」

「うひいっ、感じてしまうんです、お父さま！　パールにお尻の穴をこすられると、無性に興奮してわけがわからなくなってしまうんです」

「やっぱり、おまえは淫乱穴という名のケツの穴の持ち主だったんだな」

「ああっ、淫乱穴です。奈緒のお尻の穴は、そこを責められると性器からおつゆをこぼしてしまう淫乱穴です」

「フフフ、そらっ、お仕置きだ！」

――ピシーン！

「ひゃうっ、鞭も感じます……ああっ！　あおーん、パールが粘膜をこすりながら出ていくぅ！」

奈緒は何度もパールの出し入れをされ、身も心もアナル感覚の虜になっていった。まさに彼女はアナル専用奴隷に相応しい体質・感性の持ち主に仕込まれていったのである。彼女は円形ベッドの縁を周回しながら、パールが移動するたびに興奮の証である蜜液をとろとろと分泌しつづけた。

2

「あっ……あひひっ、あぁーん！」

奴隷調教室を兼ねた寝室の空間に悦虐の悲鳴や呻きが何度も響き渡った。

直径が二メートル半ほどもある巨大な円形ベッドの縁沿いに四つん這い歩きをつづける奈緒は、典夫によってパールの出し入れをされて淫らなアナル感覚を教え込まれているのであった。

「あん、あいーん！　可愛がられるのがいいーっ！」

「ひっ、ひっ、あひーっ！　パールに虐められるぅ……」

挿入と排泄が何度も繰り返され、奈緒はそのたびにニュアンスの異なるマゾ声を発した。

〝可愛がる〟がパールの排泄を、そして〝虐める〟が挿入を意味することはすでに典夫と奈緒のあいだの了解事項であった。

奈緒は調教が始まった当初にはパールの挿入に苦しんで死ぬほどのつらさを味わったが、何度も〝虐め〟られることによって次第に馴致され、今では直腸にパールを詰め込まれるおぞましい圧迫感にかえってマゾヒスティックな興奮を覚えるようになっていた。

つまり、彼女はパールでアヌスを〝虐め〟られることに新たな快感を見出しつつあったのだ。

「フフフ、夢中になってパールの感触を味わっているな。ケツの穴虐めが好きになったんだろう」

「ううっ、そんなことは……」

奈緒はあやふやな口調で打ち消した。彼女本人も好きか嫌いかを断定することができなかったのだ。それに、もし尻の穴を虐められるのが好きだなどと言おうものなら、るんだ」

典夫にますます虐められてしまうだろう。

「だが、性器のよがり蜜はますますますあふれているぞ」

「そ、それは、可愛がられるのがよくて……」

「フフフ、苦しい言い訳だな……ところで、ケツの穴には今何個のパールが入ってい

「えっ？……あ、あわっ！……」

奈緒は虚を突かれたように狼狽の声をあげた。彼女はパールの個数が変化するたびに典夫に報告する義務を課せられていたのだが、いつのまにかそれを怠《おこた》っていたのである。

「やはりな。パールにケツの穴をこすられる快楽によがり狂って、数のことなどすっかり忘れてしまったんだろう」

「あうっ……」

「わしが予言したとおりになったな。おまえはケツの穴を虐められることにはまってしまったんだ。どうだ、違うか」

「ち、違いません」

「パールでケツの穴を虐められるのは好きか」

「ううっ、好きです」

「ケツの穴を可愛がられるのは？」

「ああっ、大好きです」

「フフフ、上出来だ」

典夫は奈緒の返事を聞くと会心の笑い声をあげた。彼は自らの手で行なう責めによって、無垢な少女を淫らでアブノーマルなアナル感覚の虜にしてやったのである。しかも、そのことを彼女自身の口に白状させた。サディストにとってこよなき勝利の瞬間であった。

「ケツの穴を可愛がられるのが大好きで、虐められるのは好きだというんだな。それでは、虐められるのも大好きにしてやらねばならぬ。つぎは別口のやり方で虐めてやろう」

「うひいっ、もうじゅうぶん虐められたのに……」

「奈緒、よかったじゃない。会長さまがおまえの好きなことをしてくださるというのだから」

「だが、その前にパールひり出しのアナル芸を覚えさせてやらなければならぬ……奈緒！　おまえは現在何個のパールをケツの穴に咥え込んでいるんだ」

「そ、それが……お仕置きの途中で数えるのを忘れてしまって……」

「じゃあ、当ててみろ」

「し、七……いえ、六個！」

「外れだな。わしは数えていなくても、ちゃんと当てることができるぞ」

「ど、どうして……」

「パールは全部で十二個だから、穴の外に見えるパールの個数を数えれば、残りが何個穴の中にあるかわかる。簡単な引き算だ」

「い、いくつ？……」

「穴の外に残っているパールは一個だけだ」

「えっ！　じゃあ、十一個も！……」

奈緒は驚きの声をあげた。それほどたくさんのパールが詰め込まれているとは思っていなかったのだ。

「十一個を六個と勘違いするのは、それだけおまえがアナル責めに馴らされたということだ。あと五、六個は余裕で入ると思っていただろう」

典夫はそう言いながら、一個だけ外に出ていたパールを肛門の内部に押し込んだ。

「あっ、あうーっ！」

「フフフ、新記録と言いたいところだが、実はすでに何回か全部入れてやっていたのだ。おまえはそのことに気づかず、快感によがり狂っていたというわけだ」

「……！」

「さて、こうして十二個全部入ったからには、それを一個ずつひり出して、わしの目を愉しませるんだ」

「ううっ、それができないから……」

「彩華、おまえの才覚で娘にアナル芸をさせてもらえるか」

「お任せください。面白いショーできっとお愉しみいただきますわ」

奴隷調教師の彩華は典夫に声をかけられると二つ返事で請け合った。

「奈緒、お行き！　あっちよ」

彼女は典夫からリードのチェーンを受け取ると、早速四つん這いの少女を奥に向かって追い立てていった。

奴隷調教室を兼ねた寝室には円形ベッドの周囲に大きな空間が拓け、そこに肉体拘束用の肘掛け椅子や蒲鉾型の台などがいくつか置かれていたが、彩華はそれらを素通りして奈緒を壁際まで歩かせた。そこには椅子や台とは異なる装置があったのである。

「奈緒！　これが何だかわかるわね」

「は、梯子《はしご》？……」

奈緒は壁に設置されたものを見ておどおどした口調で返事をした。コンクリートの壁面には梯子状の装置が固定されていたのである。一メートルほどの間隔を空けて垂直に立った二本の柱に丸木の桟《バー》を十段ほど並行に渡してある。

梯子は床から天井まで届いているが、そこから屋根裏などの別な場所に入っていけるものではなかった。つまり、これもＳＭ装置の一種で、梯子を登らされた奴隷は体を宙に浮かせた状態で責めを受けなければならなかったのである。

「これを登っていくのよ」

奴隷調教師は少女のアヌスに埋まったパールの数珠からチェーンの部分を外すと、彼女を梯子の前に立たせた。

「ほらっ、登って！」

「……」

奈緒はやむなく命令に従った。両手で顔の高さにあるバーを摑み、ハイヒールの足を床近くのバーにかけた。バーの段差は二十数センチあるので、一段上るごとに肉体はその分だけ上昇する勘定であった。

「ううっ、怖い……」

奈緒は一段ずつ梯子を登っていきながら、体をブルブルと震えさせた。梯子を登るにつれて頭はどんどん天井に近づき、体全体が宙高く浮いた。もちろん、落ちるのが怖かったからだが、それ以上に空中で行なわれる仕置きのことを想像して恐怖に捕らわれたのである。しかも、素っ裸の肉体を宙高く浮かせていかと思うと、恐怖だけでなく恥ずかしさもひしひしとわきあがってきた。

「ま、まだ？……」

少女は途中で立ち止まりたかったが、彩華が停止の声をかけないので、ついに天井に届く寸前のバーを摑んだ。もうこれ以上高いバーはなく、最上段に達してしまったのである。

「足はまだ上がるわね。もう二段高い位置まで持っていきなさい」

彩華はしつこく命じた。手が摑んでいるバーと足が踏んでいるバーは五、六段の差がある。彩華はそれを詰めるように命じたのだ。だが、手足が接近すると、胴体は梯子から外に膨れざるをえなかった。いわば、彼女はしゃがんだ状態で梯子にしがみついているのであった。

「ホホホ、いい格好！　こうして見ると、おまえもけっこう大きなお尻の持ち主ね」

彩華は素っ裸の少女を見上げながら、意地悪な口調で話しかけた。梯子の最上段に両手でしがみついた奈緒は、肉体を宙高く浮かせていた。なかでも桃のように膨らんだ尻は彩華のすぐ目の前にあって、双つの肉塊が出会う谷底にアヌスや性器などの卑猥な器官を惜しげもなく曝していた。

「お尻を垂らしちゃだめよ……ほらっ、お行儀よくしなさい！」

――ピシーン！

「ひゃっ！」

鞭を打たれた奈緒は痛みと恐怖の入り混じった悲鳴をあげた。彼女はすでに鞭の仕置きを何度も受けていたが、肉体を宙高く浮かせた格好で鞭を打たれると、マゾの被虐感はひとしおであった。その痛みは梯子から落ちてしまうのではないかという恐怖とともに、マゾの情感を肌に覚え込まされた奴隷少女に新鮮な刺激を与えるのであった。

――ピシーン！

「ひゃいっ！　言いつけを守ります」

奈緒は卑屈に誓いながら、懸命に尻を高く浮かせた。膝を深く折り曲げると尻が垂れてしまうので、できるだけ膝が直角になるようにして尻を梯子から遠ざけるのである。そうすることによっていっそう卑猥感が増し、下から観察している者たちの目を愉しませるのであった。

「会長さま、いかがですか。こうやって、宙に浮いた性器やお尻の穴を見るのも悪くないでしょう」

「フフ、たしかに……」

典夫は彩華に水を向けられると、満足そうにうなずいた。

「わしがしゃがむまでもなく、立ったまま性器やアヌスを覗き込んだり触ったりすることができるのだからな」

典夫は早速指をラビアの綴じ目に差し込み、粘膜のヌルヌルした感触を確かめた。

梯子に摑まって裸体を宙に浮かせている奈緒は典夫と彩華に尻を向けているので、性器とアヌスの連なる秘肉地帯はまったく無防備に曝されていた。

成人男女に見上げられるほど高く登らされた奈緒は、梯子から手を離せばどうなるかをじゅうぶん理解していた。それで、典夫に性器を玩弄《がんろう》されてもじっと耐えるしかなかったのである。

「呆れた淫乱娘だ。濡れっぱなしで、いっこうに乾く気配がないじゃないか」

典夫はわざと意地悪く指摘しながら、ラビアにつづく膣口をかき混ぜたり、硬く勃起して肉莢を押し上げているクリトリスをしごいたりした。少女の尻の高さは典夫の胸のあたりに等しく、彼がちょっと手を伸ばせば難なく触ることができたのである。

「おまえは奴隷にうってつけのマゾ娘だったんだな。こういう目に遭うことを密かに期待してわしのところにやってきたのだろう」

「ち、違い……わひゃ、ひゃいっ！」

否定する暇《いとま》もあらばこそ、少女は無骨な指にクリトリスを押しつぶされ、双臀を激しく揺らしながら悲鳴をあげた。これまでの仕置きで奴隷の服従心を叩き込まれた彼女は残虐な指嬲りに無抵抗で身を任せるよりほかなかったが、それでもラビアをきつくえぐられたりクリトリスを押しつぶされたりすると、思わずビクッと体が反応してしまうのであった。

「ケツの穴を虐められるのがよくて濡れたんだな。アナル責めが好きになったか」

「す、好きになりました。アナル奴隷奈緒は、お父さまからお尻の穴を虐められたり可愛がられたりすると、いても立ってもいられないような快感を覚えてしまいます」

「フフフ、仕込んでやった甲斐があったわい。ケツの穴だけでなく、こっちも感じるんだろう」

「あひひっ、感じます！……あひぃーん！」

典夫の指によって敏感な粘膜に淫らな刺激を与えられると、奈緒は梯子にしがみついたままマゾの情感あふれるよがり声をあげた。

「だが、おまえはケツの穴専用奴隷なので、性器の調教は当分のあいだお預けだ」

典夫はそう言うと性器から指を離し、アヌスからはみ出している樹脂製の黒いループに手をかけた。それはパールを貫通して十二個を数珠繋ぎにしている紐の先端部で、持ち手として楕円形の輪が作られていたのである。

「会長さま、体を宙に浮かせた状態で奈緒にパールをひり出させるのです。ちょうどウンチをするときの格好によく似ているでしょう」

「フフフ、いやらしさたっぷりの格好でケツを曝しているからな。黒いパールがケツの穴から続々と垂れ下がってくる光景はさぞかし壮観だろう。とはいえ、奈緒はまだ自力でひり出すことができないぞ」

「ホホホ、お任せください。私がやらせてみせますから」

彩華は自信たっぷりに返事をした。そして、すぐに責め具の並べられた棚へ必要とするものを取りにいった。

3

彩華は棚から道具を持ち帰ると典夫に向かって説いた。

「四つん這い歩きで何度も惜しいところまでいっていますから、外部からちょっとしたきっかけを与えてやればきっとできますわ」

「ちょっとしたきっかけ？」

「これですわ」

彩華は手にした器具を典夫に示した。それは、表面にラバーをコーティングした例の鉛球であった。クリップとコンビを組んで奈緒の乳首やラビアを痛めつけた鉛球と同種のものだが、サイズは二回り以上大きく直径七、八センチもあった。それだけにずしりと重く、もしこれが先ほどの責めに用《もち》いられていたら、乳首やラビアはとうてい無事では済まなかっただろう。

「ほら、こうするんですわ」

球の頂部とその対極にはそれぞれ小穴の開いた小さな突起が二個あるので、S字フックを介して複数連結することができるようになっていた。彩華はそのフックを奈緒の尻の穴から突き出しているループに引っかけた。

「奈緒、ズシンとくるでしょう」

「……」

奈緒は彩華に問いかけられると、実感を込めて大きくうなずいた。

直径が七、八センチもある鉛球は重さが二キロ以上もあって、それがアナルパールの持ち手をぐっと引っ張ったのである。

「錘《おもり》にパールを引っ張られるから、排泄がやりやすくなるでしょう。アナル芸をものにするチャンスなのだから、きっちりやり遂げて会長さまに悦んでもらいなさい」

「は、はい！……」

奈緒はうわずった声で返事をした。ずしりとした重みがパールを下向きに引っ張り、彼女自身にも今度こそ成功するのではないかという期待感をいだかせたのだ。

「やってごらん」

「はい！　うーん……」

下腹に思いきり力を込めて息むと、数珠状に連なっている腸内のパールが動きはじめ、そのうちの一個が菊皺を拡げながら穴の外に顔を出した。以前はそこから自力で押し出すことができなかったのだが、今回は重量感たっぷりの鉛球が助けとなって肛門を完全に割り拡げることができた。

「うあ、うあーん……」

パールの直径が肛門を越えると、それまで抵抗となっていた菊皺は反対に押し出す力となって働いた。パールは黒い表面を艶光りさせながら肛門の外に押し出され、鉛球とともに尻からぶら下がった。

「うひっ、いいっ……」

ようやくパール排泄のアナル芸に成功した奈緒は、安堵のため息とともに悦楽の喘ぎを込み上げさせた。

「フフフ、やっとできたな。えらいぞ」

典夫はパール排泄の芸を間近で観察すると、上機嫌に笑いながら褒めてやった。

「四つん這いでひり出すよりも、こちらのほうがいやらしさが上だ。クソをひり出す格好でパールをひり出すのだからな」

「うっ……」

奈緒は典夫の言葉にあさましいポーズを自覚させられ、羞恥の感情を激しくわきあがらせた。まさしく男の指摘したとおり、彼女は排便にも等しい格好でパールをひり出したのである。

しかも、排泄されたパールは先端の鉛球とともに尻から宙ぶらりとなって、彼女の姿にいっそうの卑猥感を添えている。アナル芸をやり遂げた達成感やパールが肛門を通過していく悦楽感よりも、あさましい姿を曝すことへの羞恥心のほうが大きかった。

「二個目からはカウントを復活させろ。ひり出したパールの数を言うんだ。さあ、やってみろ」

「あうっ……ふ、ふたつーっ！」

奈緒は声を張り上げながら二個目のパールを排泄した。パールには鉛球の重みがかかっているので排泄は比較的たやすく、彼女は声と行為をほぼシンクロさせることができた。すなわち、声を出しながらパールを肛門から押し出し、言い終わると同時にひり落とすのである。

しかし、見物人の前で声を出しながら卑猥な行為を行なう恥ずかしさはこのうえなく、彼女は自分の置かれたみじめな境遇をあらためて思い知らされるのであった。

「うむ、見応えのある芸だ」

典夫は感に堪えぬようにうわずった声をあげた。

アンバーに色づく菊皺を押しのけて黒光りするパールがじわじわと曲面を拡げ、やがて半球分ほど姿を現したところで肛門の外に押し出されていく。

それは皺を閉じかけた尻の穴から垂れ下がり、先に排泄されたパールとともに宙吊りの数珠を形成していく。

十六の少女が演じる排泄ショーは可憐な顔立ちや無垢の肉体とはあまりにギャップが大きく、ミスマッチの感を免《まぬか》れなかった。

だが、かえってそのことがアブノーマルな卑猥感をもたらし、典夫を激しく興奮させるのであった。彼は自らの手で硬くこわばったペニスを握って刺激を与えながら、奈緒の秘部を食い入るように見つめた。

「その調子で出していくのよ。会長さまも悦んでいらっしゃるから」

「は、はい……みっつーぅ！」

「……よっつーぅ！」

恥ずかしげであるがどことなく艶を帯びた声とともに、漆黒のパールは一個また一個と肛門を割ってひり落とされていった。しかし、それらは床に達することなく尻の穴から宙吊りになったままであった。そして、数珠が長くなるにつれて中空でぶらぶらと揺れ、尻を無防備にさらけ出しながらあさましい行為をする少女の姿にいっそうの卑猥感をつけ加えた。

「……やあっつーぅ！」

「よし。そこでストップ！」

彩華は奈緒が八個目のパールをひり出すと、一時停止の指示を出した。

「だいぶ上手《うま》くなったけれど、出す芸だけじゃなくて、出さない芸も覚えるのよ」

「出さない芸？」

「ホホホ、すぐにわかるわ……会長さま、またお尻の穴を虐めてやってください。この娘はもうすっかりアナル責めにはまってしまったから、虐められないと物足りないでしょうから」

「虐めるとは、パールをケツの穴に戻すことだな」

〝尻の穴を虐める〟が〝アヌスにパールを詰め込む〟の符牒であると知っている典夫は菊蕾直近のパールをつまみ、それを肛門にぐいっと押し込んだ。

「あ、あひっ……あーん！」

「いやらしい泣き声だな。虐められるのが〝好き〟から〝大好き〟に変わったか」

「あん、大好きになりました。お尻の穴を可愛がられるのも、虐められるのも大好きです……あひっ、また虐められるぅ！」

宙にぶら下がったパールを一個ずつアヌスの中に入れられると、奈緒はそのたびに悦虐感をわき上がらせて泣き悶えた。彼女は典夫に向かって告白したように、パールのアナル挿入プレイにはまってしまったのだ。

「あひひっ、あひぃーん！」

「フフフ、全部入れてやったぞ」

典夫がすべてのパールを尻の穴に戻すと、宙吊りになっているのは直径七、八センチの鉛球だけになった。

すると、彼に代わって彩華が少女に話しかけた。

「奈緒、会長さまにいっぱい虐めてもらってマゾの悦びを味わった？」

「あうっ、味わいました！　お尻の穴がパンパンに膨れて、ゾクゾク感じています」

「じゃあ、しっかり咥え込んでいなさい。重さを二倍にするから、落としちゃだめよ」

彩華は梯子の上の少女に向かって予告すると、尻の穴からぶら下がっている鉛球に同サイズのものを一個追加した。鉛球には穴開きの突起が上下二カ所についているので、S字フックを用いれば複数の球を連結していくことができるのだった。

「さて、どうかしら……」

追加された鉛球は最初の球の下側に取りつけられたが、彩華はそれを手のひらで支えていた。彼女自身も重さが二倍になった鉛玉がパールにどのような影響を与えるか、予測がつかなかったのだ。

「ぐっと重くなるから、お尻の穴をしっかり窄めているのよ」

彩華はそう言うと、鉛球から手を離した。

「あ？……あひゃっ！」

奈緒はパールを引っ張る強烈な力を感じ、思わず悲鳴をあげた。重量が二倍になった鉛球の力は予想以上で、肛門の筋肉を懸命に引き締めているにもかかわらずパールは鉛球に引っ張られて直腸内をずるずると動きはじめた。

「あ、あわっ、出ちゃう！」

たちまちパールが一個尻の穴を割って抜け落ちた。そこで、彩華がすばやく手を伸べて鉛球を支えてやったが、彼女の助けがなければパールの数珠は一つ残らずアヌスから脱落し、一気に床に落ちていただろう。

「どう、鉛球を吊るしたままじっとしていられる？」

「ひっ、無理です。こんなに重たいものを吊るされたんじゃ、お尻の穴をいくら窄めても落ちていってしまいます」

「ホホホ、皮肉なものね。あれほどパールをひり出すのに苦労していたのに、今度は抜け落ちるのを防ぐために苦労しなくてはならないんだから」

彩華は脱落したパールをもう一度アヌスの中に押し込めると、鉛球を受けとめた手を上下に揺すって奈緒に重みを実感させた。

「こうやって持っていてあげるから、梯子を降りておいで。お尻から垂れた鉛球が床につくまで降りるのよ」

彩華は手のひらで鉛球を支えてやりながら少女に梯子を降りることを命じた。もっとも、降りるといっても梯子から離れるのではなく、あくまでも梯子に手足をかけたまま、尻から垂れた鉛球を床に届かせるという意味であった。

彼女の指示によって奈緒が梯子の最下段まで降りると、尻から垂れた鉛球が床に接地した。これで二個の鉛球のうち一個分の重みが床によって受けとめられ、直腸内のパールは抜け落ちずにすんだ。

しかし、ほっとしたのもつかの間、奴隷調教師の彩華は奈緒に向かってこう命じた。

「もう一度梯子を登っていきなさい。頂上に達するまでお尻の筋肉を引き締めて、パールをアヌス内にキープするのよ」

「そ、そんな……重たい鉛球を二個も吊るして梯子を登るなんて不可能です」

「泣きごとを言うんじゃない。アナル専用の奴隷はお尻の穴の締まりをよくしておくのが義務なのよ。できるまで、お仕置きつきで何度でもやらせるから……ほらっ、登って！」

――ピシーン！

「あうっ！」

鞭を打たれた少女は仕方なしに梯子を登りはじめた。

片足が一段上がったところで下の鉛球は床から離れはじめ、もう一方の足がさらに一段高い横木を踏むと完全に宙吊りになった。すると、早くも直腸内のパールに重力がかかりはじめた。

「ううっ、うひっ！……」

奈緒は懸命に筋肉を引き締めて肛門を窄め、少しでもパールの脱落を防ごう……いや、遅らせようとした。五キロ以上ある錘を尻の穴からぶら下げて、ずっと宙に保つことは不可能だったのである。

それで、彼女はパールの数珠全部がアヌスから抜けて床に落下する前に最上段まで達しようと、ひたすら急いで梯子を登っていった。

「……うあっ……ううっ！」

しかし、二個の鉛球に引っ張られたパールはすぐにアヌスを割って姿を現し、くびれとなっている連結部分で多少速度を鈍らせるものの、つぎつぎと肛門を通過していった。

そして梯子を五、六段登ったところで最後の一個が抜け、数珠全体が鉛球といっしょに床に落下した。

「……あっ、あうっ……あぁーっ！」

恐怖と絶望感に満ちた叫びにつづいてゴツンという鈍い音が響き、鉛球が床に衝突した。奴隷調教室を兼ねた寝室の床はコンクリートを土台にして厚い絨毯に覆われているので、多少の衝撃にはびくともしなかった。

だが、奈緒は梯子の中段で金縛りにあったように動きを停止していた。途中でパールを全部ひり出してしまったので、これ以上梯子を登る理由がなくなったうえに、試みに失敗した恐怖で足が止まってしまったのである。

彼女は仕置きの予感に怯えながら、空中で手足を竦《すく》ませていた。

第六章　アナル処女喪失

1

「奈緒！　おまえのお尻の穴は締まりが悪いわね」

案の定、奴隷調教師の彩華は奈緒の失敗を見て意地悪く決めつけた。

「これっぽっちの芸ができないで、アナル専用奴隷が務まると思っているの？」

「ううっ、鉛球が重すぎて……」

奈緒はビクビクと怯えた声で懸命に言い訳をした。たしかに、重量が二キロ以上もある鉛球を二個もアヌスから吊るして宙に保つのは至難の業《わざ》であった。

しかし、彩華は容赦なく叱りつけた。

「言い訳をするんじゃない。できるまで何度でもやらせるから、覚悟をおし」

「……」

「もちろん、一回ごとにお仕置きがあるからね……ほらっ！」

――ピシーン！

「うひゃっ！」

「会長さま、お好きなやり方で存分にお仕置きをしてやってくださいませ。女の私よりも男の会長さまにお仕置きをされたほうがこたえるでしょうから」

「フフフ、それなら女にはできない仕置きをしてやるか」

典夫は彩華から請われると、サディスティックな笑いを浮かべて応じた。彼はいよいよ機が熟したと見て、奈緒のアヌスを犯そうと決心したのだ。

なぜなら、奈緒はパールを用いた調教によって倒錯的なアナル感覚にすっかりはまり込み、性器からとめどもなく淫蜜を分泌させている。そして典夫自身も彼女への責めや仕置きにかかわったことで、サディスティックな情欲をぎらぎらと燃え立たせていたのである。

「奈緒！　わしのペニスはさっき以上に怒っているぞ」

「ひぃーっ！　お許しください、お父さまぁ！」

奈緒は典夫の脅しを聞いて、彼が何をしようとしているのかを悟った。

「きっと新しい芸をできるようになりますから、オチ×チンでお尻の穴をお仕置きするのは堪忍してください」

「おまえはもうわしのペニスの凶暴さを知っているな」

「うひっ、よく知っています。フェラチオのときに何度も咽喉を突き上げられ、奈緒はお父さまのオチ×チンが太くて長く、そして何より凶暴だということを思い知らされました」

「今度はその凶暴さをケツの穴で味わうんだ」

「ひいっ、そんなことをされたら、パールのとき以上に気が狂ってしまいます」

「それはそうだ。ペニスはパールよりも自由自在に動くことができるからな。だが、おまえはすっかりアナル責めにはまってしまったから、ペニスの仕置きを怖いと思いつつも密かに期待しているんだろう」

典夫はそう言いながら、宙に浮いている奈緒の尻に手をかけた。

男の指は菊蕾の媚肉をまさぐり、その部分がマシュマロのように柔らかいことを確認した。

「うむ、何度もパールが往復したおかげで、よくほぐれているぞ」

まさしく彼の指摘したように、肛門の媚肉は直径が三センチもあるパールが通過するたびに菊皺を拡げたり閉じたりしたので、柔らかくほぐされていたのである。

「一段降りてこい。そうすればちょうどよいぐらいの高さになる」

典夫は自分のペニスと少女のアヌスの高低差を比較して命じた。奈緒が梯子を一段降りれば、彼女の尻はほぼペニスと同じ高さになるのだった。

「うん、ちょうどいいぞ。ケツをもっと後ろに差し出せ」

「ううっ……」

少女は命令に従うよりほかなかった。アナル専用奴隷である彼女は支配者である典夫に尻の穴を恣に犯される運命にあったのだ。

「フフフ、いい格好だ。どうか犯してくださいと、わしに向かって尻を差し出しているようじゃないか」

変態セックスへの情欲をかき立てられた典夫はペニスの先端を双臀の谷底にあてがいながら、嬲るような口調で少女に話しかけた。

「体を丸くして梯子にしがみついている姿は、さしずめ樹木に抱きついているコアラといったところだな。どうだ、おまえはコアラか」

「ち、違います……」

「じゃあ、何だ」

「あ、あの……お父さまのアナル専用奴隷です」

奈緒は典夫に意地悪く問われると、あさましいポーズを保ったまま卑屈に返事をした。

「つまり、ケツの穴専用奴隷がコアラのように梯子に抱きついて、ペニスに仕置きされるのを待っているんだな」

「……」

「待ち遠しいか」

「うひいっ、待ち遠しくなんかありません」

「そういう返事を聞いてわしが悦ぶと思っているのか」

「奈緒！　可愛気のある返事をしないと、会長さまはご機嫌を損ねるわよ。おまえも会長さまの恐ろしさは骨身に沁みて知っているんでしょう」

「あうっ、言い間違えました。待ち遠しいです」

女調教師に脅されると、奈緒は慌てて訂正した。彩華の言うとおり、彼女は典夫の残忍さをいやというほど知っていたのだ。

「何が待ち遠しいんだ」

「な、奈緒は……お父さまのオチ×チンでお尻の穴をお仕置きされるのが待ち遠しい

です。どうか、太くて硬い凶暴なオチ×チンで、奈緒をいっぱいお仕置きしてくださ
い」

「フフフ、まだ本心からの台詞じゃないな。心の底からそういう気持ちになるように、これから毎日教育してやる……ほらっ、仕置きの肉棒だ！　存分に味わえ」

「あひゃっ、ひゃいーん！」

菊蕾にあてがわれたペニスは典夫が腰を突き出すと同時に窪みの奥にめり込んできた。奈緒は恐怖を感じて反射的に筋肉を収縮させたが、パールによって柔らかく揉みほぐされた肛門はとうていペニスの侵入を阻《はば》むことができなかった。

「いくぞっ！」

ぐいっと奥まで入り込んだペニスはその勢いのまま直腸の中で前後運動をはじめた。圧倒的なボリュームを誇る肉竿は残虐な征服欲に奮い立ち、つけ根から先端までカチンカチンに硬直していた。

そんなペニスが粘膜をえぐりながら直腸の奥を突き上げるのだから、アナルセックスを初めて経験する少女にとってはたまったものではなかった。

「ひっひっ、ひっ……いひーん！」

ワンストロークごとにペニスはつけ根まで直腸に入り込み、男の下腹がズシンと肛

門に突き当たる。奈緒は衝撃を受けるたびに被虐感に満ちた悲鳴を部屋中に響かせた。

「ほらっ、ほらっ、ペニスの仕置きは応えるか！」

「ひん、ひぃーん！　ひゃひーん！　応えますぅ……お父さまのオチ×チンは凶暴ですうーっ！」

「その凶暴さがマゾの興奮を呼び起こすんだろう」

「ひぃーん、興奮します！……いひひ、いひーん！」

「フフフ……」

典夫は奈緒のよがりっぷりに会心の笑みをこぼしたが、彼自身も大いに興奮していた。

まだ十六歳の少女を奴隷にして、アヌスを恣《ほしいまま》に犯すという背徳の行為がサディスティックな情欲を激しく昂らせたのだ。

しかも、少女は梯子の中段にしがみついて体を宙に浮かせ、無防備な尻を典夫に向かって差し出している。そんな状況下でアナルセックスを行なうと背筋がゾクゾクするような興奮を覚え、いっそうペニスが硬くこわばってくるのだった。

「ほらっ、お仕置きだ！」

「あひひっ、ひーん！　オチ×チンに体を揺さぶられる」

典夫のペニスが勢いよくアヌスを突き上げると、奈緒はたまらず尻をブルッと痙攣させた。彼女は梯子のバーを懸命に摑んで尻を後ろ向きに突き出し、直腸の奥まで到達するペニスの衝撃に耐えなければならなかったのだ。

「梯子から手を離せ。両手を頭の上に置くんだ」

「うひゃっ！　そんなことをしたら梯子から落ちてしまいます」

「わしのペニスがケツの穴につっかい棒をしているから、すぐ落ちることはないだろう。だが、しっかり両足を踏ん張っていないと、バランスを崩して事故が起こるかもしれないぞ」

「うあっ、怖い！」

「落ちるかもしれないという恐怖の中で、わしのペニスを味わわせてやろうというんだ。スリル満点で、脳天まで痺れること間違いなしだ……さあ、言われたようにしろ」

「あ、あうっ……わひゃっ！」

奈緒はやむなく梯子のバーから両手を離して頭の上に置いたが、途端に体の重心が後ろに移動し、仰向けにひっくり返りそうになった。

「おっと！」

しかし、すぐに典夫が両手で背中を支え、体を梯子の間際に押し戻してやった。

「真っ逆さまに墜落したら無事では済まないぞ」

「ひいーっ、怖い！」

「怖いからこそ、一段とペニスの凶暴性が感じられるだろう。おまえは他人が経験することのできない快楽を味わっているんだ」

典夫はいったん腰の動きを緩めると、少女の耳もとに息を吐きかけながら意地の悪い口調で囁いた。

「しっかり足を踏ん張って、ケツを高く持ち上げているんだ。あまり背中でもたれかかってくると、わしにも支えきれなくなるからな」

「ひっ、ひいっ！　どうか、体をどかさないでください。支えがなくなったら、真っ逆さまに落ちてしまいます」

奈緒は半泣きの声で必死に哀願した。バーを掴むことを禁じられた少女は背中を典夫の胸板にもたれかける以外に墜落から逃れる方法はなかったのだ。

「フフフ……」

狡猾な中年サディストは純真な少女をさんざん脅して恐怖心を植えつけると、片手で首輪のうなじを摑み、もう一方の手を尻にあてがった。

「そらっ、凶暴なペニスの動きを存分に味わえ」

「あわっ、あひゃっ！　ひゃいーっ、お腹に穴が開いちゃう……ひぃぃーん！」

直腸を穿つペニスはおぞましい被虐感とアブノーマルな悦虐感をもたらした。少女は墜落の危険に怯えながらも異常なアナル感覚に激しく惑乱し、肉棒を穿《うが》たれた尻をブルブルと痙攣させた。

「あひひ、あひひっ……ひぃぃーん！　気が変になるーっ！」

「此奴《こやつ》め、派手によがり泣きしおる。思った以上の淫乱マゾだ」

「会長さま、奈緒のアヌスの締まりはどうですか」

「うむ。悪くはないぞ。だが、鉛球を宙に保つことができなかったのだから、ケツの穴専用奴隷としては物足りないな。まだ合格点をやるわけにはいかないぞ」

「お仕置きのあとで梯子登りをやりなおしさせますわ。二個の鉛球をお尻の穴からぶら下げて梯子の一番上まで登れるように、厳しく訓練してやりましょう」

「フフフ、ケツの穴専用奴隷になるには仕置きと訓練あるのみだ。よいな、奈緒！　わしのペニスを満足させることができるように、何度も仕置きや訓練を受けてケツの穴の締まりをよくするんだ……それっ、生の肉棒を今のうちに味わっておけ」

「あひいっ、ひーん！　もう訓練は堪忍してください。凶暴なオチ×チンにお仕置きをしてもらうほうがいいです」

「うん？　わしの凶暴なペニスにケツの穴を突かれるのがいいのか」

「うひひっ、いいですう！　お尻の穴にお父さまのオチ×チンをハメられると、ゾクゾク感じてしまいますぅ」

「ホホホ、さすが、淫乱穴の持ち主だけあるわね。会長さまのアナル専用奴隷にされて本望でしょう」

「あひっ、本望です……あひっ、ズンズン突き上げられると、気が変になりますぅ！」

「それなら、会長さまにいっぱい虐められて、アナル奴隷の悦びを味わいなさい」

「ひん、ひぃーん！　虐められています！　凶暴なオチ×チンに、お尻の穴を虐められていますぅ」

「虐め甲斐のある娘だ。これからみっちり仕置きをして、マゾのアナル感性に磨きをかけてやろう……奈緒！　梯子に摑まっていいから、今度はおまえが動いてわしを悦ばせろ」

「動くって？」

「わしは体を動かさずにいるから、おまえがケツを前後に振って、ペニスを穴の奥に導くんだ……さあ、やれ！」

「うっ、はい！……あぁっ、うあっ！」

奈緒は言いつけを聞くと梯子の中段で体を宙に浮かせたまま、ペニスのはまった尻をクイクイと後ろ向きに突き出した。そうすることによって直腸の粘膜がペニスとこすれ合い、ペニスがピストン運動をしているのと同等な刺激をもたらすのであった。

「うひっ、ううっ……あひひっ、あぃーん！」

「もっと勢いよく動け。ケツを思いきり後ろに突き出すんだ」

――パシーン！

「うひゃっ！　ひいっ、ひひっ……うひぃっ」

厳しい指図とともに平手の肉鞭が尻の柔肌に炸裂し、少女に奴隷の身分を思い出させた。

彼女は典夫の奴隷として彼の快楽に奉仕をしているのであった。しかも、アナル専用奴隷である奈緒は典夫に尻の穴を捧げなくてはならなかった。

――パシーン！

「あぃーっ！　お父さまに悦んでもらいます……あひゃっ、ああーん、感じるぅ！」

「おまえはわしに虐められたくて、自分から進んでケツの穴の中にペニスを咥え込んでいるんだ。そうだな」

「うひっ、そんなぁ……」

「ちゃんと返事をしろ！」

——パシーン！

「ひゃっ、そのとおりです！　お父さまの凶暴なオチ×チンに虐められたくて、お尻を振っています」

ムチムチした尻肉に平手の打擲《ちょうちゃく》を浴びた少女は、是非なく典夫におもねった。

しかし、強いられた返事ではあるがまったく不本意というわけではなく、半分ほどは真実味がこもっていた。というのは、彼女はアナル凌辱に先立って行なわれたパールの調教で倒錯の快感に目覚めさせられていたからである。

「今度はペニスをつけ根まで咥え込んだまま、臼のようにぐりぐり回してペニスとこすり合わせるんだ」

「臼？……うあ、うぃっ！」

臼と言われても、若い奈緒にはピンとこなかった。しかし彼女は典夫が卑猥な仕種を要求していることを悟ると、後ろ向きに突き出した双臀を典夫の下腹に密着させたまま尻をクネクネとグラインドさせた。そうすることによって、直腸の壁とペニスがきつく擦れ合うのであった。

「あひゃっ、あひゃひゃ……あぃーっ！　太くて長いお父さまのオチ×チンがお尻の穴を圧迫しますぅ！」

「ペニスに仕置きをされているのか」

「あひひーん、お仕置きをされています！　アナル奴隷の奈緒は、太くて硬いオチ×チンにお尻の穴をお仕置きされています」

「わしのペニスを味わいたくて、おまえはケツをいやらしくこねくり回しているんだな」

「おっしゃるとおりです。お父さまのオチ×チンをお尻の穴で存分に味わうために、奈緒はいやらしい仕種をしています……あひっ、ああっ！」

「もう一度わしにペニスを動かしてほしいか」

「動かしてください！　お父さまの太いオチ×チンを動かして、奈緒をいっぱいお仕置きしてください」

「フフフ、どうやら本心からねだっているようだな」

典夫は奈緒の懇願を聞くと顔をほころばせた。少女が倒錯のアナルセックスに溺れ込んだことを確信したのだ。

「それなら、つづきはベッドの上でしてやろう」

彼は奈緒に尻の動きを止めさせると、ペニスを引き抜いて彼女を梯子から下ろしてやった。

2

部屋の最大設備である円形ベッドは直径が二・五メートルもあって、大人四、五人が横になることのできる面積を誇っていた。

典夫は奈緒を広いベッドの中央まで進ませると、そこで四つん這いになるように命じた。

「肘を曲げて頭を低くし、反対にケツを高く持ち上げるんだ。そうしたら、左右の膝を離して、ケツの穴をわしに差し出せ」

「……」

少女は言いつけどおりシーツに手足をついて四つん這いになり、宙高く掲《かか》げた尻を典夫に向けた。

「フフフ、コアラから牝犬になったわけだな。もっとも、コアラであろうと牝犬であろうと、発情していることに変わりはないが」

典夫は四つん這いの奈緒を見下ろしながら、嬲るような口調で言った。彼の言葉に違《たが》わず、奈緒は梯子にしがみついていたときでも、現在のようにベッドで四つん這いになっていても性器から淫蜜をあふれさせていた。しかし、当然のことながら、サディスティックな情欲の対象はそこではなくアヌスであった。

「さあ、仕切り直しだ」

奈緒の後ろに立った典夫は彼女の脚をまたいでしゃがみ込み、アナルセックスを再開させる構えを見せた。彼はベッドに膝をつかず、中腰のまま上からのしかかるようにしてペニスを菊蕾にあてがった。

「そら、いくぞ」

「あっ……あーん！」

杭を打ち込むように上から荒々しく挿入されたペニスは、一息ついていた奈緒を再びアブノーマルな世界に引き戻した。彼が奈緒を犯すやり方は牡獣がマウントする体位を彷彿させるものだったのである。

「フフフ、ベッドの上なら墜落の心配はないだろう」

典夫は腰を動かしながら四つん這いの少女に向かって話しかけた。

「だが、わしのペニスはいっそう凶暴になっていくぞ」

「ひゃっ、どうして？」

「さっきまではアナル処女ということでそれなりに動きをセーブをしていたが、おまえがとんでもない淫乱娘だとわかったので手加減してやる必要がなくなったからだ。どうだ、おまえはケツの穴を虐められるのが大好きな淫乱マゾだろう」

「そ、そんな！　お父さまに仕込まれたからアナル感覚に目覚めてしまったんです」

「だれに仕込まれようが、おまえがいやらしい娘であることに変わりがない。だから、ベッドの上で思いきり懲らしめてやるんだ……それっ、どうだ！」

「ひゃっ、ひゃっ……ひゃいーん！」

奈緒の上にのしかかった典夫はペニスを勢いよく打ち込んだ。

彼は中腰の体勢で四つん這いの少女を凌辱しているので、ペニスは水平よりも下向きの角度で直腸内を往復した。

「うひひっ、うひゃあーん！」

「どうだ、さっきとは感じ方が違うだろう」

「いひっ、違います。さっきよりもきつく感じられます」

「それは、ペニスを上から打ち込んでいるからだ。こうやって！」

「うひゃーっ、ひぃーん！」

四つん這いの少女の尻にのしかかった典夫がペニスを直腸の奥に打ち込むと、ズシンという衝撃が下腹に届いた。同時に男の体重が伝わり、奈緒は尻を押しつぶされそうな圧迫感を覚えた。

「おまえは梯子に乗っていたときはケツを後ろに突き出してわしに応じることができたが、今度は動くことができるのはわしだけだ。つまり、わしの思いのままにいくらでも凶暴になったり残忍になったりできるというわけだ……それっ、腸の膜が破れても知らないぞ！」

「ひゃいーん！　お腹に穴が開いたら、本当に死んでしまいます」

「わしのペニスが凶暴になるわけは、一つはおまえがケツの穴から鉛球付きのパールを落としてしまったからだ。彩華に叱られただろう」

「あうっ、叱られました」

「それでわしのペニスに仕置きをされているわけだが、凶暴になるもう一つの理由はおまえの願いに応えてやるためだ」

「え、私の願い？」

「とぼけるな。おまえが尻の穴を虐められるのが大好きな淫乱マゾだということは、もうばれているんだ。わしのペニスに凶暴になってくれと何度もせがんだだろう」

「あうっ！　そ、それは、お父さまに言わされたから……」

「いやいやながらせがんだというのか。だが、そうだとしても、おまえは淫乱穴と呼ばれるケツの穴を持つマゾ奴隷だ。凶暴なペニスに恐怖をいだきながらも、心の底ではドキドキと胸を高鳴らせているんだろう」

「……」

「返事をしろ！」

「ひゃーん！　オチ×チンに虐められるぅ！……あうっ、期待しています。お父さまのオチ×チンにお仕置きされるのを期待しています。でも、どうか、腸の膜が破れるほどには凶暴にならないでください」

「フフフ、それなら、わしの怒りを鎮めることだな。どうやったら鎮めることができるか、フェラチオのときに覚えたはずだ」

「お、お父さまにイッてもらう……」

「そのとおりだ。ケツの穴の締まりでわしに快感を覚えさせ、腸に穴が開く前にイクように仕向けるんだ」

「奈緒、そのためにアヌスのトレーニングをさせているのよ。締まりのよいお尻の穴になるようにトレーニングを積み、会長さまに悦んでもらえる奴隷になりなさい」

「は、はい！」

「彩華、おまえも裸になってベッドに上がらないか。得意のレズテクニックで娘に快楽を味わわせてやるんだ。そうすれば、奈緒も少しはおまえになつくだろう」

「ホホホ、なつかれるよりも恐れられるほうが性《しよう》に合っているんですがね」

彩華は苦笑いをしたが、それでもそれでもまんざらでもない様子で典夫のリクエストに応じた。

彼女は裾が踝《くるぶし》まで届く黒のシックなドレスを着ていたが、ベッドの脇でそれを脱ぐと、下着姿になって結合中の二人に近寄った。

「うん、さすが雰囲気たっぷりの女主人《ミストレス》だ」

典夫は彩華の姿を見て今さらながら感嘆の声をあげた。

ドレスを脱いだ彼女は黒のストッキングにガーターベルト、カップレスのブラジャーというでたちで、性器と乳房を剝き出しにしていた。

八頭身の均整の取れた肉体ながら乳房は優にDカップあり、ボリューム感あふれる肉塊の先に肉薔薇色の乳首を尖らせている。

また、デルタは完全に脱毛処理がなされていて、縦溝の両側にぬめっとした陰唇を波打たせている性器とその周辺は肌がツルツルであった。

「奈緒、おまえの性器は濡れっぱなしじゃない。本当に淫乱な娘ね」

彩華は後ろから少女の性器を覗き込むと、わざと呆れたように言った。

典夫は奈緒と結合している最中だが、膝をつかず中腰になって上からのしかかるようにしてペニスをアヌスに埋め込んでいた。それで、少女の肉体をまたぐ格好となり、アヌスの下の性器は彼の両脚のあいだに丸見えとなっているのであった。

「こんなに濡れるなら、一日にパンティを四、五枚取り替えても追っつかないわね」

「ううっ、自分でもわからないうちにおつゆがあふれてしまうんです」

「それだけアナル調教にはまってしまったってわけね……どれ、調べてあげる」

彩華は身を屈《かが》めて典夫の股の下をくぐり、少女の性器に顔を近寄せた。

「うーむ、やっぱりここだったのね」

「えっ？」

「さっきから何となくいやらしい匂いがしていたんだけど、発生源はおまえの性器だったってわけ。鼻を近づけると、発情した牝の匂いがプンプン漂ってくるわ」

「フフフ、わしも気がついていたぞ。知らぬは本人ばかりだ」

「ううっ、知ってました。いつお父さまに気づかれるかとビクビクしていたんです」

「『ションベン臭い小娘』という言い回しがあるけれど、おまえのことは『おま×こ臭い小娘』と言うのがぴったりね」

「うひっ、虐めないで……」

「性器の匂いも千差万別だが、わしはおまえの匂いを不快とは思わないぞ。むしろ、性欲をそそらせる旨そうな匂いだ。この匂いを嗅ぐと官能が刺激されてペニスがいっそういきり立ってくる……どうだ、ビンビンに硬いだろう」

「ひゃっ、硬いです！」

典夫がペニスを腸の奥に向かって突き上げると、奈緒はビクッと体を震わせた。会話を交わしているあいだ、典夫は挿入したペニスを小休止させていたのだ。

「だが、これじゃあ、パンティとスカートを穿いていても、周囲からおま×こ臭いと感づかれてしまうぞ」

「おつゆをこぼすのは、お父さまにお尻の穴を責められているときだけです。ふだんはいやらしい匂いのするおつゆをこぼしません」

「ということは、おまえはわしに仕置きを受けている最中は、おま×こ臭い小娘になるんだな」

「……」

「奈緒、おまえはおま×こ臭い小娘か」

「お、おま×こ臭いです……奈緒はおま×こ臭い小娘です」

奈緒は全身を熱く火照らせながら、恥ずかしそうに返事をした。

「フフフ、彩華の言うように、おまえにお似合いの言葉だ。今度からその言葉を使え。さあ、彩華に向かって、そこを舐めてくださいとお願いしろ」

「ううっ、彩華さま。奈緒のおま×こを舐めてください」

「ダブルでお言い。『おま×こ臭いだれだれの、臭いなになにを舐めてください』と」

「うひっ、そんな恥ずかしい言葉を！　あ、あの……おま×こ臭い小娘奈緒の、臭いおま×こを舐めてください」

奈緒は恥ずかしさに声を震わせながら、口に出すのも憚《はばか》られる語を二度繰り返して性器舐めのクンニリングスを懇願した。女同士のレズプレイであっても支配と被支配の階級差は歴然としていて、奈緒は彩華の命令に絶対服従するよりほかなかったのだ。

「卑猥な匂いがプンプンして咽せ返りそうだわ。それでもまあ、腐ったチーズのような悪臭じゃないから我慢できるけど」

彩華は意地悪く言い嬲りながらも、多少のフォローをしてやった。

「私に感謝をおし。会長さまに会いにくる前にお風呂に入れて、性器やお尻の穴をよく洗ってあげたでしょう。クリットの皮も剝いて、たまっていた恥垢を丁寧に洗い流してやったから、これだけの匂いですんでいるのよ」

「はい、感謝しています、彩華さま」

奈緒はしおらしく返事をした。実際彼女は一時間以上もかけて彩華に肉体を洗われたのである。

「もっとも、おつゆが染みついた粘膜や襞の匂いはそう簡単に取れるものじゃないからね。会長さまがおっしゃったように、おまえのおつゆには男を興奮させる卑猥な匂いがいっぱい含まれているわ。だから、濡れてばかりいると、性器にいやらしい匂いが染みついてしまうのよ」

「ひっ、そんなことになったら！」

「もうそうなっているわ。おまえは見かけによらずませた子で、夜は母親が留守なのをいいことに、しょっちゅうオナニーをしているんでしょう。だから、牝づゆの匂いがラビアやクリットに染みついてしまったのよ」

「あうっ、そんなにいっぱいやっていなかったのに……」

「語るに落ちたな。彩華にカマをかけられて、オナニーの常習者だということを白状しおったわ」

「わひっ、もうしません！」

「フフフ、安心しろ。わしはおまえの性器の匂いが気に入っているんだ。これからはオナニーの代わりに毎晩アナル調教をして、前の割れ目をたっぷり濡らしてやるぞ」

「さあ、味見をしてやるわ……んむ、ぴちゃ！」

「あん、あいっ……」

彩華が舌を伸ばして性器を舐めると、少女はたちまち悦楽のよがり声をあげた。しかし、彼女はレズクンニリングスの快楽だけに浸っているわけにはいかなかった。

「わひゃっ……わひゃひゃ、わひゃーん！」

直腸をえぐる肉棒の感触に、奈緒はたちまち気を奪われた。典夫は彩華がクンニリングスを開始するのを見届けると、直腸に埋め込んだアヌスを再始動させたのだ。

3

「む、ぴちゃ、むんむ……」

「あおっ、感じるぅ！　あん、あん！」

「！……」

「あひーっ、いひひーん！」

寝室に響く奈緒のよがり声は悦楽と悦虐のあいだを定期的に揺れ動いた。典夫と彩華は息の合ったコンビのようにハードとソフトの役割を分担し、少女の肉体に交互に刺激を与え合った。彩華がクンニリングスをしている最中典夫は動きをセーブして奈緒に性器の快楽を存分に味わわせ、また今度は彼が動きを激しくすると、彩華は舌の動きを控えて少女にアナル凌辱の被虐感を思いきり味わわせる。

彼らの連携は実に見事であるが、それも当然といえば当然のことであった。

典夫と彩華は奴隷支配者と腹心の奴隷調教師という間柄なので、奈緒以外の奴隷も二人がかりで責めることが多く、あらかじめ示し合わせなくても阿吽《あうん》の呼吸で動きを行なうことができるのであった。

「あむ、ぺろ、ぴちゃ！」

「あひっ、ああっ、感じます……あいーん、いいですぅ！」

「ぺろ、おいしいわ。いやらしい匂いをプンプンさせているのがかえっておいしさを増すのね……ぺろ、ぴちゃ！　さあ、もっとおねだりをおし！　会長さまに悦んでもらえる言葉を使って」

「お、おま×こを……おま×こ臭い奈緒の、おつゆにまみれたおま×こをもっと舐めてください」

「ホホホ、そう言うのなら……ほら、ご褒美よ！　ぺろ、んむちゃ！」

「あん、あひーん！　ラビアの内側を舌にえぐられるぅ！　ああっ、おつゆが止まりません」

奴隷相手に仕置きだけでなく、レズの調教もこなしてきた彩華にとって、初《うぶ》な少女を快楽に溺れさせるのはたやすいことであった。彼女は舌や唇をラビアの粘膜に這わせたり、長く差し伸ばした舌先でクレヴァスをえぐったり、さらにはクリトリスの莢を押し下げててコリコリした肉芽に刺激を与えたりと、自在にテクニックを操って奈緒を悶え泣きさせた。

「あひーん、ああーんっ！　粘膜がとろとろになって溶けてしまいそうです……ああっ、もっと舐めてください、彩華さま！」

「うむ、ぺろ……ぴちゃ！」

「ああっ、あいーっ！……あわっ？　わひゃっ、ひーん！」

奈緒は性器の粘膜に生じる快感を夢中になって味わったが、やがてペニスが激しい動きに転じると、今度は倒錯のアナルセックスに気を奪われた。

「ひひゃっ、太いオチ×チンにお尻の穴をえぐられる……ひっ、ひっ、ひいーん！」

「おまえは前と後ろの穴で同時に快楽を味わう贅沢をしているんだぞ。こんな贅沢をすることができるのは、わしの奴隷になったからだ」

典夫は勢いよく腰をスイングしながら、奈緒に向かって恩着せがましく言った。

「彩華のクンニはいいか」

「いいです！　あん、あひっ……わひゃっ？　ひいっ、ひいーん！」

「ちゃんとよがり声を使い分けているじゃないか。じゃあ、わしのペニスはいいか」

「うひっ、いいですが……お父さまのオチ×チンは凶暴すぎるので、どうしても虐められていると感じてしまいます」

「こうか」

「わひゃーっ、ひいーん！　そんなにされたら、お腹に穴が開いてしまいます」

「フフフ……」

典夫は奈緒のマゾヒスティックな反応に会心の笑いを洩らした。

いたいけない少女の上に奴隷支配者として君臨し、アヌスという禁断の局部を恣に凌辱している——いわば、彼は奈緒のアヌスに支配の象徴であるペニスの烙印を押しているのであった。

「虐められていると感じても、かえってそう感じることで快感を得られるんだろう」

「感じます……あひーん！　オチ×チンに穴をこすられるぅ！」

「虐められる悦びを悦虐感というんだ。奴隷のおまえはこの悦虐感を毎日の仕置きで存分に味わうことになる……それっ！」

「ひゃっ、ひゃあっ！　虐められるのがいいっ！」

「完全なマゾ奴隷に躾けられると、虐められないと満足できない体になるんだ」

「う、嘘……」

「嘘か本当かは一週間もたてばわかる……彩華、娘の濡れ具合はどうだ」

「相変わらずたいした分泌量ですわ。会長さまのところへもいやらしい匂いがプンプン漂っておりましょう」

「フフフ、おま×こ臭い小娘とは、まったく奈緒のためにある言葉だな。もうちょっとサービスをしてやれ」

「奈緒、もっと舐められたい？」

「舐められたいです。奈緒はおま×こ舐めのプレイが好きです」

「それならシックスナインにしてあげるわ」

彩華はそう言うと体を反転させて四つん這いの奈緒の下にもぐり込み、仰向けになって下から性器に顔を寄せた。

「こうすれば私の性器を観察することができるでしょう。」

「はい。顔の真下にツルツルの性器が見えます」

奈緒も彩華の性器に目を凝らしながら返事をした。彩華と奈緒は互い違いの向きで体を重ねているので、相手の性器を間近に見ることができたのである。

「おまえも私の性器を舐めるのよ……ほら、あんむ」

「あっ、あん、ぺろ！」

彩華が首をもたげてレズクンニを再開すると、奈緒も彩華の股間に顔を埋《うず》めて性器を舐めはじめた。

「あむ、ぴちゃ、ぺろ……」

「あん、いいわ！　なかなか上手《じょうず》じゃない」

「ぴちゃ！　自分の性器……いえ、おま×こを彩華さまに舐められて、ツボを知ったんです……あん、んむ」

奈緒はクリトリスを舌で転がしたり、左右のラビアを口の中に吸い込んだりして奴隷調教師の快楽に奉仕した。それは彩華のレズテクニックに倣《なら》ったものだが、付け焼き刃でもじゅうぶん相手に通用した。なぜなら、彩華自身も奈緒の調教を通じて興奮していたのだから。

「あひっ、いいわぁ……ほら、お返しよ！　ぺろ、ぺろ」

「あん、あひっ！　彩華さまのおま×こはおつゆでヌルヌルしています。今にもあふれ出してきそう」

「まあ、おま×こ臭い小娘がよく言うわ。あとで虐めてやるから覚悟しておくのよ」

彩華はむっとして言い返した。しかし、彼女が手を下すまでもなかった。女調教師の台詞に呼応して、典夫がペニスを激しく突き上げたからだ。

「わひゃっ、ひゃぃーん！」

「彩華の代わりに懲らしめてやる……それっ！」

典夫は少女の後ろ髪を手荒く摑んで顔を引き起こし、体を相手の尻に密着させたままペニスを繰り返し打ち込んだ。

「ひいっ、お尻の穴が毀《こわ》れちゃう！　かんにぃーん！」

「ほらっ、生意気なことを言った報いを彩華から受けろ」

つづいて少女の頭をぐいっと押し下げ、顔を彩華の股のあいだに突っ込ませた。

「むぐ、んぐ！……」

鼻と口をパイパンの性器に押しつけられ、奈緒はほとんど窒息状態になった。彩華が待ってましたとばかりに太股のあいだに彼女の顔を挟み込んだのである。両脚で頭を決められた少女は口と鼻をラビアに押しつけられたまま息ができなかった。

「おま×こ臭い小娘と、私の性器とどちらが臭いかじっくり嗅ぎ比べてごらん」

「むぐうっ、うんむーっ！」

「さあ、言うのよ」

「うひゃ、ひゃ！……いい匂いです、彩華さま」

ようやくヘッドロックを解かれて頭を上げることのできた奈緒は、ゼイゼイと息を継ぎながら返事をした。

「ごめんなさい！　二度と生意気なことを言いません。彩華さまのおま×こはとてもいい匂いがして、おつゆも甘くておいしいです……あわっ！　ひゃいーん！」

必死にご機嫌取りの返事をしている最中も直腸を穿ったペニスは勢いを増し、少女を被虐感の虜にした。

だが、典夫は奈緒を凌辱して彼女に悦虐の悲鳴をあげさせつつも、彼自身余裕を失いつつあった。精力絶倫の典夫でもさすがにこれ以上射精を先延ばしすることはできなかったのだ。

「彩華！　奈緒の性器をしっかり舐めてやれ。わしとおまえで二カ所同時に快楽を味わわせてやるんだ」

「かしこまりました……むん、んむ！　ぺろ、ぴちゃ」

「あぁん、あいーっ！　感じる、感じるぅ……あいーん！」

「こらっ、マゾ娘！　このいやらしい匂いはなんだ。プンプン匂っているぞ」

「ひぃ、ひいーん！　おま×この匂いです……おま×こ臭い小娘奈緒の、臭いおつゆにまみれたおま×この匂いです……ひーん、オチ×チンに虐められるぅ！……あ、あっ、クリットもいい……あおーっ、痺れるぅ！」

　奈緒はペニスのアナル凌辱と舌によるレズクンニを同時に受け、狂ったようによがり泣いた。だが、快楽に我を失っているのは彼女だけではなかった。典夫もペニスに生じる快感の虜になり、ついに肉体のコントロールを失った。

「うむ、うおうっ！　イク……イクぞ！　そらーっ！」

「ひゃん、ひゃいーん！　ああっ、凄まじい……ひいーん、死んじゃうーっ！」

　典夫が射精をしながら最後のストロークを経てペニスを直腸に打ち込んだ途端、奈緒は叫びをあげて彩華の股間に顔を突っ伏した。彼女は自分がイッたのかどうか確信が持てなかったが、激しく興奮したことだけは間違いなかった。

第七章　奴隷に堕ちた母娘

1

　奈緒が典夫の屋敷に住むようになっても、平日の昼間は以前と変わらぬ学生生活を送ることができた。もともと同じ市内の私立女子高に入学したので、典夫の別邸に引っ越ししても通学に支障はなかった。いや、むしろ典夫の部下である一輝が朝夕車で送迎してくれるので、美紗といっしょに住んでいたときよりも通学時間は短縮された。

　もっとも、一輝が奈緒を送迎するのは監視という側面もあった。典夫は彼女と若い男との接触機会を減らすために、学内にいるとき以外は自由を制限したのである。それで、彼女はクラブ活動をすることが許されず、放課後直《ただ》ちに帰宅しなければならなかった。

しかし、高校の側では奈緒の生活環境が変化したことを把握していなかった。典夫の屋敷に住むようになっても移転届を出さなかったし、書類上の保護者は相変わらず美紗だったのだから。

一方、典夫も世間の目にはかなり気を配っていた。それで、彼の意を承《う》けた一輝は他の生徒の目につく校門前を避け、学校からだいぶ離れた地点で奈緒を乗り降りさせたのである。

特に下校時は、校門を出た奈緒が携帯で一輝に連絡を入れると、一輝が車の待機している地点を教えてそこまでやってこさせるという念の入れようであった。

「あ、もしもし！　今学校を出ました」

引っ越し後二週間近くたったある日の夕方、奈緒は校門を出ると早速一輝に連絡を取った。

「今日は○×公園の前に停めている。トイレのある側だ」

「はい、わかりました」

奈緒は一輝に教えられると、すぐその場所に向かった。車の待機場所が毎回変わるといっても、あらかじめ公園前、コンビニの駐車場、コインパーキングなど停めやすい場所を四、五カ所候補に選んでおいて、その日の他車との兼ね合いから場所を決定しているのである。それで、奈緒もいちいち道順を聞かなくても「〇×公園前」と言われただけでそちらに向かうことができたのである。

——ガチャッ!

三つ編みのお下げでセーラー服姿の奈緒は後部ドアを開けると、黙って車に乗り込んだ。この瞬間から彼女の自由は失われ、典夫の奴隷——それも、アナル専用奴隷という身分になるのである。

「……」

運転手の一輝もバックミラー越しに奈緒が乗車したのを確認すると、黙って車を発進させた。お互い何も言わなくてもそれぞれの立場と役割を理解していたのである。

だが、一輝はしばらく車を走らせると、訳知り顔で少女に話しかけた。

「今夜は特別な仕置きをされるかもしれないぜ」

「えっ、どうして?」

「おまえは奴隷にされてもう一週間以上たつだろう。すっかり虐められ好きのマゾ奴隷に仕込まれたんだってな」

「……」

「それで、会長は奴隷調教のつぎのステップに進むつもりなんだ。俺にそう話してくれたぜ」

「つぎのステップ?……」

「つまり、新しい仕置きをするってことだ。もっとも、仕置きの内容については教えてくれなかったが」

「新しいお仕置きって、いったい何を?……」

奈緒は心臓をドキドキと高鳴らせた。一輝の話を聞いて不安になったのだ。

「さあな。もしかしたら浣腸かもしれないぜ」

「か、浣腸!」

「おまえはケツの穴専用奴隷だから、つぎのステップといったら、当然その可能性はあるだろう」

「そ、そんなぁ……」

「浣腸液をたっぷり注入されたあとアナルプラグでケツの穴に栓をされるんだ。そして、猛烈な便意に脂汗を垂らしながら、会長が栓を抜いてくれるまでフェラチオをさせられるっていう寸法だ」

「ひーいっ! いやあーっ!」

奈緒は真っ青になって全身を震わせた。彼の脅しはあまりにも強烈だったのだ。

「まあ、それも運命だと思って、あきらめるんだな。もっとも会長は俺の想像とは別の仕置きを考えているかもしれないから、今のうちから悲観することはないぜ」

「ああっ、どうか浣腸なんかされませんように」

奈緒は恐怖と不安に苛《さいな》まれながら帰宅したが、とりあえず夜の八時頃までは平穏に過ごすことができた。そのあいだに勉学、食事、入浴などをすませておくのだ。

しかし、八時を過ぎると奴隷調教師の彩華に連れられて典夫のもとへ参上しなければならない。

「さあ、行くわよ」

「……」

彩華は奈緒に奴隷の身だしなみをさせると、彼女を連れて典夫の居室に向かった。奴隷の務めをするためには、典夫の趣味にかなう化粧をしたり下着をつけたりしなければならなかったのだ。

その夜奈緒は黒いメッシュのストッキングとフリル付きのリングガーターを脚につけ、赤いハイヒールのパンプスを履いていた。ブラジャーとパンティをつけておらず、性器の割れ目や乳首の突起を露出したままであった。

そして、奴隷の身分を象徴する黒革の首輪・手枷をはめられ、マゾヒスティックな四つん這い姿で典夫の部屋に伺候《しこう》した。

「会長さま、アナル専用奴隷の奈緒を連れてまいりました……奈緒！　お入り」

彩華は入り口のドアを開けると、典夫に断りを入れて奈緒を部屋の中に入らせた。

奈緒は言いつけに従っておずおずと這い進んだが、いつもより緊張しているのは、一輝の言葉を聞いていたからである。

「お、お父さま……」

四つん這いの少女は支配者の足もとに平伏し、床に置いた手の甲に額《ひたい》が触れるほど頭を低くしてお目見えの挨拶をした。そのように卑屈なポーズでつらい仕置きを願い出ることを奴隷の作法として躾けられていたのである。

「どうか、今夜もアナル奴隷奈緒をお仕置きして、マゾの悦びを味わわせてくださ い」

「虐められたいのか、奈緒」

「虐められたいです……お父さまにお尻の穴を虐められて、悦虐のよがり泣きをしたいです」

「虐められなければ満足できないんだな」

「ああっ、お父さまの言うとおりです。奈緒はすっかりマゾ奴隷に仕込まれて、鞭を打たれたりお尻の穴を虐められたりしなければ満足できない体になってしまいました」

「フフフ、一週間でそうなると予言しておいただろう。わしの予言どおりになったな」

典夫は会心の笑いを込み上げさせた。彼はガウンを合わせて前を隠していたが、生地の下でペニスはすでに勃起していた。

「それなら、淫乱牝のマゾ奴隷に相応しく、尻を振って仕置きをねだれ」

「会長さまにお尻を向け、二つの穴をよく観察していただくのよ」

「は、はい……」

奈緒は四つん這いのまま回れ右をして典夫に素っ裸の尻を向けた。

「どういうポーズで会長さまのご機嫌取りをするのかわかっているわね」

「はい！」

すでに少女は自分の後ろ姿にマゾヒスティックな雰囲気を添える術《すべ》を知っていた。

彼女は膝同士の間隔を離して尻を割り開き、丸見えとなっている性器とアヌスをいっそう無防備にさらけ出した。そして膝下の脛から足先までを八の字に開き、黒のストッキングと赤いハイヒールをつけた脚を蠱惑的に演出した。

さらに、後ろに突き出した尻をクネクネと振り立て、典夫のサディスティックな情欲を煽り立てた。

奈緒が屋敷に住むようになってまだ二週間足らずであるが、彼女はそのあいだにすっかりマゾ奴隷の作法を身につけてしまっていたのだ。

「どうか、見てください、お父さま！　マゾ奴隷奈緒のおま×こと、お尻の穴をじっくりご覧になってください」

彼女は双臀をいやらしげにくねらせながら、卑猥な語句を用いて典夫に性器やアヌスの観察を懇願した。

「二カ所ともねっとりした粘膜がいやらしげだな。性器は濡れているか」

「すぐに濡れます……お父さまに早くお仕置きをしてもらいたくて、さっきから体をウズウズ火照らせていますから」

「どうしたら濡れるんだ」

「鞭を打ってください。鞭を打たれれば、マゾの興奮を覚えてすぐに濡れます」

「フフフ、やはりわしの睨んだとおりだ。鞭打ちやアナル責めをされないと満足できない体になってしまったな……それっ！」

――ピシーン！

「あひーん！　肌に滲みますぅ」

「奈緒、上手にお尻を振って、会長さまをその気にさせるのよ。そうすれば本気を出していっぱい虐めてくださるから」

「つまり、いやらしい仕種でわしを挑発するんだ。おまえにできるかな」

「で、できます……」

典夫にけしかけられると、奈緒はいっそう大きく尻を振り立てた。

彼女の尻はまだ生育途上で熟し切っていないが、それなりにボリュームがあってプリプリと張りがあった。しかも、四つん這いの格好で膝同士の間隔を空けているので、性器もアヌスも丸見えとなっている。

未成熟ながら初々《ういうい》しい魅力を感じさせる尻をクネクネと揺らす仕種は典夫のサディスティックな情欲をかき立てるにじゅうぶんだった。まさしく奈緒は双臀を卑猥に振り立てることで典夫を挑発しているのだった。

――ピシーン！

「ひいっ！　お父さまに愉しんでもらいます」

「風呂に入ったか」

「はい、夕食の前に入って、体の隅々まで洗ってきました」

「そのわりには何か匂ってくるぞ」

「あっ！　奈緒はおま×こ臭い小娘です。アナル奴隷の奈緒は卑しい匂いがおま×こに染みついている、おま×こ臭い小娘です」

典夫に指摘されると、少女は羞恥に顔を赤くしながら自らを卑しめた。彼女は〝ションベン臭い小娘〟ならぬ〝おま×こ臭い小娘〟という定型句を彩華によって押しつけられてしまったのである。

「ここまで匂ってくるのはもとからの匂いだけじゃないだろう。発情して匂いが強くなっているんだ」

「ああっ、発情しています。奈緒はお父さまの前に連れてこられると、すぐに発情して体が熱くなってきます」

「体が熱くなると粘膜に染みついた匂いが発散しやすくなる。さらに、いやらしいケツ振りダンスと鞭打ちが新しいマゾづゆの分泌を促《うなが》すから、ますます匂いが強くなるんだ。ほら、このように……」

――ピシーン！

「ひーん、発情しますぅ！」

「フフフ、おまえはまさしくマゾ奴隷にぴったりだな。おま×こ臭い小娘というだけで仕置きの種になる」

——ピシーン！

「おひーん！」

「なぜ打たれたんだ、小娘？」

「あうっ、奈緒はおま×こ臭い小娘なので、おま×この匂いをプンプンとさせています。それで、お父さまにお仕置きされました」

「フフフ、よくわかっているな。もっと発情したいか」

「発情させてください。アナル奴隷の奈緒をいっぱい虐めて、マゾの興奮を味わわせてください」

「それなら、悦虐感をいっそう深く味わうことのできる箇所を打ってやろう」

典夫はそう言うと、四つん這いの少女を再びこちら向きにさせた。

2

「彩華、足載せ台《オットマン》を出してくれ」

「はい、お待ちください」

彩華は別室から注文の家具を取ってきて、典夫の足の下に置いた。それは三十センチ四方の上面に深紅《しんく》のビロードを張った台で、高さは二十センチほどであった。

典夫は素足にスリッパをつっかけていたが、右足を抜くとオットマンの上に置いた。

「舐めろ。足の裏表を舌できれいにするんだ」

「はい……」

奈緒は従順に返事をすると、スリッパを脱いだ足の甲に顔を覆い被せた。オットマンは高さが二十センチ程度なので、典夫がそこに足を載せても四つん這いの奈緒の顔の下にあった。それで奈緒は肘を少し曲げて上体を屈《かが》め、唇を恭《うやうや》しく押しつけながら足の甲に舌を這わせた。

「あむ……」

四つん這いで頭を低くしながら支配者の足を恭しく舐める少女は、まさしく奴隷の姿を体現していた。黒いストッキングと真紅のハイヒールに黒革の首輪といういでたちは、卑屈な奉仕と相俟《あいま》って、マゾ奴隷の雰囲気を醸し出していたのである。

「ぺろ、あむ……ぴちゃ」

「会長さま、この角度でよろしいですか」

奴隷調教師の彩華はオットマンを運んできたその足でもう一度別室に行き、一台の姿見を持ち帰っていた。マホガニーの枠に縁取られた大きな鏡で、縦一メートル二、三十センチ、横七、八十センチほどもあり、キャスター付きの台に立てられた二本のポールに取りつけられ、高さと角度を自由に変えることができた。

「うん、それでいい」

典夫は満足そうにうなずいた。

奈緒は恭しく彼の脚に口づけをしながら舌を這わせているが、下肢を八の字に開いて性器やアヌスを無防備にさらけ出している。鏡を置くことによって、その後ろ姿を細大洩らさず観察することができるのだ。

足指に伝わる淫らな触感と、鏡の中の卑猥な映像は典夫のサディスティックな情欲をいっそう昂らせた。彼は鏡によって標的の位置を見定めると、鞭を大きく振りかぶった。

——ピチィーン！

「ひゃんむーっ！」

少女の背中越しに鞭が舞い、双臀の谷底を勢いよく打ち弾いた。犠牲者の少女はあまりの痛さに思わず唇を足の甲から離して甲高い悲鳴をあげた。鞭はシャフトをしならせながら、先端の革ヘラをアヌスや性器に届かせたのである。

「どこを打たれたんだ、マゾ牝？」

「うひひっ……お、おま×ことお尻の穴を打たれました」

奈緒は典夫の足指を涎で濡らしながら、喘ぐような声で返事をした。媚肉に生じた激痛に口を閉じることができず、涎をたらたらとこぼしてしまったのである。

「どうだ、急所打ちは？　発情したか」

「うひいっ、発情なんて……」

奈緒は強烈な痛みの余韻に呻きながら、目に涙を溜めて訴えた。

「もう、痛くて死んでしまいそうです」

「マゾ奴隷はその痛いのにはまって、打たれるたびにマゾづゆを垂れ流していくんだ……さあ、清めの奉仕をつづけろ」

「ううっ……あむ、ぴちゃ」

「奈緒、ご機嫌伺いの仕種はどうしたの。おまえのお尻は鏡に映って会長さまに観察されているから、精一杯いやらしく振り立てて愉しんでいただくんでしょう」

「あうっ、そんなことをしたら、お父さまを挑発していると間違われてまた急所を打たれてしまいます」

「ケツを振ってわしを愉しませるのは奴隷の務めだ。務めをおろそかにすると、また同じ箇所に打ち込むぞ」

「ううっ、どっちにしてもつらいお仕置きをされてしまいます……ああっ、お父さま！　どうか手加減してください」

奈緒はやむなく卑猥な尻振りダンスを再開した。クネクネと双臀をくねらせる仕種は支配者への卑屈なご機嫌取りであり、また仕置きのおねだりでもあった。そしてさらに、彼にサディスティックな情欲をそそらせるための挑発でもあった。

――ピチィーン！

「ひーん、おま×こが灼けるーっ！」

「どうだ、おま×こがもっと臭くなったか」

「うひひっ、おま×こ臭くなりました……いやらしい匂いのおつゆをあふれさせて、奈緒はますますおま×こ臭い小娘になりました」

「フフフ、おまえも急所打ちにはまってマゾづゆを垂れ流すようになったんだな。やはりマゾの牝奴隷だけある」

「うひひ、うひっ……あむ、ぺろ、あむ」

アヌスと性器に生じた激烈な痛みは長く尾を引いてその余韻で少女を苦しめた。しかし彼女は懸命に尻を振って典夫の目を愉しませながら、目の前の足に恭しく舌を這わせた。

「ぺろ、ぴちゃ……あんむ」

少女はまさしくサディストの典夫に支配されるマゾ奴隷であった。オットマンの上に載せた足を拝跪《はいき》するように身を屈め、足の甲から足指の一本一本をねぶって支配者の快楽に尽くす……。

そして彼女自身、鞭で急所を打たれながら屈従の奉仕をすることに苦痛と恐怖とスリル、そしてみじめな心情の中にマゾヒスティックな興奮を見出すのであった。

「フフフ……」

典夫はサディスティックな笑いを浮かべながら奈緒を見下ろしていたが、やがてこう言った。

「マゾ奴隷の躾が行き届いてきたな。鏡に映るケツの動きも、一生懸命わしを悦ばせようとする気持ちがこもっているようだ」

「奈緒、お褒めいただいたのよ。御礼を申し上げなさい」

「お父さま、褒めてくださってありがとうございます。アナル奴隷奈緒はお父さまに気に入っていただけるように、これからも心を込めてお務めをします……あむ、ぺろ」

奈緒は卑屈に礼を言うと、いっそう大きく尻を振り動かし、また熱心に足指に舌を這わせた。

「よい心がけだ。おまえがそう言うなら、わしも仕置きのし甲斐があるというものだ。ついては、今夜から新しい仕置きを採り入れてやろう」

「新しいお仕置き！　ま、まさか……」

典夫の言葉を聞いた途端、奈緒は心臓を縮み上がらせた。帰宅途中の車の中で一輝に言われたことを思い出したのだ。

「ど、どんなお仕置きを？……」

「仕置きをはじめるまでは伏せておこう。あらかじめわかっているよりも、サプライズで知らされるほうがショック、いや感動が大きいだろう……違うか」

「うっ……」

「フフフ、愉しみにしておけ……彩華、頼むぞ」

「はい、準備をしてまいりますわ」

彩華は典夫に声をかけられると、座を外して部屋を出ていった。奈緒はその後ろ姿を見送りながら、不安をいっそう募らせた。

「仕事をつづけろ。彩華が戻ってくるまでに片足を終わらせておくんだ」

「は、はい……あんむ、ぺろ」

「うん、マンづゆがあふれているのがよくわかるぞ。すっかり発情したな」

典夫は奈緒の後ろに立てられた姿見を覗き込んで言った。彼の指摘したように、少女の性器はあふれ出した淫蜜にまみれて淫猥な雰囲気を醸し出していた。

——ピチィーン！

「ひゃんむーっ！　お尻の穴が灼けますぅ！」

背中越しに振り下ろされた鞭の革ヘラにアヌスの媚肉を捉《とら》えられ、犠牲の少女は狂ったように双臀を振り立てた。まさしく彼女は尻に火をつけられたのである。

「フフフ、この仕置きはマゾ奴隷の躾にぴったりだな。鞭を急所に打たれると、足舐《なま》め奉仕を怠けようなどという気は起こさないだろう」

「絶対に怠けません。一生懸命に御奉仕して、お父さまに愉しんでもらいます……ぴちゃ、あむ」

床にひれ伏した少女はオットマンに載せられた足の甲や足指に舌や唇を這わせ、淫らな触感で典夫の快楽に奉仕した。

「こちらもフェラチオに近い快感を得ることができる。指と指のあいだのつけ根を舐められると、背筋がゾクゾクしてペニスがビンビンに立ってくるぞ……それっ！」

――ピチィーン！

「あひゃあーん！　御奉仕しますぅ」

連続してアヌスの媚肉に灼けるような痛みを覚え、奴隷の少女は掠《かす》れた悲鳴をあげた。それでもけなげに尻を振り立て、中年サディストの足指をねぶる姿はいじらしいかぎりであった。

「服従心はわいてくるか」

「わいてきます。お尻の穴やおま×こに鞭を浴びながら御奉仕をさせられると、自分がお父さまの奴隷であることを実感して、絶対に服従しなければいけないという気持ちがわいてきます」

奈緒は足指の一本一本を丁寧に舐めねぶりながら服従の返事をした。実際、彼女はマゾヒスティックな服従心に骨の髄まで染められていた。

――ピチィーン！

「ひゃいーん！　おま×こがピリピリ灼けますぅ」

フレキシブルなシャフトがしなって先端の革ヘラがラビアを打ち弾くと、奈緒は卑しい語を口から発してマゾの悦虐感を訴えた。彼女はどういう言葉を使えば典夫に気に入られるかすっかり心得ていた。哀しいことだが、彼女はマゾ奴隷として典夫に取り入る術を身につけてしまったのである。

「急所を思いきり打たれたら、こんなものではすまないぞ。わしはおまえの服従心に免じて、マゾの悦びを感じるように打ってやっているのだ」

「ああっ、悦びを感じます！　お父さまにお尻の穴やおま×こを打たれると、発情して気が変になってきます」

「もうすっかり淫乱マゾのアナル奴隷だな。だから、新しい仕置きをしてやるんだ」

「ううっ、どんなお仕置きをされるのか、想像すると怖いです」

「何を想像しているんだ」

「あ、あの……例えば浣腸とか……」

「ほう、浣腸を期待しているのか」

「ち、違います！　期待なんかしていません」

「浣腸を想像してビクビクしているのなら、浣腸を期待してドキドキしているのと同じだろう。心の底に願望があるから想像するんだ」

「そ、そうじゃなくて……帰りの車の中で一輝さまに言われたんです。お父さまは今夜浣腸のお仕置きをするかもしれないと。それで、怖くてビクビクしていたんです」

「わしは違う仕置きを考えていたのだが、おまえが浣腸を期待しているのなら望みをかなえてやらないわけにはいかないな」

「ひいっ、望みをかなえないでください。期待してないって言っているんですから」

奈緒は必死に哀願しながら、浣腸などという言葉を口走ったことを死ぬほど後悔した。

「フフフ、今から客がやってくるから、おまえはその客にマゾ奴隷の淫乱ぶりを披露するんだ」

「お客さん？」

「客といってもおまえと同じ奴隷だ。だが、おまえが立派なマゾ奴隷になったことを知って、さぞかし悦ぶだろう。なんといっても、おまえの身内なのだから」

「えっ、身内？　身内といったら……あわわっ！」

「ほら、やってきたぞ」

奈緒は典夫の言葉を聞いて驚き慌てたが、何の心構えもできないうちにドアが開いて彩華の声が響いた。

「会長さま、美紗を連れてまいりました……ほらっ、ご挨拶を！」

「か、会長さま！　奴隷の美紗でございます」

「うむ、よくきたな。とりあえず後ろで見学していろ」

「美紗！　姿見のところまでお行き」

「は、はい……」

新来奴隷の声が奈緒の耳に届いた。彼女は恐ろしくて後ろを振り返る勇気がなかったが、美紗に連れてこられた奴隷が紛れもなく母親の美紗であることは、聞き覚えのある声によって確かめることができた。

「奈緒、仕事をつづけるんだ」

「うあっ、お母さんに見られるなんて……」

――ピチィーン！

「ひゃあっ、舐めますぅ！　んむう……あむーっ！」

奈緒は躊躇《ためら》いの声をあげたが、容赦のない鞭を浴びてたちまち屈服した。少女は母親の視線を意識しながら、屈従の奉仕を再開せざるをえなかった。彼女は羞恥とみじめな気分に胸を押しつぶされそうになりながらも、舌を中年サディストの足指に這わせるのであった。

3

「あむ、あむ……ぴちゃ、ぺろ」

——ピチィーン！

「むひゃーっ！　んむ、あんむぅ」

素足に舌を這わせるくぐもった息遣い、双臀の谷底を打ち弾く鞭の湿った音、そして少女のあげる甲高い悲鳴が部屋の中に交錯した。

典夫も奈緒もいつにもまして興奮していた。その要因が美紗の存在にあることは言うまでもなかった。

奈緒は美紗の目の前で典夫に性器やアヌスを鞭打たれながら、屈従の足舐め奉仕を強いられているのだ。あさましい姿を母親に見られているかと思うと恥ずかしさに生きた心地もなかったが、かえってそのことがマゾの情感を激しく昂らせたのである。

そしてまた典夫は、生け贄に差し出された娘を残忍に支配する様子を母親に見せつけることで、奴隷の母娘に対するサディスティックな優越感を得るのであった。

「フフフ、どれ……」

やがて典夫は身を屈めて奈緒のうなじを摑み、ぐいっと持ち上げながら後ろを振り返らせた。

「あうっ……」

「ひっ……」

否応なく顔を向かい合わせにされた母娘は一瞬見つめ合うと、すぐに羞じらうように相手から視線をそらした。それぞれ自分の姿が相手に見せられないほどあさましいものだということを肌身に沁みて感じていたのである。

美紗は奈緒の後ろに置かれた姿見の横で正座していたが、彼女も少女と同じく奴隷の象徴である首輪をはめられ、乳房も性器も剝き出しであった。

「二週間ぶりの親子対面だな。奈緒、母親に会えて嬉しいか」

「……」

「フフフ、恥ずかしがることはない。美紗もおまえと同じ奴隷なのだから……美紗！娘の隣に並んで、わしに挨拶をしろ」

「うっ、はい……」

美紗は小声で返事をすると、奈緒と肩を並べる位置まで這い進み、床に額が触れるほど頭を低くした。

「御主人さま、牝奴隷の美紗でございます。今夜は美紗をお召しくださいましてありがとうございます」

「おまえは何のために呼ばれたのか」

「娘に対する御主人さまのお仕置きを見学させていただくためです。奈緒が御主人さま好みのマゾ奴隷に躾けられたか、その成果を見学するするために参上いたしました」

「フフフ、聞いたか、奈緒。今夜は美紗に日頃の調教の成果を披露するんだ。立派なマゾ奴隷になったことを示して母親を安心させてやれ」

「あうっ、そんな……」

「その代わり、美紗もおまえにいやらしいマゾ姿をたっぷり見せてくれるぞ。そうだな、美紗？」

「うっ、御主人さまのおっしゃるとおりです。今夜呼ばれたのは、御主人さまからお仕置きを受けるためでもあります。どうか今夜は一晩中、マゾ奴隷美紗をお仕置きしたり御奉仕をさせたりして、心ゆくまでお愉しみください」

「奈緒といっしょに仕置きをされるのなら、母親が娘の手本にならなければならないぞ」

「はい、きっと娘のお手本になれますように、奴隷のお作法を守って御主人さまにお愉しみいただきます」

「奴隷の作法だけではない。マゾよがりでも手本になるんだ」

「あうっ……きっと仰せに添うようにいたします」

「奈緒はおまえの娘だけあって、顔や肉体の魅力は申し分がない。マゾの淫乱さもおまえの血をじゅうぶんに引いている。だから、手本を示すつもりでも、まごまごしているとかえって娘にお株を奪われてしまうぞ」

「……」

「とはいえ、マゾの雰囲気という点ではおまえのほうが遥かに上だ。熟女の色気がマゾの魅力をよく引き立てている」

典夫は美紗に面《おもて》を上げさせて、彼女と隣の奈緒とを交互に覗き込んだ。二人は親子なので顔立ちはよく似通っているが、奈緒が彫りの深い西洋的美人なのに対して、ふだんはスナックのママとして和服を着こなしている美紗は和製美人といった趣《おもむき》をなしていた。

ただし、美紗は今夜はバックシームの入った黒のセパレートストッキングをつけ、やはり黒色のガーターベルトを着用していた。そして、ヒールの高さが十二、三センチもある黒のエナメルハイヒールを履いている。

　奈緒とほぼ同じいでたちなのは、母娘をいっしょに仕置きするために、あらかじめ彩華が母親にそのようなコスチュームを命じておいたからである。

「親子マゾ競艶といったところですわね。どちらが会長さまからいっぱい虐められるか……いえ、可愛がっていただけるか、女同士競ったり嫉妬しあったりするわけですから。会長さまこそ、気を引き締めていないとオチ×チンが保《も》ちませんわよ」

「フフフ、たしかに彩華の言うとおりだ。二匹ともいったん発情牝のモードに入ると、貪《むさぼ》るように快楽を求めるからな」

　典夫は皮肉とも冗談ともつかぬ助言に軽く応じると、女調教師に向かって別のことを提案した。

「ところで、彩華！　奈緒は浣腸をされたくてウズウズしているそうだ。ついては、今夜の仕置きに浣腸ショーをに採り入れてはどうかな」

「ひーっ、嘘！　ウズウズなんかしていません」

　奈緒は真っ青になって金切り声をあげた。希望しているどころか、そんな目に遭わないように心の底から恐れていたのである。実際、彩華が席を外したとき、彼女が浣腸用の器具を部屋に持ち帰るのではないかとビクビク心配していたくらいである。

しかし、彩華は典夫の提案を聞くと目を輝かせた。

「あら、自分から浣腸を志願するとは感心ね。それなら、早速プログラムに組み込んであげるわ」

「うひいっ、堪忍してください」

「美紗！　おまえもよ。親子で一つの便器を争う椅子取りゲームをさせてあげようか」

「ひいっ、お許しください、調教師さま」

奈緒も美紗も彩華の脅しにすっかり怯えてしまった。二人は、奴隷調教師の彩華が典夫に代わってさまざまな仕置きを考案することを知っていたのである。

「浣腸は寝室でやってあげるわ。あそこにはエネマプレイ用の器具も揃っているし、バスルームも付属しているので、浣腸したあとのお尻を綺麗に洗滌《せんじょう》できるからね」

「フフフ、隣の寝室へ行くのが愉しみだな。とはいえ、美紗はやってきたばかりだから、最初の仕置きはこの部屋でしてやろう」

「それなら、鏡で前と後ろを確認しながらお仕置きをしてはどうですか」

アイデア豊富な彩華はすぐに姿見を用いた責めを提案した。彼女は隣の寝室兼用の調教室からさまざまな責め具とともに一つの肉体拘束具を運んでくると、オットマンの代わりにそこに置いた。

「美紗、この椅子にお乗り。股を開いて肘掛けに跨がるのよ」

それは椅子とはいうものの、通常の椅子とはいささか様相を異《こと》にしていた。いちおう五本脚の回転チェアだが、支柱の上に乗っているのは水平な座板と左右の肘掛けだけで、背もたれはついていなかった。つまり、正面から見ると、断面がU字の形をした椅子だったのである。

彩華は熟女奴隷を肘掛けに跨がらせてM字開脚のポーズを強いると、左右で宙ぶらりんになっている脚を曲げさせ、座板の左右に付属している鎖付きの革枷を裸囚の足首にはめた。

「……」

美紗はソファに顔を向けたまま恥ずかしげに視線をさまよわせた。娘と再会した早々に、彼女の目の前であさましい姿を披露させられるのだから、母親の面目は丸つぶれであった。

実際彼女は左右の大腿部を肘掛けに載せ、体を宙に浮かせた状態で股間を大きく割り開き、性器をもろに露出している。いや、性器を丸見えにしているどころか、めいっぱい股を開いているために、クレヴァスを縁取るラビアも左右に引っ張られて媚肉の裂け目を奥までさらけ出していた。

「奈緒、母親の性器を見てみろ」

典夫は少女をソファの脇に引き寄せると、うなじを摑んで彼女の視線を母親の股間に向けさせた。

「美紗がパイパンだということを知っていたか」

「し、知りませんでした……」

少女は母親のあさましい姿に恐るおそる視線をやって、小声で返事をした。

大股開きで椅子に乗った美紗の性器は彩華と同じく無毛であった。恥丘からデルタにかけて毛が一本も生えてなくて、ヌラリとした粘膜が剝き出しになっていた。そのような処置が典夫の命令によるものであるのは間違いなかった。

奈緒はパイパン処理をされた性器を見て、彼女だけでなく母親もまた典夫の奴隷であることをあらためて実感した。

「感度のいい牝奴隷で、あの割れ目の奥にペニスを打ち込んだり仕置きをしたりすると、部屋中に響く声でヒイヒイとよがり泣きをする。すぐに泣き声を聞かせてやるから、愉しみに待っていろ」

「……」

すでに淫蜜をあふれさせている性器を目《ま》の当たりにしながら典夫の話を聞くと、少女の心には何とも表現できない生々しい感情がわいてきた。サディストの典夫に容赦なく凌辱される母親への同情とライバル的な嫉妬の交じった複雑な思いであった。

美紗の跨がった椅子はソファと姿見の間に挟まれていた。それで、ソファに座った典夫は直接美紗の乳房や性器を見ることができると同時に、鏡を通して彼女の尻やアヌスなどの後ろ姿を観察することができるのであった。

彩華は美紗の肉体を椅子に拘束するための作業を着々と進めていった。

まず、椅子とともに持ち帰った小道具の中から一本の枷棒を取り出した。それは丸木の棒で、長さは四十センチ足らずと短く、両端と真ん中にカラビナが付属している。

美紗の手首には革の手枷がはめられているが、彩華は両手を肩の高さまで上げさせると手枷を両端のカラビナにくくりつけ、さらに首輪のうなじを棒の真ん中にある第三のカラビナに繋いだ。こうすると、彼女は腋の下や肋《あばら》をがら空きにして両腕を上げ、丸木に手首を繋がれた虜囚のポーズと保っていなければならなかった。

「ほら、口を開けるのよ！　ボールギャグを咥えなさい」

さらに女調教師は美紗に口を開けさせ、白いプラスチック球に細いベルトを通した箝口具《かんこうぐ》を嵌《は》めた。三、四センチほどの球の表面には小さな穴がいくつも開いているので呼吸に支障はなかったが、口をめいっぱい開けてギャグを咥えている顔は哀れとも滑稽ともつかず、見る者にサディスティックな侮蔑《ぶべつ》と優越感をいだかせるにじゅうぶんであった。

「お行儀よくじっとしているのよ。みっともない姿を奈緒に見られたくないでしょう」

「は、はひ……」

女調教師の意地悪なひと言ほど美紗に応えることはなかった。

彼女はあさましい姿を娘に見られながら残虐な仕置きをされると思うと、みじめな敗北感に打ちのめされそうになった。

「会長さま、飴と鞭を交互に使って存分にお仕置きをしてやってくださいませ」

女調教師は美紗の背後にある姿見の高さと角度を調節して後ろ姿がよく見えるようにすると、最後に一本の責め具を差し出した。

それはすでに典夫の手にしている革鞭と同じく長いシャフトを備えているが、革鞭のようにフレキシブルではなく、細く硬い一本の棒となっていた。そして、先端にはヘラの代わりに水鳥の羽《フェザー》が数十本束ねられていた。

「フフフ、これが飴になるのか」

典夫は彩華から渡された羽棒を見てニヤニヤ笑った。

「むしろこちらが凶器で、革鞭が飴になるのではないか」

そう言いながら棒を伸ばして、がら空きとなっている腋の下を先端の羽ですーっと刷《は》いた。

「あひゃわっ！」

途端にボールギャグを咥えた美紗の口から掠れた悲鳴があがった。羽棒はくすぐり責めに使われる拷問具だったのである。美紗はおぞましい触感にぞくっと鳥肌を立たせながら、仕置きの内容を知って気が遠くなりそうになった。

第八章　くすぐり責めの狂乱地獄

1

羽棒によるくすぐり責めはまさしく拷問以外の何ものでもなかった。

椅子に跨がって両手首をうなじの枷棒に繋がれた裸囚は、脇の下や肋《あばら》、乳房、鼠蹊《そけい》部など敏感な箇所をすべて無防備にさらけ出していた。

典夫は棒の先の羽でそれらの箇所を思いのままにくすぐることができるのだ。

椅子は彼の座ったソファからすぐ間近にあり、棒を伸ばせば股間から乳房までじゅうぶん射程圏内にすることができた。

「わひゃ、ひゃ……ひゃひーっ！」

左右の腋の下と肋の上を繰り返し羽が往復し、美紗を狂気の世界に落とし込んだ。

いくら腋を閉じようとしても両手がうなじの高さにある枷棒に繋がれているので、案山子《かかし》のように腕を上げていなければならないのだ。

もっとも、枷棒の長さは四十センチほどなので、本物の案山子ほどは腕を水平にする必要はなかった。それでも胴体ががら空きであることに変わりはなく、くすぐり責めに敏感な腋の下や肋《あばら》はまったくの無防備状態におかれていた。

「わひゃあ……ひゃひーんっ！」

「動くんじゃない！　お行儀よくしなさいと言ったでしょう」

美紗は懸命に身を捩って羽棒から逃れようとしたが、彩華にうなじを摑まれ身動きをすることもままならなかった。

「ひゃわ、ひゃーっ……おゆるひをーっ（お許しをーっ）！」

狂ったような悲鳴と呂律の回らぬ許し乞いがギャグの小穴からほとばしり、残虐な責めに生々しい迫力をつけ加えた。

「奈緒、見ているか」

「は、はい……」

典夫に声をかけられると、少女はうわずった声で返事をした。彼女はソファの脇に正座して母親が仕置きをされる様子を見物していたのだ。

奈緒にとって母親の美紗がくすぐり責めに遭って泣き悶える様子はこのうえなく刺激的であった。彼女は母親の苦しみを思いやって心を塞がれる一方で、悪魔的な愉悦の感情がわき上がってくるのを抑えることができなかった。

美紗は奈緒と血の繋がった母親であるが、実の娘をサディストの典夫に引き渡した張本人でもあったのだ。

もちろん美紗も典夫に支配される奴隷で、彼の命令に逆らうことができないという事情があったのだろう。しかし、彼女がまだ十六歳のいたいけない娘を悪魔に差し出したのは消すことのできぬ事実であった。

それで奈緒は、母親が典夫から仕置きをされる姿を見て、ひと言では説明のつかぬ複雑な感情に心を揺らすのであった。

「仕置きを見物しながらわしのペニスを舐めろ」

典夫は羽棒で美紗を責めながら、少女を横から引き寄せた。彼は膝の上のガウンの裾を開き、硬く勃起しているペニスを露にした。

「はい、お父さま！　あんむ、あむ……」

「フフフ、何とも言えぬ快感だ」

典夫は舌と唇の淫らな触感にいっそうペニスを硬くそばだてながら、会心の笑みを洩らした。羽棒で母親をくすぐって快楽地獄に悶え狂わせ、同時に彼女の目の前で実の娘にフェラチオをさせる。サディストにとってこれほど劣情をかき立てられる状況《シチュエイション》は他になかった。

「むむ、ぺろ、うんむ……ぴちゃ」

ソファにどっかりと腰を下ろした典夫は少女の行なう口淫奉仕に淫らな気分を昂らせながら、視線を正面の美紗に向けて残虐な責めをつづけた。

「わひゃひゃーっ！　きがくるひまひゅう（気が狂いますう）」

「気が狂う？　それならこうしてやる」

——ピチィーン！

「ひゃわーん！　あぬひゅがやけまひゅう（アヌスが灼けますぅ）」

羽棒を革鞭に持ち替えた典夫が横から犠牲者を打つと、フレキシブルな柄は尻の曲面に沿ってしなやかに撓《たわ》み、先端のヘラを谷底のアヌスにまで届かせた。美紗は椅子に跨がって股を大きく開いているので、双臀は左右に割れて敏感な菊蕾を無防備にさらけ出している。そして、彼女の後ろに置かれた姿見はアヌスの位置を正確に教えてくれる。

つまり美紗も奈緒がそうされたように、鏡に映し出された急所を残虐な支配者の鞭によって打ち弾かれたのである。

「フフ、鞭を打たれなければ、くすぐり責めで本当に気が狂ってしまうところだぞ」

典夫は恩着せがましく言い聞かせながら、再び羽棒を取って鳩尾から臍穴に至る箇所をカサコソと刷き撫でた。

「ひゃわーん！　おひひを、おひひを（お慈悲を、お慈悲を）！」

敏感な肌に伝わるおぞましい感触に、美紗は体をブルブルと揺すって泣き悶えた。口にボールギャグをはめられた彼女は、いくら許し乞いをしようとしても呂律が回らず、明瞭な声を出すことができなかった。そして、口の中にたまった涎が球の表面に開けられた小穴からあふれ出て、下にこぼれはじめた。

「卑しい粗相をしてはだめよ。涎がこぼれないように、顎を出して顔を上げなさい」

「ひゃっ、ひゃっ、ひょうんなことをひわれても（そんなことを言われても）……」

彩華に厳しく注意されても命令に従うのは至難の業《わざ》であった。美紗は枷棒をうなじに当てられているので、その圧力で頭が前に押し出され、つい顔が下向きになってしまうのだ。しかも、くすぐり責めに遭っている最中は平常心を失って気が狂ったように悲鳴をあげてしまう。すると、悲鳴とともにギャグの小穴から涎がとめどもなくあふれ出していくのであった。

「フフフ、乳房もべとべとだな」

Ｆカップもありそうな双つの巨乳は美紗が悶え狂うたびにフルフルと肉塊を揺らすが、乳首も乳輪もすでに粘液にまみれていた。

ボールギャグからあふれ出た涎の大部分は顎から首筋を伝わって流れ落ちていくが、一部は透明な糸を引いて直接肌に垂れ落ちる。美紗の乳房は胸から大きく突き出しているために、ギャグの小穴から垂れ落ちた涎はたいてい左右どちらかの肉塊に滴下するのであった。

――ピチィーン！

「あひゃーん！　ひゃけるーっ（灼けるーっ）！」

またしても横打ちされた鞭がシャフトを撓めて双臀の谷底に炸裂すると、美紗は椅子に跨がった尻をもがくように痙攣させて甲高い悲鳴をあげた。

「フフフ、雰囲気たっぷりの牝奴隷じゃないか。熟れきった果実のように熟女の匂いをムンムンとさせているぞ」

典夫は女調教師の彩華に向かって上機嫌に話しかけた。彼の言うように、白く艶めかしい肉体はＦカップサイズの乳房や一メートルもあるヒップなど、いかにも脂の乗りきった熟女の妖艶な魅力を遺憾《いかん》なく発揮していた。

「だが、行儀が悪くて涎を垂れっぱなしにするのはいただけないぞ。せっかくの美肌が台なしだ……彩華、どうしたものか」

「もちろん、厳しくお仕置きをするにかぎりますわ。そうしなければ、奈緒への示しがつきませんからね。涎をこぼせば涎によって報いを受けるということを思い知らせてやったらいかがですか」

「涎をこぼせば涎によって報いを受ける？……フフフ、さすが彩華だ。わしに的確なアドバイスをしてくれる」

典夫は女調教師の言葉に一瞬怪訝そうな顔をした。しかし、すぐに意味を悟ると鞭を伸ばして顎から垂れている涎を絡め、また肌の上に点々と残されている粗相の痕跡を掬《すく》い取って革ヘラにたっぷり水分を含ませた。

「……それっ！」

──ピチィーン！

「うひゃーっ！　ひにまひゅぅ（死にますぅ）！」

尻の後ろに勢いよく回転した革鞭はまたしても先端のヘラをアヌスに届かせた。ただでさえ急所は鞭に敏感なのに、涎をたっぷり含んだヘラで打ち弾かれる痛みは言語に絶するものであった。

「ピッタシ命中したな。鏡のおかげでいやらしいケツの穴がよく見えるぞ」

「うひひーっ！　もうひぬ、ひぬぅ（もう死ぬ、死ぬぅ）……」

美紗は目に涙を滲ませながら途切れとぎれに喘いだ。恐ろしい支配者から顔を背けたくても、彩華が彼女の頭《こうべ》をがっちり押さえているので身動きできず、苦痛に喘ぐ表情を典夫の視線に曝していなければならなかった。

しかも、彼女の目の前ではソファの横から身を乗り出した奈緒が硬く怒張したペニスにフェラチオ奉仕を行なっている。美紗は苦痛に喘ぎながらも愛娘の姿に心を痛めずにはいられなかった。

「奈緒！　おまえも同罪だ」

――ピチィーン！

「ひゃいーん！　ど、どうしてぇ？」

「フフフ、おまえたちは親子だから連帯責任というやつだ」

典夫はニヤニヤ笑いながら少女に向って返事をしてやった。

「それに、さっきからよそ見ばかりして、フェラチオに身が入っていないぞ」

「あっ、お許しを……あむ、あんむ」

奈緒は慌ててペニスを咥えなおしたが、彼女は典夫の指摘したとおり、何度も視線を椅子に向けて美紗の悶え狂う姿を観察していたのである。

「よほど美紗のことが気になるんだな」

「あ、あの……」

「美紗は卑しいマゾ奴隷か」

「卑しいマゾ奴隷です。お母さんはお父さまのお仕置きに卑しい泣き声をあげる淫乱な奴隷です」

典夫に訊ねられると、奈緒はうわずった声で肯定した。彼女は母親に聞かれていることを知っていたが、わざと典夫に迎合する返事をしたのである。

いや、実際、奈緒は心の中でそう思っていた。美紗の奴隷姿を見るのは初めてであったが、鞭や羽棒に対する反応はまさしく淫乱マゾのものだったのである。

「母親が虐められる姿を見ると、おまえは興奮するか」

「興奮します。お母さんが虐められるのを見ると、ゾクゾク興奮してきます」

「おまえをケツの穴専用奴隷としてわしに引き渡した悪い母親だから、いい気味だと思っているのだろう」

「あっ、いえっ！　そうじゃなくて……お母さんが虐められるのを見ると、何かしら体が熱くなってくるんです」

奈緒は複雑な感情を整理できないまま、曖昧に返事をした。たしかに奈緒の心の中には美紗に対する恨みがあり、彼女が仕置きをされている姿を見ると溜飲《りゅういん》が下がる気分になるし、また母親に対する優越感と軽蔑の気持ちもわいてくる。

しかし、一方で虐められている母親に自己投影して、あたかも奈緒自身が仕置きをされているようなドキドキ感を味わっている面もあったのである。

「美紗にもっとマゾよがりをさせたいか」

「させたいです。お母さんをうんと虐めて、卑しいマゾよがりをさせてください」

奈緒は熱心に頼み込んだ。それは彼女の願望であるとともに、母親の願望でもあるという確信があったのである。なぜなら、奈緒は美紗が自分と同じ淫乱マゾであると知ったのだから。

「フフフ、聞いたか美紗？　おまえの娘は母親が虐められることをお望みだ」

典夫は美紗に視線を向けると意地悪く言った。

「奈緒はわしの気に入りの奴隷だから、望みをかなえてやらずばなるまい」

「うひいっ……」

椅子の上で卑猥感たっぷりのM字開脚を強いられている美紗は羞恥に全身を熱く火

照らせながら絶望の呻《うめ》きを込み上げさせた。彼女は借金でがんじがらめにされてやむなく典夫に娘を売り渡したのであるが、奴隷とされた娘の目の前で、自らも奴隷として屈辱的な責めを受けなければならなかったのである。

2

「わひゃひゃーっ！　わひゃあ！」

——ピチィーン！

「ひゃひーん！」

「フフフ、さすが熟女だけあって大人の色気をムンムン匂わせているぞ。それもマゾ牝という大人の色気を……」

典夫は羽棒と革鞭を交互に用いて責めをつづけながら、サディスティックな笑いを込み上げさせた。熟女を責め嬲る快感に加え、少女の行なうフェラチオ奉仕が劣情をおおいに昂らせたのだ。

「美紗、おまえはサカリのついた牝犬だな。わしのペニスがほしくて涎をたらたらと垂らしているんだろう」

「……」

「どうした、返事をしたくないのか」

「あ……わひゃっ！　わひーん！」

意地悪な問いを無視することなどとうてい不可能であった。棒の先端の羽が鳩尾や脇腹を意地悪く刷き撫で、美紗を地獄の快楽に突き落とした。

「ひゃっ、ひゃっ！　ほしいれひゅ（ほしいです）」

「わしのペニスを舐めたいんだな」

「な、なめひゃいれふ（な、舐めたいです）……」

「だが、あいにくなことに、ペニスは奈緒が舐めている最中だ。娘が羨ましいか」

「うっ……」

「奈緒は今ではマゾ奴隷に躾けられて、毎晩わしのペニスを熱心に舐めるぞ」

典夫は少女のうなじを掴み、ペニスを口に含んでいる最中の顔を美紗に向けさせた。

「奈緒、ペニスを舐めると服従心がわいてくるか」

「わいてきます。お父さまのオチ×チンを舐めると、服従心がわいてきます……ぺろ、あむ！　おいしいです」

「フフフ、それならもっと服従の気持ちを起こさせてやろう……それっ！」

――ピチィーン！

「ひゃひーっ！　心を込めて舐めますぅ」

奈緒は背中越しに双臀の谷底を打ち弾かれると、甲高い悲鳴をあげながらもいっそう熱心にペニスを咥え込んだ。鞭を打たれながら行なう口淫奉仕は彼女に奴隷の身分を自覚させると同時マゾヒスティックな悦虐感をもたらすのであった。

「美紗！　おまえの娘は従順な奴隷どころか、仕置きなしには満足できない淫乱マゾに躾けられてしまったぞ」

「……」

「まだ十六の娘がこんなになってしまったのはだれの責任だ」

「うひっ、いひめないで（虐めないで）！」

美紗は意地悪な問いに苦しげな呻きを込み上げさせた。奈緒を奴隷として典夫に差し出したのはほかならぬ彼女自身だったのである。

「申し訳ないという気持ちがあるのなら、おまえ自身が娘以上の淫乱マゾだということを示してやるんだ。そうすれば奈緒も安心して、いっそうマゾの性《さが》に磨きをかけるだろう」

「ううっ、むごひ（酷い）……」

——ピチィーン！

「ひゃいーん！　おひりがやけまひゅう（お尻が灼けますう）」

「フフフ、そうやってマゾッ気たっぷりの泣き声をあげるんだ」

典夫はアヌス打ちをしたばかりの鞭を操って肌の上から涎を掬い取った。

「とはいえ、マゾ泣きで娘の手本になることができても、行儀に関してはえらそうな口はきけないだろう。涎垂らしの粗相を娘に見られて恥ずかしくないのか」

「は、はずかひいれふ（は、恥ずかしいです）……」

「会長さま、ご覧ください。この淫乱牝は下の口からも涎を垂らしていますわ」

彩華は典夫の注意を椅子の座板に向けさせた。美紗は断面がU字形をした椅子に跨がっているので、股間は座板に触れず宙に浮いている。ところが、座板の表面にはいつのまにか粘液がたまって小さなプールができていたのだ。

「ほう、わしも今気がついた。すると、涎垂らしとマゾづゆ垂らしのダブル粗相ということになるな」

「ひ、ひがいまひゅ（ち、違います）！　よられれふ（涎です）……」

美紗は必死に言い訳をした。口からあふれ出て乳房や鳩尾《みぞおち》を汚した涎は、さらに下方に流れて下腹や恥丘を濡らしていたのだ。

「なるほど。恥丘に毛が生えていないから、涎を食い止めることができないんだな」

美紗の必死の言い訳に、典夫は面白そうに応じた。たしかに、恥丘に茂みがあればそれがダムの役目を果たして、涎が下に流れるのを食い止めたであろう。だが、あいにく美紗の恥丘は脱毛処理がなされてツルツルであった。それで、涎は何の障害にも出会わずにデルタまで流れ下ったというわけである。

「すると、おまえはこの蜜溜まりが涎だと言い張るんだな」

典夫は鞭の革ヘラで座板の上の粘液を掬い取ると、それを奈緒の鼻先にもっていった。

「臭いか」

「はい、臭い匂いがします」

「何の匂いだ」

「発情したおま×この匂いがプンプン匂ってきます」

「じゃあ、舐めてみろ」

「はい……んむ」

「何の味がする」

「おつゆのたっぷり滲みたおま×この味がします」

奈緒は問われるままにつぎつぎと返事をしていった。典夫の奴隷である少女は彼の意にかなう返事をしなければならなかったのだ。そして、彼女自身も母親の性器を貶《おとし》めることに後ろめたさを感じつつも、スリルと悪魔的な快感を覚えていた。

「ということは、蜜溜まりのほとんどはマゾづゆだったんだな」

「美紗、おまえはやはりダブル粗相をしていたのね」

「あ、あうっ……」

美紗は絶望の喘ぎを込み上げさせた。彼女は性器から淫蜜を垂らしてしまったことを実の娘に暴かれたのである。

「彩華、ギャグを外してやれ。ここからは口のきける状態で仕置きをしてやろう」

「美紗、会長さまに感謝をおし。会長さまはおまえにお仕置きのおねだりをする機会を与えてくださったのよ」

彩華は美紗の口からボールギャグを外してやりながら、皮肉たっぷりに言った。口がきけても言い訳や許し乞いをすることは許されず、代わりに自ら残忍な仕置きを願い出なくてはならないのだ。

「さあ、口がきけるようになったところで、とろとろに濡れたこのいやらしいものは何か言ってみろ」

典夫はM字開脚のポーズをつづける美紗のデルタを鞭の革ヘラで刷き撫でながら訊ねた。美紗の性器については娘の奈緒が猥褻な語を用いて貶めたばかりだが、今度は本人の口から言わせようとしたのだ。

「あうっ、おま×こです。牝奴隷美紗のおま×こです」

美紗も奈緒同様猥褻な卑語を用いて自分の性器を表現しなければならなかった。

「奈緒はマゾづゆの味見をしただけでどんな性器かちゃんと当てたぞ。本人のおまえはもっと詳しく知っているはずだ」

「あ、あの……卑しく発情して、臭い匂いをプンプンさせているおま×こです」

美紗は羞恥に顔を赤く染めながら自分の性器を貶めた。だが、そのように表現しても違和感がないのは、実際彼女の性器は淫蜜にまみれ、いやらしげな匂いをあたりに立ち込めさせていたからである。

「フフフ、ところで、おまえの娘がこの屋敷では何と呼ばれているか知っているか」

「……？」

「奈緒、おまえはわしに何と呼ばれているんだ。〝ジョンベン臭い小娘〟か」

「い、いえ！……あの、おま×こ臭い小娘と呼ばれています」

奈緒は意地悪な誘導尋問に応じないわけにはいかなかった。彼女は羞恥に顔を火照らせながら自分につけられたあだ名を披露した。

「この娘はおまえといっしょに住んでいたときは、おまえが階下のスナックで接客をしているのをいいことに、夜な夜なオナニーにふけってマンづゆを垂れこぼしていたんだ。それですっかり性器に匂いが染みついてしまい、わしの屋敷に引っ越してきたときにはおま×こ臭い小娘になっていたというわけだ」

「！……」

「母親のおまえはそんなことはつゆ知らず、奈緒を純真な娘だと思い込んでわしに引き渡した。つまり、おまえの監督不行届だ」

「あうっ、申し訳ありません」

美紗がビクビクしてあやまると、隣から彩華がえらそうな口調で言った。

「本来なら、おま×こ臭い小娘なんて、親元へ突っ返すところよ。それを会長さまが引き取ってくださったのだから、ありがたいと思いなさい」

「あっ、ありがとうございます、御主人さま」

「奈緒！　おまえもよ」

「ありがとうございます、お父さま。奈緒はもうオナニーをしていません。その代わり毎晩お父さまにお仕置きをされて、おつゆをいっぱいあふれさせています」

「フフフ、それでますますおま×こ臭い小娘になるというわけだな」

典夫は上機嫌に笑った。

「美紗、おまえはどうだ。おま×こ臭い小娘の母親だから、おまえの性器はよほどいい匂いがするんじゃないか」

「ううっ、どうか虐めないでください。いやらしい匂いをプンプンさせているのは、よくご存じのはずです」

「虐めるというのは、こうすることだ」

「!……わひひっ！　わひーん！」

サディストの操る羽棒が柔肌の上を這い回り、無防備な鳩尾や下腹を刷き撫でた。

美紗は再び襲ってきたおぞましい触感に気を奪われ、甲高い悲鳴をほとばしらせながら椅子の上で身悶えた。

「ギャグを外してやったから、もう口から涎を垂れこぼす心配はないだろう。だが、マンづゆは垂れっぱなしのままだぞ」

典夫は倒錯の快楽に泣き悶える美紗の顔を覗き込みながら意地悪く警告した。

「娘の前で恥をかきたくなければ、これ以上蜜溜まりを大きくしないことだな」

「あうっ、そんな、無理です。どうか、もうお許しを……わひゃひゃーっ！」

美紗は必死に哀願したが、言っているそばから腋の下をくすぐられ、絶叫にも近い悲鳴をほとばしらせた。彼女は娘に軽蔑されることを恐れながらも、地獄の快楽に溺れていくのだった。

3

「どうだ、いてもたってもいられない快感だろう」

「わひゃ、わひゃ！　わひゃーん、お許しを……お許しくださぁーい！」

美紗は執拗なくすぐり責めに曝され、狂ったように泣き叫んだ。ボールギャグは外されたものの、あまりのくすぐったさにほとんど平常心を失って悲鳴をあげるので、今でも無意識のうちに涎をこぼしてしまうほどであった。

だが、いくらもがいても、彼女はほとんど体を動かすことができなかった。U字形の椅子に跨がった裸囚は肘掛けの外に出した左右の足首を革枷と鎖で固定され、うなじのあたりまで上げた両手首を短い枷棒に繋がれている。それだけでも身動き困難であるのに、奴隷調教師の彩華が髪をがっちりと摑んで押さえつけている。くすぐり責めのもたらす刺激は体を揺らさずにはいられないほど強烈なのに、彼女はそれさえも許されなかったのである。

「さっきは蜜溜まりができるまで気がつかなかったが、今度はデルタからつゆが垂れ落ちるのがはっきり見えるぞ」

「ううっ……」

「上の口の涎たらしは見ものだったが、下の口のマンづゆ垂らしもいやらしさ満点だな。ぱっくり割れた肉の裂け目から蜜溜まりにすーと垂れていくのが丸見えだ」

典夫は熟女奴隷の股間にぎらぎらした目を注ぎながら意地悪く言った。

美紗はM字開脚のポーズで体を宙に浮かせた熟女は股を大きく開いているため、ラビアも左右に割れている。とろりとした淫蜜は割れ目の奥からあふれ出し、粘度の高い糸を引いて座板に滴下していくのであった。

「くすぐり責めがよくて臭いつゆを垂れこぼしているんだな」

「うひひっ、違います！　本当に気が狂ってしまいそうなのに、いつのまにかおつゆがあふれてしまっているんです」

「ホホホ、おまえの性器はパッキンの緩んだ水道栓ってところね。いくら締めても何秒かたつと水滴が垂れてしまう。もっとも、水道の水滴はポタポタ垂れるけど、おまえのマンづゆは粘度が高くて垂れ落ちるまでにだいぶ糸を引いていくわね」

「フフフ、その糸を引く眺めが絶景なのだ」

典夫と彩華はM字開脚の裸囚に遠慮のない視線を注ぎながら交互に言い嬲った。

「だが、いくらわしの目を愉しませても、マンづゆ垂らしの粗相は仕置きに値《あたい》する罪だ。どうしてくれようか」

「お任せください、会長さま。鞭と同等、あるいはそれ以上の痛みを局部に与えてやりますわ」

彩華はそう言うと早速隣の部屋から新しい責め具を取ってきた。

「美紗、これでおまえをお仕置きしてやるよ」

「！……わひゃっ！」

彩華が熟女奴隷の鼻先に突きつけたのは、直径二センチ、長さ三十センチほどの細長い六角棒で、鉛筆を縦に二本繫いだような形とサイズをしていた。そして、先端から長さ七、八センチのゴム紐が垂れている――たったそれだけのシンプルな構造であるが、彩華は一目見て恐怖の声をあげた。責め具の使用法を瞬時に悟ったのである。

「ゴムステッキよ。革鞭よりこっちのほうが痛いかもね」

彩華は棒の先端から垂れているゴム紐を手前に向かって思いきり引き絞ると、Fカップサイズの巨乳のなかで一番敏感な乳首にステッキを近づけた。

——ピチィーン！

「ひゃいーんっ！」

手を離した途端ゴム紐は勢いよく飛び出し、敏感な肉突起を痛烈に打ち弾いた。美紗は乳首がちぎれるのではないかと思うほどの激烈な痛みに襲われ、不自由な体を捩《ねじ》って泣き叫んだ。

残忍な奴隷調教師の予告したとおり、ゴムの衝撃は革鞭に勝るとも劣らぬ痛みを媚肉にもたらしたのである。

「お仕置きは全部で四発よ。残り三発はどこに打たれるか当ててごらん」

「あわっ、お許しを！　お許しくださいー」

美紗は乳首にわだかまる痛みにほとんど息もできずにいたが、奴隷調教師の予告を聞くと泡を食って叫んだ。恐ろしいゴムステッキの標的がもう片方の乳首、性器、アヌスであることは容易に想像された。すでに一発目を食らって激烈な痛みを経験しているだけに、他の急所への打撃を想像すると恐怖に歯の根が合わなかった。

——ピチィーン！

「きゃひーっ！」

予想に違《たが》わず二発目は反対側の乳首に打ち込まれ、美紗はまたしても甲高い悲鳴を部屋中に響かせた。

彩華は三十センチ近くあるステッキの七、八分目までゴム紐を引き伸ばし、先端を標的に触れそうなほど近づけて指を離すのである。こうして発射されたゴム紐は乳首を弾き飛ばすほどの衝撃を与え、敏感な急所に耐えがたい痛みをもたらすのであった。

「つぎはこっちよ」

彩華は美紗の乗った椅子を半回転させ、肉感たっぷりの尻をソファに向けさせた。

「ここはすでに会長さまに打たれているけど、革鞭とは違う快感を味わえるはずよ」

「うひいっ、快感だなんて！　つらくて死にそうなのに……」

ステッキの先端がアヌスに触れる気配を感じ、美紗はもがくように尻を揺さぶった。

彩華の言うように、彼女は何回か典夫にアヌスを打擲《ちょうちゃく》されていた。それは体の正面をソファに向けていたときで、鞭がフレキシブルなシャフトを撓めて横から尻の裏側まで達し、谷底の菊蕾を残忍に打ち懲らしたのである。

しかし、現在は椅子を回転されて尻をソファに向け、アヌスの間近にステッキの先端をあてがわれている。鞭の回し打ちによってアヌスを打たれたときの痛みも耐えがたいものだったが、今度はそれ以上の激痛を覚悟しなければならなかった。

——ピチィーン！

「あひゃあーん！　お尻が灼けるぅ！　ひん、ひん、ひぃーん！」

勢いよく打ち出されたゴム紐が菊蕾の媚肉に炸裂し、四十路《よそじ》の美裸囚を地獄に連れ去った。美紗は甲高い悲鳴を部屋中に轟かせ、椅子に跨がったまま跳ね上がるような仕種を何度も行なった。

「うむ、よほどピリピリするんだな。なかなか痙攣が止まらないじゃないか」

典夫は残虐な処刑の様子を平然と見つめながら面白そうに感想を言った。

「さすが仕置き上手の彩華だ。本人にとっても見物人にとっても刺激たっぷりで、じゅうぶん愉しむことができるぞ。美紗も己《おのれ》の犯した罪の大きさを骨の髄まで思い知りながら、マゾの快楽をたっぷり味わったことだろう」

「うひひいっ！　快楽じゃありません」

「お黙り！　つぎは前を向かせて、大股開きの性器にきついのを打ち込んでやるから覚悟おし」

彩華は美麻を厳しく叱りつけると、椅子の向きをもとに戻して体の正面をソファに向けさせた。典夫の見ている前で性器を打ち弾いてやろうとしたのだ。

しかし、典夫はいきり立つ奴隷調教師をなだめるようにこう言った。

「フフフ、まあちょっと待て。おまえが言ったように飴と鞭を使って仕置きへの期待

娘を使って母親を慰めてやるんだ

を高めてやろうではないか」

「飴と鞭？」

「ケツの穴の仕置きがよほど応えたようだから、娘を使って母親を慰めてやるんだ……奈緒！」

「はい、お父さま」

「おまえは美紗を見ていい気味だと思うか、それとも可哀想だと思うか」

「わ、わかりません……」

奈緒は戸惑ったようにつぶやいた。彼女はペニスに舌を這わせながら横目で母親の姿を窺っていたが、彼女に対する憎悪と軽蔑を覚える一方で、同情と憐憫の気持ちもわかせていたのだ。

「じゃあ、母親はみっともないと思うか」

「そ、それは、思います」

「どうしてみっともないんだ」

「お仕置きをされて卑しいよがり泣きをしたり、マゾのおつゆを垂らしたりしているから……」

「フフフ、その言葉はおまえ自身にも当てはまるぞ」

「そ、そうですが、お母さんは大人なんですから」

「美紗！　おまえは四十にもなる大人のくせに、娘の目の前でみっともないマゾ泣きをしたりマンづゆを垂れっぱなしにしたりしているんだ。奈緒に顔向けができるか」

「で、できません。こんなみっともない姿を見られて、とうてい娘に顔向けができません……ああっ、恥ずかしくて死んでしまいたいです」

「おまえはマンづゆ垂らしの罪で仕置きをされているのに、仕置きをされればされるほど肝心のマンづゆがこぼれてくるじゃないか」

「あうっ、卑しいマゾの性《さが》なので、どうしようもないんです」

「奈緒、困っている母親を助けてやりたいか」

「助けるって、どうやって？」

「美紗のマンづゆをおまえが舌で舐め取ってやるんだ」

「そ、そんなことを……」

「いやなのか。母親はきっとおまえに舐めてもらいたいと思っているぞ……美紗！　娘にお願いしなくていいのか。おまえのほうからお願いをしないと、奈緒は舐めてくれないぞ」

「……」

「おまえは奈緒をケツの穴専用の奴隷としてわしに差し出したのだから、本来ならそんなことを頼める義理ではないはずだ」

典夫は椅子の上でどぎまぎと狼狽《うろた》えている熟女奴隷に向かって言葉をつづけた。

「だが、奈緒もおまえの姿を見て少しは気が晴れただろう。母親が自分と同類の淫乱マゾ奴隷だということがわかったんだから」

「……」

「気が晴れたところで同類の頼みとあれば、引き受けてくれるかもしれないぞ。どうだ、頼んでみないか」

典夫がそう言うと、つづいて彩華も口を出した。

「奈緒はおま×こ臭い小娘だけど、おまえはもっと臭い匂いをプンプンさせている淫乱熟女なんだから、相手が実の娘であっても下手に出てよくお願いするのよ……ほら、さっさとお願いしなさい」

「あ、あの……奈緒ちゃん！　どうかお母さんのおま×こを舐めてちょうだい……いえ、舐めてください」

支配者たちにせき立てられた美紗は羞恥とみじめな情感に声を震わせながら奈緒に向かって卑屈に懇願した。

「お母さんは御主人さまの責めに卑しく興奮して、おま×こからおつゆを垂れっぱなしにしています。臭くていやらしい味のするおつゆだけれど、どうか、いやがらずに舐めてください」

「どうだ、奈緒。母親がああ言っておまえに頼んでいるんだ。舐めてやるか」

「は、はい……舐めます」

「舐めながら感想を言うのよ。マゾ牝の美紗がどれだけいやらしい性器の持ち主か本人によく教えておやり」

「はい！」

奈緒は覚悟を決めると美紗の前に這い進み、肘掛けに跨がっている彼女の股間に顔を寄せた。肘掛けは高さがあったが、たっぷり肉のついた尻は重量があって深く沈み込んでいるので、四つん這いの少女がちょっと上体を起こせば顔を性器に届かせることができた。

「……！」

少女にとって、母親の性器を間近で見るのは初めてだった。

M字開脚の股間に剝き出しとなっている性器は完全に無毛で、淫液にまみれてヌルヌルした粘膜を彼女の目と鼻の先にさらけ出していた。しかも、ラビアは左右にぱっくり割れているので、割れ目の奥からあふれ出した淫液が真下の座板に垂れて蜜溜まりを成長させていく様子が生々しく観察できた。

「……」

奈緒は息を大きく吸い込んだが、鼻の中に淫靡な匂いが満ちて一瞬くらくらとめまいを起こしかけた。しかし、彼女はその匂いによって母親が自分と同じマゾの血を持つ同類であることをはっきりと知った。

「あむ、むむ……」

「あっ、あわ、ひゃっ！」

少女が性器に唇を押しつけて媚肉の粘膜を舐めはじめると、美紗の口からは狼狽と羞恥の声があがった。マゾ奴隷としてM字開脚の卑猥な姿をサディストの目に曝しながら、実の娘にクンニリングスをされるのである。その異常な状況は彼女を恐れさせると同時に、激しく惑乱させるにじゅうぶんだった。

「あわわっ、わわっ……ああっ、恥ずかしい」

美紗は娘の舌の動きを媚肉の粘膜に感じながら、M字開脚の裸体をブルブルと震わせた。

4

「あむ、んむ……ぴちゃ」

「うあっ……ひっ！」

舐める者のくぐもった息遣いと舐められる者の掠れた喘ぎが交錯し、アブノーマルな母娘クンニリングスの情景にいっそう淫靡な雰囲気を添えた。

「あむ、ぴちゃ、ぺろ」

「あうっ、ああーん……あひっ、あうっ」

奈緒は舌と唇を自在に動かして熱心にクンニリングスを行なったが、一方美紗は声を抑えるのに必死であった。娘のクンニによってよがり声をあげるのがどれほど卑しく恥ずべきことかよくわかっていたからである。

「ぺちゃ、ぺろ……ぺろ！」

「あっ、あーっ！　そんなに強く舐めないで……あうっ……ああっ！」

「どうした、美紗！　声が小さいぞ。娘に舐められると緊張するのか」

典夫は美紗の心情を見抜いて声をかけた。

「それなら、緊張をほぐしてやろう……そらっ、おまえの大好きな羽責めだ」

「あわわっ、わひゃーいっ！」

典夫の操る羽棒に臍穴をくすぐられ、美紗は狂ったように悲鳴をほとばしらせた。

「ひゃっ、ひゃっ、ひゃーん！　気が狂いますぅ……あひひーん！」

「フフフ、これがおまえ本来の姿だ」

「美紗！　いくら気取っても、おまえが淫乱な発情牝だってことは娘にばれているのよ。どうされるのがいいのかはっきりお言い」

「あひっ、おま×こを舐められるのがいいです……娘の奈緒によがりづゆまみれのおま×こを舐められると、とても興奮します」

「聞いたでしょう、奈緒。美紗はおまえに性器を舐められるのが大好きなんだって。期待に応えていっぱい舐めてやりなさい」

「はい……ぺろ、むちゃ！」

「ああーん、いいっ！　奈緒ちゃんにおま×こを舐められるのがいいっ！」

美紗は娘にクンニリングスをされる気恥ずかしさをようやく吹っ切り、倒錯の快楽に身を溺れさせた。

「あん、あひーん！　奈緒ちゃんの舌がいやらしく動く……ひいっ、尖った舌がクリットを突いたり、割れ目の奥をえぐったり……ああっ、おま×こが熱くなって、またおつゆがあふれてしまいます」

「奈緒！ 美紗の性器を舐めた感想をお言い」

「あむ、お母さんのおま×こはとてもいやらしい匂いがします……ぺろ、奈緒もおま×こ臭い小娘ですが、お母さんのおま×こは奈緒以上に臭いおつゆが染みついていて、ちょっと匂いを嗅いだだけで、淫乱マゾのおま×こだってことがわかります……でも、おいしい！ あむ、ぺろ」

「あん、あいーん！ おま×こがとろける。おつゆを舐め取ってもらっても、そのぶんまた割れ目からあふれてきます」

「あんむ、ぺろ！ 本当にいやらしい匂いと味です……ぴちゃ、ぺろ！ 舐めていると、こっちまでいやらしい気分になってきちゃう」

「フフフ、そう聞くと、わしも味見をしてみたくなるな」

典夫は禁断の母娘クンニプレイを興味深く観察しながら可笑しそうに言った。

「奈緒、おまえも濡れているだろう」

そう言いながらソファから身を乗り出して、後ろ向きの少女の性器に触れた。

典夫と美紗は互いに向かい合っているが、彼らのあいだには奈緒が四つん這いで割り込み、男に背を向けて母親の性器を舐めている。それで、典夫は後ろから容易に奈緒の性器に手を届かせることができたのである。

「ほら、おまえも母親同様マンづゆをこぼしているぞ」

「あむ、ぴちゃ……いっぱいこぼしてます。奈緒もおつゆがあふれて止まりません」

「ということは、おまえも美紗と同罪だな……彩華」

典夫は女調教師の彩華に向かって目配せをした。ゴム紐つきのステッキを持つ彼女はすぐに典夫の意図を悟ってそれを渡した。

「母娘でマゾ泣きの競演をさせてやる」

彼は女調教師から受け取ったステッキのゴムをきりきりと引き伸ばし、先端を少女のアヌスにあてがった。

——ピチィーン！

「ひゃいーっ！　お尻の穴に火がつくうーっ！」

菊蕾の媚肉を痛烈に打ち弾かれ、金切り声で悲鳴をあげた。美紗がアヌスにゴム紐を打ち込まれる光景はすでに目撃していたが、実際に自分が打たれる痛みは想像以上のものであった。

「彩華、今度は美紗を打ってやれ」

「性器は奈緒がクンニの最中ですからあとのお愉しみにして、もう一度乳首を……」

彩華はそう前置きすると、戻ってきたステッキの標的を右の乳首に定めた。

――ピチィーン！

「ひゃいーん！」

強烈な痛みは歯を食い縛って耐えることなどとうていできなかった。美紗は唇をわななかせて悲鳴をほとばしらせたが、声の大きさは奈緒に勝るとも劣らなかった。

「フフフ、やはりマゾの母娘だけある。二人ともよい泣きっぷりだ」

典夫は笑って言った。

「だが、同じマゾ泣きでも、美紗のほうが熟女だけあって色っぽい響きがある。奈緒、せっかく母親といっしょに仕置きをされているのだから、よく見習ってマゾの雰囲気を身につけるんだ」

「うくうっ、はい……」

奈緒は嗚咽《おえつ》混じりの声で返事をした。ゴム紐によるアナル打擲は凄まじく強烈で、彼女はいつまでも尾を引く痛みの余韻に涙を塞《せ》き敢《あ》えなかったのである。

「母親の性器もよく味わっておけ。おまえとはひと味違った味と匂いがするだろう」

「はい！　あむ、あんむ……お父さまの言うとおりです。お母さんのおま×こは独特のいやらしさを感じさせます。　奈緒もおま×こ臭い小娘ですが、　奈緒のものとは違った匂いです」

「どう違うんだ」

「あの……お母さんのおま×こは自分の分泌したおつゆだけでなく、オチ×チンの匂いも染みついていています」

「あら、よく気がついたわね。おまえはアナル専用奴隷で性器は犯されないけれど、美紗が会長さまにお仕置きをされるときは、一晩に二回も三回もヴァギナを凌辱されるからね。それで、おまえとはひと味違う味と匂いの性器になっているというわけ」

「彩華の言うとおりだ。美紗はいつもわしの太いペニスをヴァギナにハメられ、ヒイヒイよがり泣きをしたあげく絶頂に達してしまう。その結果ペニスの匂いが性器に染みついたというわけだ。そうだな、美紗」

「おっしゃるとおりです。奴隷美紗はいつも太いオチ×チンにヴァギナをえぐられて、卑しい声をあげながらイッてしまいます。そのたびに、御主人さまのオチ×チンの匂いがおま×こに沁み込んで、今では洗っても取れなくなってしまいました」

「……」

奈緒はドキドキしながら美紗の告白に耳を傾けた。母親は奈緒の経験したことのないセックスを享受して熟女の快楽を貪っているのだ。

「奈緒、おまえは美紗の性器をクンニしてどんな気分になるんだ。ムラムラ発情してくるのか」

「あん、お父さまのおっしゃるとおりです。オチ×チンの匂いの染みついたおま×こを舐めると、ムラムラした気分になってしまいます」

「美紗が羨ましいか」

「羨ましいです。おま×こに匂いが染みつくほど何回も太いオチ×チンを味わっているお母さんが羨ましいです」

「フフフ、おまえがおま×こ臭い小娘であっても、ペニスの匂いの染みついた美紗の性器には及ばぬということだ。おまえはケツの穴専用奴隷なので、わしも前の穴にペニスを入れてやるわけにはいかぬ」

「あうっ……」

「恨むなら母親を恨め。娘をケツの穴専用奴隷にしておいて、性器の快楽は覚えさせないでくれと懇願したのは美紗なのだから」

「そ、そんな！　違います」

美紗は典夫の台詞を聞くと、思わず抗議の声をあげた。

「たしかに、前の穴は処女にしておいてくださいって御主人さまにお願いしたけれど、それは娘のためによかれと思ったからです」

「では聞くが、おまえはケツの穴にペニスをハメられているのか」

「ハ、ハメられています。奴隷美紗は御主人さまにアヌスも犯されて、前の穴同様ヒイヒイとよがり泣きしています」

「つまり、おまえはもっともらしい理屈をつけて娘に禁欲を強いておきながら、わしに二つの穴をハメられまくって快楽を貪っているんだ。どうだ、違うか」

「うひっ、違いません……」

「しかも、おまえはおま×こ臭い小娘以上に臭いマンづゆを垂れこぼし、ペニスの匂いを染みつかせている性器を奈緒に舐められて、年甲斐もなくよがり狂っている。どうしようもない母親だな」

「ううっ、虐めないでください」

「じゃあ、娘に前の穴のセックスを解禁してやるか」

「ひっ、それは……」

美紗は恐怖と困惑の表情になる。あくまで娘を処女のままにしておきたかったのだ。

「おまえが許さなくても、奈緒がヴァギナにハメられたいと言えばわしは許可してやるつもりだ。娘の自主性を重んじてやるのがわしの方針だからな」

典夫は美紗の顔を見つめながら意地悪く言った。

「だが、今夜は奈緒には意見を言わせない。おまえが奈緒のマゾッぷりを見て、処女を差し出すときがきたと判断したら、娘に代わってわしに願い出るんだ。いいな」

「はい……」

「フフフ、それなら今度は奈緒をメインに仕置きをしてやろう。娘がどれだけマゾ奴隷に仕上がったかを間近で見物するんだ……奈緒、母親のクンニはそこまでだ」

典夫は奈緒を美紗の前からどかせると、彩華に向かって目配せをした。

「さあ、美紗！　最後のお仕置きよ」

彩華はそう言いながら美紗の股間にステッキを当て、きりきりと引き伸ばしたゴム紐を放った。

──パチーン！

「ひゃあああーん！」

至近距離から打ち出されたゴム紐は莢から顔を出しているクリトリスを痛烈に打ち弾き、地獄の責めにも匹敵する痛みを熟女奴隷に与えた。美紗は断末魔の悲鳴をあげ、椅子に拘束されたまま狂おしく身を捩った。

第九章　母娘レズクンニ

1

奈緒に対する仕置きはアナル凌辱を主とするものであった。

典夫は美紗をU字形の椅子から解放すると、彼自身がその椅子に座った。

「美紗、おまえは床に正座して、娘の仕置きを見学しろ」

美紗は椅子から下ろされたが自由の身になったわけではなく、枷棒は取りつけられたままであった。それで彼女は両手を上げたまま床に正座していなければならなかった。

「彩華、娘を椅子に跨がらせてくれ。美紗がやっていたのと同じポーズをさせるんだ」

男の意図は明白だった。膝の上に奈緒をM字開脚のポーズで跨がらせ、下からアヌスを犯そうというのである。実際、典夫のペニスは股間から硬くそそり立ち、いつでも娘を凌辱することのできる体勢を整えていた。

「従順《おとな》しくしていなさい。準備ができたら会長さまが太いオチ×チンをアヌスに入れてくださるから」

女調教師は少女に命じてストッキングに覆われた脚を曲げさせ、左右の足首を肘掛けの外側にある革枷に繋《つな》いだ。ただし、枷棒は美紗に取り付けられたままだったので、奈緒は両手に革手錠をはめられ、それをうなじのリングにくりつけられた。

これで少女は美紗がそうであったようにM字開脚のポーズを固定され、自らの意思では椅子を降りることができなくなってしまった。

そして、彼女の真下には典夫が椅子に座り、股間からペニスを垂直に屹立させている。

奈緒は肘掛けに支えられて尻を宙に浮かせていたが、真っ直ぐ伸びたペニスの先端はすでに菊蕾に触れていた。

「ヴァギナに入れられたくてウズウズしているようだが、おまえの本分はケツの穴でわしを愉しませることだ。わかっているな」

「うっ、はい！……アナル奴隷奈緒はお尻の穴でお父さまに愉しんでもらいます」

「どうやってケツの穴で愉しませるんだ」

「あ、あの……お父さまのオチ×チンが気持ちよくなるように、お尻の穴を窄めて締まりをよくします。それから、太いオチ×チンでお尻の穴をえぐられている最中、ヒイヒイとマゾよがりして耳や目でも愉しんでもらいます」

「つまり、わしを愉しませるだけでなく、おまえもアナル凌辱の悦虐感を味わおうという魂胆なんだな」

「ああっ、どうかお父さまの太いオチ×チンでマゾよがりさせてください」

「フフフ、どれ……」

典夫は奈緒の懇願を聞くと、尻にあてがっていた手を緩めて少女の肉体を下方へと引きずり込んだ。奈緒は肘掛けを跨いで体を宙に浮かせているが、典夫が下から支えてやらなければ上体の重みによって、尻を肘掛けのあいだに深々と沈み込ませてしまうのであった。

「あっ、あひっ！　あーっ！」

屹立したペニスはすでに亀頭を半分菊蕾の窪みに食い込ませていたが、支えを失った尻が垂れるにつれていっそう深く侵入した。

「あひっ、あーん！　お父さまのオチ×チンが入ってくるうーっ」

「おまえがケツの穴にハメられるところを母親にいっぱい見せてやれ。おまえがこういう目に遭うのは、母親がおまえをケツの穴専用奴隷としてわしに差し出したからだ。そうだな、美紗」

「ううっ……」

美紗は苦しげな喘ぎを込み上げさせた。奈緒と交替して椅子から降りた彼女は典夫の足もとで倒錯のアナルセックスを見学させられているのであった。

彼女の目の前で典夫はこちら向きに椅子に座っているが、上半身は奈緒の体によって隠されている。代わりに奈緒が前面に出て、M字開脚のポーズを美紗の目の前にさらけ出していた。

「わしのペニスが奈緒のケツの穴を串刺しにしているのが見えるか」

「見えます」

「どうだ、酷《むご》い話だと思わないか。まだ十六の女子高生が親子以上に歳の離れたわしのペニスにケツの穴を犯されているのだから」

「……」

「母親としてどう思うか感想を言ってみろ」

「お、お許しください」

美紗は慙愧《ざんき》に堪《た》えぬように掠《かす》れた声を絞り出した。しかし、そばから彩華が厳しく叱りつけた。

「お言い！　会長さまのお訊《たず》ねにちゃんと返事をするのよ」

女調教師はうなじに取りつけられた枷棒を手荒く掴み、美紗を正座させたまま椅子の間近へ引っ立てていった。そこはもう娘の股間から目と鼻の先で、美紗は否応なしにペニスとアヌスの結合する局部に向き合わなければならなかった。

「ケツの穴をわしに犯されて、娘を可哀想と思うか。それとも、よかったと思うか」

「うひっ、言わせないでください……あひゃーっ！」

美紗は懸命に許し乞いをしたが、たちまち脇腹に強烈な一撃を食らって悶え泣いた。彩華がステッキのゴム紐を敏感な柔肌に打ち当てたのだ。

「さあ、返事をしろ。奈緒も聞きたがっているぞ」

「ううっ、可哀想です。奈緒ちゃんには可哀想なことをしてしまいました」

「娘をわしに差し出すのが鬼畜の行為だと知っているにもかかわらず、そうしたんだな」

「ううっ、御主人さまの言いつけを拒むことができなかったのです。母親の立場よりも、奴隷の身分を優先させなければならなかったからです……な、奈緒ちゃん！　ごめんなさい、こんな目に遭わせてしまって」

美紗は目に涙を浮かべてあやまった。まだ大人の体になりきっていない娘が精力絶倫の中年サディストにアヌスを貫かれる生々しい光景は、母親でなくても目を背けたくなるに違いなかった。

しかし、奈緒は今さら美紗にあやまられても返事のしようがなかった。少女はもうすでにアナル専用奴隷として典夫に何度も犯されていたのである。あやまるなら、犯される前にあやまってほしかったというのが本音であった。もっとも、あやまられたからといって、アナル奴隷にされる運命を免《まぬか》れるわけではなかったが……。

「娘をケツの穴専用奴隷にした罪は大きいぞ」

「うひっ……」

「ただし、おまえのやったことはわしの立場からいえば大手柄だ。実の娘を奴隷として差し出してくれたのだからな。母娘二匹の奴隷を取っかえ引っかえ犯すことのできる快楽はざらにはない」

典夫は皮肉のこもった口調で母親奴隷を言い嬲った。

「おまえは奈緒に対して悪事を働いたが、奈緒がそれをどう受けとめているかによって、今後のおまえたちの関係が決定されるだろう」

「……」

「おまえの目と鼻の先に娘の性器があるだろう。見えるか」

「み、見えます……」

「どうだ、濡れているか」

「は、はい……」

美紗は娘の性器を恐るおそる観察しながら返事をした。奈緒はアヌスに肉棒を挿入されているが、アヌスの上にある性器は完全に露出していたのである。そして、美紗が認めたとおり、性器はクレヴァスからあふれ出した淫蜜によってラビアをしとどに濡らしていた。

「わしにハメられているうちにマンづゆがどんどんあふれてくれば、奈緒はケツの穴のセックスで快楽を得ているという証拠だ。つまり、ケツの穴の快楽に溺れきっているということだ。そうなってしまった責任がおまえにあることはわかっているな」

「……」

「問題は、奈緒がケツの穴の快楽にはまってしまったことについて、おまえを恨んでいるか、それとも感謝しているかだ」

「ううっ、怖い」

「それは怖かろう。もし、奈緒が恨んでいると言えば、わしは奈緒に仕置きをさせてやるつもりだ……フフフ、恨みをいだいた娘に打たれる鞭はさぞかし痛かろう」

「ひゃっ、お許しを！」

「だが、奈緒がおまえに感謝していると言えば、これからはおまえたち二匹をいっしょに仕置きをしてやる。二匹ケツを並べて交互に鞭を打たれたり、性器やケツの穴に順繰りにハメられたりするんだ。さて、どちらがいいかな」

「あうっ……」

「……！」

典夫の言葉を聞くと、美紗と奈緒は息を呑んで互いの顔を見つめ合った。まさに母娘の今後の関係が決定されるのである。

「奈緒！　鍵を握っているのはおまえだから、よく考えて結論を出すんだ」

「あ、あの……」

「今の気持ちで結論を出すのではなく、答えはもう少しあとまでとっとけ。母親に対して別の感情を持つようになるかもしれないからな……それっ！」

「あひゃっ！　あひーん！」

典夫が下からペニスを突き上げると、奈緒はたちまち倒錯の快楽に引き戻された。典夫の膝に乗る格好で肘掛けに跨がった奈緒は尻を宙に浮かせていたが、自身の重みによって体を沈み込ませ、菊門にペニスをめり込ませていた。それで、典夫が尻を持ち上げたり支える力を緩めたりすることによって彼女は上下動を繰り返し、直腸の粘膜を太いペニスにこすられるのだった。

その被虐感と倒錯的なアナル感覚は少女を惑乱させるにじゅうぶんだった。彼女は母親の見ている前でアヌスを凌辱され、悦虐の悲鳴を何度もほとばしらせた。

2

「あひひっ……あいーん！」

「うむ、締まりのいい穴だ。全体でペニスを締めつけてくるぞ……それっ！」

「ひいひっ、あひひーん！　太くて硬いのに穴をえぐられますーっ！」

十六の少女に対するアナル凌辱という異常なセックスは、母親と奴隷調教師の二人が見守るなかでつづけられた。典夫も奈緒も美紗の存在を意識することによって、いつにも増して情欲を昂らせていた。

「あひっ、いひーん！　お父さまのオチ×チンに虐められるぅ……あひっ、それがいいですーっ！」

「おまえはわしに支配される奴隷だ。奴隷の身分をわきまえるように、それなりの格好でハメてやっているのがわかるか」

「わかります。首輪をはめられて両手を頭の後ろで拘束され、足首を椅子に繋がれた格好でオチ×チンをハメられています……あひっ、いいっ！　お父さまのオチ×チンがいっそう硬く感じられます」

「それはケツの穴を犯される肉体的刺激に精神的な悦虐感が付け加わるからだ。つまり、おまえはマゾの悦びを知っているので、奴隷に相応しいやり方でハメられると興奮の度合いがいっそう大きくなるというわけだ……そらっ、もっとよがってみろ！」

「あひゃひゃっ！　太いオチ×チンにお仕置きされますぅ！……いひひっ、いひーん！　お父さまのオチ×チンにお腹を串刺しにされますぅ」

「奴隷の身分を感じるか」

「感じます！　奈緒はお父さまにお尻の穴を使われるアナル専用奴隷です」

「フフフ、躾の甲斐があったな……彩華、娘にもっと奴隷の身分を自覚させてやれ」

「かしこまりました……ほら、いい声でお泣き」

――パチーン！

「あひゃーん！　おっぱいが痛ぁーい」

典夫の求めに応じて彩華が早速ステッキのゴム紐を乳首に打ち当て、少女を泣き悶えさせた。奈緒は椅子に跨がって典夫に下からアヌスを凌辱されているが、両手を首輪のうなじにくくりつけられているため両の乳房はまったく無防備に曝されていたのである。

「美紗の巨乳にはかなわないけれど、子供にしてはなかなか肉感的よ。感度も母親譲りで、マゾの雰囲気満点の泣き声じゃない」

「うひいっ、つらくてたまりません」

「うん、反応がいいのは泣き声だけではない。打たれた瞬間にケツの穴がきゅっと締まったぞ」

「それはよろしゅうございましたわ。右、左と交互に打って、そのたびにお尻の筋肉を引き締めてやりましょうか」

「お許しくださーい！　そんなことをされたら乳首が赤剝けになってしまいます」

「じゃあ、こっちはどう？」

彩華はゴム紐付きのステッキから羽棒に持ち替えると、柔らかな羽で腋の下を刷《は》き撫でた。

「わひゃーん！　気が狂いますーっ！」

「おうっ、こちらの責めでも筋肉が締まったぞ。皮膚を刺激すると筋肉が痙攣するようだ」

「あわわっ、わひっ……わひゃーん！」

典夫が言っている最中も羽は敏感な皮膚の上を這い回り、少女の感覚を狂わせた。そして無意識のうちに尻の穴を痙攣させて、ペニスに快感をもたらすのであった。

「これで美紗と同じ体験ができただろう。おまえは美紗がくすぐり責めに遭っている最中、いかにも羨ましそうにチラチラと盗み見していたからな」

「ひいっ、羨ましかったんじゃありません。自分が同じ目に遭ったらどうしようかと恐々《こわごわ》見ていたんです」

「フフフ、同じ目に遭って、また一つマゾの快感を覚えたんだな。つまり、気が狂ってしまいそうな快感を知ったというわけだ」

典夫はニヤニヤ笑いながら少女に言い聞かせた。

「同じ責めを受けることによって、美紗への親近感がわいてきただろう。母親はハラハラしながら、おまえがハメられている様子を見ているぞ」

「ああっ、お母さん！」

奈緒は思わず母親を呼んだ。十六の少女にとって一人で残虐な仕置きを受けるのはあまりにもつらかったのである。

「ううっ、奈緒ちゃん……」

しかし、美紗はどうすることもできなかった。うなじの枷棒に両手を繋がれたまま正座のポーズを保ち、娘がアヌスを凌辱される光景を見つめていなければならなかったのだ。

典夫はペニスの勢いを増しながら奈緒に向かって命令した。

「ケツの穴をしっかり締めてわしのペニスを気持ちよくさせろ。さもないと、また彩華に仕置きをされるぞ」

「うあっ……あっ、あっ、あいーん！　締めます……あひゃ、オチ×チンの動きがすごい……ズンズン突き上げてきますぅ」

「うむ、快感だ。締まりのよいケツの穴だぞ」

典夫は硬くこわばったペニスで直腸を突き上げながら、お気に入りの少女奴隷を褒めた。

「わしに仕込まれてこれだけ淫乱なマゾ奴隷になったということを、母親にたっぷり見せつけてやれ」

「あひーっ、感じるぅ！　お父さまのオチ×チンが奈緒を容赦なく虐めますぅ」

「虐められるのがいいんだろう」

「いいです！　太いオチ×チンをハメられるとお尻の穴がゾクゾクして、たまらない気分になってしまいます……いひーん！　太いのにえぐられるぅ」

「どうだ、美紗！　奈緒はわしによくなついているだろう」

典夫は少女のアヌスを凌辱しながら、足もとにいる母親に向かって自慢げに声をかけた。

「わしを『お父さま』と呼んで尊敬し、命令されればペニスでもケツの穴でも悦んで舐める。いや、それどころか自分からいやらしい奉仕をおねだりするくらいだ」

「……」

「ケツの穴にハメてやっても、見てのとおり、ヒイヒイとよがり狂ってわしを大いに愉しませる。奈緒は演技をしていると思うか」

「い、いいえ……」

「どうして演技でないとわかるんだ」

「あ、あの……奈緒ちゃんのおま×この匂いがプンプンと匂ってきますから」

「ホホホ、奈緒！　おまえがおま×こ臭い小娘だってことは美紗も先刻ご承知よ」

そばから彩華が大声で笑った。〝おま×こ臭い小娘〟の名付け親である彼女が、美紗の返事を聞いて会心の笑い声をあげたのももっともであろう。

「フフフ、いやらしい匂いが立ち込めているので、奈緒が本気でよがっているとわかったんだな」

典夫も満足そうにうなずいた。

「これで娘がケツの穴の快楽にどっぷりはまっていることがわかっただろう」

「ううっ……」

「娘がこうなった責任はだれにあるんだ」

「わ、私にあります。私が奈緒を御主人さまに差し出したので、奈緒はこんなになってしまいました……ううっ、奈緒ちゃん、どうか許して！」

「いや、娘にあやまるのはまだ早い。その前にわしに言うことがあるだろう」

「……？」

「奈緒をケツの穴好きのマゾ牝に仕込んだのはだれだ」

「ご、御主人さまです。御主人さまに躾けられて、奈緒はマゾの淫乱奴隷になりました」

「それなら、おまえは母親としてわしに感謝するべきだろう。娘を一人前のマゾ奴隷に仕込んでやったのだから」

「あうっ、そんな……」

美紗は絶句した。典夫が奈緒を従順な奴隷にするために、鞭やディルドウなどの責め具を駆使して痛めつけたことは容易に想像された。そんな典夫に対して美紗は娘のために感謝しなければならないのだ。

「さあ、会長さまに御礼を申し上げるのよ」

「あ、ありがとうございます、御主人さま」

奴隷調教師に促《うなが》され、母親奴隷は是非なく感謝の辞を言上《ごんじょう》した。

「奈緒をマゾ奴隷に躾けてくださいまして、娘に代わって御礼を申し上げます」

「今後のこともよくお願いしなさい」

「うっ……今後とも奈緒を厳しくお仕置きして、御主人さま好みの奴隷にしてやってくださいませ」

「奈緒をわし好みのマゾ奴隷にするためには、おまえも協力しなければならないぞ」

「は、はい。何なりと申しつけくださいませ」

「ところで、娘は興奮していやらしい匂いを放っているというが、性器自体はどうなっているんだ。マンづゆがあふれてきたか」

「あふれています。おつゆがいっぱいあふれて、今にも垂れてしまいそうです」

「舐めたいか」

「舐めさせてください。どうか、娘のおま×こからあふれるおつゆを、母親の美紗に舐めさせてください」

「フフフ、早速協力する場面がやってきたな。先ほどはおまえの性器を奈緒が舐めた。そして今度は奈緒の性器をおまえが舐める。母娘もろともにマゾの快楽に溺れていくという筋書きが見えてきたじゃないか」

「……」

「舐めるのなら、奈緒を快楽に狂わせなければならないぞ。娘をさらに淫乱な奴隷に仕込むのがおまえの役目だ」

「は、はい！　きっと奈緒によがり泣きをさせて、御主人さまにお愉しみいただきます」

「よし、舐めろ」

「はい！　ぺろ、うむ……」

美紗は典夫の許可を得ると早速奈緒のデルタに顔を近づけ、剝き出しとなっている性器に舌と唇を触れさせた。U字形の椅子に跨がった奈緒はアヌスを陽根に塞がれているが、性器は完全に剝き出しにしていたのである。

「あむ、ぺろ、むちゃ」

美紗は正座の姿勢からわずかに膝を浮かせ、剝き出しの性器に顔を埋《うず》めるようにしてクンニリングスを行なった。上体を前のめりにして奈緒にのしかかってしまうのは、両手を枷棒に繫がれているので体が安定しなかったからである。

「ぴちゃ、んむ……ぺろ」

それでも美紗は舌と唇を懸命に動かしてラビアやクリトリスを舐め、娘に淫らな快感を覚えさせた。

「あん、感じる！　お母さんにおま×こを舐められると、ドキドキしちゃう……濡れているでしょう、お母さん？　奈緒のおま×こはとろとろに濡れて、いやらしい匂いをプンプンさせているでしょう」

「匂うわ。でも、とてもいい匂いよ。母親の私でもムラムラしてきそうな匂いだわ……ぺろ、ぴちゃ！　それに甘くておいしいわ」

「あぁっ、お母さんの舌にラビアをかき分けられる……あん、あいーっ！　今度はクレバスの奥をえぐられる！」

「フフフ、その調子だ、美紗！　もっと奈緒を悦ばせてやれ」

典夫は美紗の働きぶりに満足した様子で言った。十六の少女の性器を母親に舐めさせながら、自身はアヌスを凌辱するという背徳のプレイは典夫の嗜虐心を大いにそそり立たせた。彼は前で母娘が淫らなクンニに興奮している気配を感じながら、後ろから少女のアヌスを何度も突き上げた。

「あん、あああん……あひゃっ、あひゃひゃーん！　お尻の穴を串刺しにされるぅ！」

奈緒は悦楽と悦虐の情感を交えて悲鳴や喘ぎを込み上げさせた。性器とアヌスの二カ所に種類の違う刺激を受けることで、少女は官能の激しい昂りを覚えたのである。

「うん、気持ちいいぞ。ペニスをクイクイと締めつけてくるじゃないか」

典夫は下から直腸を突き上げながら、きゅっと引き締まった肛門の触感と少女の示すマゾヒスティックな反応に嗜虐的な情欲を亢進《こうしん》させた。そして、奈緒がすっかり異常な快楽の虜になったことを知ってほくそ笑むのであった。

3

「おまえのケツの穴の締まりがよくなったのはだれのおかげだ」

典夫は硬く勃起したペニスを直腸に送り込みながら、マゾよがりをする少女に向かって訊ねた。

「ひん、いひーん！　お父さまと彩華さまのおかげです。毎晩パールやディルドウの特訓を受けて、お尻の穴の締まりをよくしてもらいました」

「フフフ、何個ものパールを自在にひり出すことができるように躾けてやったからな。あの調教のおかげで、おまえのケツの穴は締まりがよくなったというわけだ」

「あひ、ああーん！　太いのにえぐられるぅ」

「それにしても、おまえは変態だな。前の穴ではなくて後ろの穴にハメられてヒイヒイとよがり泣くのだから。どうだ、変態牝！　ケツの穴が気持ちいいか」

「ひいーん、気持ちがいいですぅ！　奈緒は本当に変態になってしまいました。お父さまの太いオチ×チンをお尻の穴に入れられると、背筋がゾクゾクして、おま×こからおつゆがあふれてきます」

「フフフ、美紗もそのことを実感しているだろう……どうだ、美紗？」

「あむ、いっぱいあふれてきています……む、ぴちゃ、ぺろ」

「あん、いいです！　興奮するぅ……あひひっ、ひゃーん！」

「どうされているんだ」

「お父さまにオチ×チンをハメられながら、お母さんにおま×こを舐められています……ひぃーん！　こんな経験、初めてです」

「母親のクンニはいいか」

「とってもいいです！　ああーん、お母さんの舌がおま×こをいやらしく舐めるぅ」

「おまえがケツの穴の快楽を味わったり、親子クンニプレイを満喫できたりするのは、美紗のおかげだ。美紗がおまえをわしに差し出したからこそ、今のおまえがあるのだ」

「わかっています。奈緒はお母さんのおかげで、いろんな悦びを知ることができました」

「美紗に感謝しているか」

「感謝しています。お父さまにお尻の穴の快楽を教えてもらうことができたのは、お母さんのおかげです」

「恨んではいないか」

「最初は恨みましたが、お母さんのおま×こを舐めたり、また反対に自分のおま×こをお母さんに舐めてもらったりしているうちに、二人とも淫乱なマゾの血を持った奴隷だということがよくわかりました。だから、奈緒をお父さまに差し出してくれたお母さんに感謝しています。お母さんがいなかったら、こんな快楽を味わうことができなかったんですから」

「ううっ、奈緒ちゃん、ありがとう」

美紗は奈緒の言葉を聞くと、涙ぐんで感謝した。娘を好色なサディストに差し出した罪悪感からようやく解放されたのだ。

だが、母娘の和解は彼女たちをより深い倒錯の世界に引きずり込まずにはおかなかった。

「フフフ、それじゃあ、二匹同じ道を歩ませてやろう」

典夫はすぐに言った。

「奈緒、母親に感謝するのなら、母親といっしょに仕置きをされるんだぞ」

「はい、わかっています、お父さま。お母さんといっしょにお仕置きをして、お母さんが味わっているマゾの快楽を奈緒にも味わわせてください」

「美紗はどうだ。親子でマゾよがりの競演をしたいのか」

「私も奈緒と同じ気持ちです。私たち親子を存分に責めて、どうか心ゆくまでお愉しみください。親子ともども御主人さまから悦びを与えられるマゾ奴隷だということを、骨身に沁みて覚えさせていただきます」

「フフフ、早速彩華の出番がやってきたな。責め上手のおまえだから、親子にマゾ泣きを競わせる仕置きはいくらでも思いつくだろう」

「ホホホ、それはもう！　つぎのお仕置きは私が考えますから、とりあえず現在のお仕置きを完遂なさってください。美紗は性器を舐めるだけで楽をしていますから、娘への見せしめのためにもお仕置きをしてやったほうがよろしいかと存じます」

彩華はそう言うと、典夫に革鞭を渡した。

「美紗、もっと腰を浮かせて両脚をお開き。会長さまが性器とアヌスを打ってくださるから」

「は、はい。仰せに従います、調教師さま……」

彩華を恐れている美紗は、恐ろしい刑を予告されても唯々諾々《いいだくだく》と命令に従うよりほかなかった。屋敷に住んでいる奈緒だけでなく、美紗もここへやってくるたびに奴隷調教師の彩華から残忍な仕置きを受けていたのである。

「同じ淫乱マゾの娘の前だから、大声でマゾ泣きをしても今さら恥ずかしがることはないだろう」

少女の後ろにいる典夫は体をずらし、娘の性器に顔を埋めている母親の背中越しに革鞭を飛ばした。

——ピシーン！

「ひゃいーっ！」

典夫の放った鞭は双臀の谷底に吸い込まれ、アヌスの媚肉をしたたかに打ち懲らした。敏感な急所に生じた痛みはあまりにも強烈でいても立ってもいられなかったが、枷棒に両手を繋がれている美紗は患部をさすることもできなかった。それで彼女はいっそう深く奈緒の股間に突っ伏し、無我夢中で性器を舐めるのだった。

「あんんむ、あんむーっ！」

「奈緒、おまえもよ！　お尻の穴の締まりをよくしてほしいんでしょう」

——パチーン！

「ひゃあーん！」

剝き出しの乳首にステッキのゴム紐を打ち込まれ、少女は母親に勝るとも劣らぬ悲鳴をほとばしらせた。彼女も両手を首輪のうなじに繋がれているので、残虐極まる仕置きを免れることはできなかったのだ。

「フフフ、まさしく母娘のマゾ競演だな。二匹ともわしの気分をそそらせる泣きっぷりだ」

鞭を手にした典夫はサディスティックな情欲をたぎらせながら、だれに聞かせるともなくうそぶいた。

「色気たっぷりの熟女奴隷と、あどけなさを残す美少女奴隷という取り合わせは絶品だ。しかも、血の繋がっている親子だけに何ともこたえられない。おまえたちも相方の悲鳴を聞いて、肉親の情と同類相哀れむマゾの連帯感がわいてくるだろう」

「ううっ……」

「あうっ……」

痛みの余韻に肌を疼かせる奴隷親子は、典夫の台詞を聞くと哀しげに喘ぎを込み上げさせた。彼の言葉が身につまされたのである。

「美紗！　奈緒の悲鳴を聞くのは哀しいか」

「哀しいです。自分が打たれたようにつらい気持ちになります」

「だが、娘の悲鳴を聞くとマゾの気分がわいてくるだろう」

「そ、そんなことは……あうっ、わいてきます」

美紗は意地の悪い問いに一瞬言葉を濁したが、すぐに思いなおして正直に返事をした。典夫の前ではすべてをさらけ出さなければならなかったのだ。

「奈緒が悲鳴をあげると興奮するんだな」

「興奮します。ドキドキして、体が熱くなってきます」

「フフフ、だからこそ、おまえたち親子をいっしょに仕置きしてやっているんだ……彩華、美紗に娘の悲鳴を聞かせてやれ」

「はい」

典夫の意図を悟った彩華はすぐにステッキのゴム紐をきりりと引き伸ばし、もう片方の乳首に狙いを定めた。

――ピチィーン！

「ひゃいーん！　お母ぁさーん！」

「ああっ、奈緒ちゃん」

「今度はおまえが娘に聞かせるんだ。どこを打たれたか大きな声で言え」

――ピチィーン！

「ひゃあーん！　おまぁ×こーっ！」

娘のために哀しんでいる暇《いとま》も与えられなかった。背中越しに鞭を浴びた熟女奴隷は悲鳴とともに性器を表す卑語を大声で叫んだ。まさしく革鞭のヘラは性器の花弁を痛烈に打ち弾き、敏感な粘膜に灼けるような痛みをもたらしたのである。

このようにして、アナル凌辱の最中に行なわれる残虐な責めは彼女たちにマゾの興奮を覚えさせると同時に、典夫のサディスティックな征服欲をいっそう昂らせた。

「そらっ、奈緒！　美紗の悲鳴を聞いていっそう興奮しただろう」

「興奮しましたぁ……ひひひ、ひーん！　太いオチ×チンがいいですぅ」

「美紗！　怠《なま》けるんじゃないぞ。娘のよがり声を聞きながら、クンニでいっぱい悦ばせてやれ」

「は、はい……うむ、うひゃ、あんむ！」

それぞれ局所に仕置きを受けた母娘奴隷はじーんと尾を引く痛みのなかで淫らな性戯に溺れ込んだ。

すなわち、奈緒は典夫のペニスに直腸を突き上げられて悦虐の悲鳴をあげ、美紗は娘の性器に覆い被さって卑猥なクンニリングスを熱心に行なうのである。

「うむ、快感だ。だいぶ気分が出てきたぞ」

典夫はペニスと直腸粘膜のこすれ合う触感にムラムラと情欲を昂らせていった。アヌスを貫かれている少女は彼の膝の上に乗っているが、椅子の肘掛けに跨がっているために全体重が股間にのしかかるということはなかった。典夫は宙ぶらりんの尻を手で押したり引いたりして奈緒に上下動をさせ、ペニスとアヌスのこすれ合う感触を味わっているのだった。

「あひひーっ！　お父さまのオチ×チンとお母さんの舌に責められて、どんどん気が変になっていきます」

「おまえも一生懸命体を動かしているな。とことんペニスを味わいたいのか」

「味わいたいです……あひいっ、感じるぅ！」

奈緒は椅子の肘掛けに跨がって両手をうなじで拘束されているので、基本的には自ら動くことはできなかった。ただし、肘掛けの外に出ている足首が椅子に付属した鎖付きの革枷に繋がれているので、それを鐙《あぶみ》代わりにして多少体を上下することができたのである。

「美紗！　娘の性器をちゃんと舐めてやっているか」

「はい！　あんむ、ぺろ」

「奈緒をおまえの舌でイカせてやれ。処女であっても奴隷になる前からオナニーをしていた娘だから、クリットをしつこく舐めたらイッてしまうかもしれんぞ」

「は、はい……ぺろ、ぴちゃ！」

「ああん、いいっ！」

美紗が舌先に力を込めて肉芽を押しつぶすように舐めると、奈緒は体を小刻みに上下させて反応した。

「さあ、わしもラストスパートだ！　前の穴と後ろの穴のダブルでイカせてやるぞ」

典夫はそう言うと、奈緒の尻に両手をあてがって激しく上下に動かした。

「あひひん、あひーん！　お尻の穴の中で太いペニスがビクビク動いています……あーん、お母さんの舌がクリットを虐めるぅ」

奈緒は前後二つの穴に刺激を受けて身悶えるように体を揺すりたてた。アナルセックスの絶頂感を迎える予感とともに、クリトリスへの刺激が新たな絶頂感を期待させたのである。

「ひっ、ひっ……いひひーん！　おま×こがいいっ！　あひゃあっ、お尻の穴が溶けちゃう」

「うむ、催したぞ……そらっ、出すぞ！　そらっ、そらっ！」

「あひ、あいーん！　イッちゃう……イッちゃいますーっ！」

典夫が射精した気配を知った途端、奈緒は頭の中が真っ白になるのを感じた。彼女は激しく惑乱しながら絶頂の叫びをあげた。

第十章　強烈アナルバイブ責め

1

アナル凌辱のセックスが終わると、奈緒はペニスのお清め奉仕を行なった。典夫の足もとにひざまずいて、彼女自身のアヌスから引き抜かれたペニスの表面から精液の残滓《ざんし》を丁寧に舐め拭《ぬぐ》うのである。

すっかりアナル専用奴隷に仕込まれた奈緒はこのおぞましい奉仕をいやな顔一つせずに、感謝と服従の気持ちを込めて行なった。

そして、母親の美紗に与えられたのは、娘の尻の穴を舌で清拭《せいしき》するという仕事であった。

「美紗！　娘のケツの穴に精液をたっぷりぶちまけてやったから、舌できれいにしてやるんだ」

少女のお清め奉仕によってペニスを再び勃起させた典夫は、つぎの調教に思いを馳せながら美紗に向かって命じた。アナルセックスの後始末を終えたら、早速母娘同時仕置きに取りかかるつもりであったのだ。

「奈緒ちゃん、お尻をお母さんに向けて、うんと息んでちょうだい」

美紗は四つん這いの娘に尻を向けさせると、つい先ほどまでグロテスクな肉棒を埋められていたアヌスに顔を近づけた。

尻の穴からはすでにペニスは抜かれているが、菊蕾の粘膜は太い肉棒に繰り返しこすられたためにとろけるように柔らかくなり、精液や淫蜜にまみれて何とも名状しがたい淫猥な雰囲気を醸し出していた。

美紗の仕事は直腸内に残された大量の精液を娘にひり出させ、舌で一滴残さず掬《すく》い取って嚥下《えんげ》することであった。

「うっ、あうっ……」

奈緒は両肘を床について四つん這いの尻を高く持ち上げ、下腹を息ませて菊皺を周囲に拡げた。

――ピチュッ……ピチャ……

すると、肛門がぽっかりと開き、低く湿った音とともに白く不透明な粘液が穴の中から垂れ落ちてきた。

「あむ、ぺろ、あんむ……」

すかさず美紗が唇を押し当て、粘液を舐め取って飲み下していった。

尻の穴から引き抜かれたペニスを奈緒が舐めたことといい、肛門から垂れ落ちてくる精液を美紗が嚥下したことといい、二人は生理的嫌悪感に身の毛のよだつようなおぞましい仕事も奴隷の義務として行なわなければならなかったのだ。

「美紗！　ケツの穴の中から出てきたわしの精液は旨いか」

「おいしいです。ケツの穴の中から出てきた、奴隷美紗は御主人さまの精液をおいしくいただいています」

美紗は気味の悪い白濁液を飲み下していきながら、サディストの支配者に卑屈に迎合した。

「ケツの穴の中に舌を入れて、舐め掬うんだ」

「はい……あむ、むちゃ！」

「奈緒！　緩んだケツの穴はもとに戻ったか」

「ううっ、少しずつ締まりを取り戻しています」

奈緒は典夫の太いペニスに尻の穴を拡げられたために、セックスの直後はぽっかり穴が開いたままであった。その後ペニスのお清め奉仕を行なっているうちにだんだん筋肉が力を取り戻して穴を塞いだが、今やったようにちょっと息むとまたすぐ穴が開いてしまうという状況であった。

「締まりをよくしておかないと、浣腸液をケツの穴から垂れこぼして再注入されるなんてことになりかねんぞ」

「えっ、浣腸液って？　まさか……」

「か、か、浣腸？」

典夫の口から恐ろしい言葉が発せられた途端、親子奴隷は驚きと恐怖の声をあげた。

「お父さま！　堪忍してください。お願いです！」

「御主人さま、どうかお情けを！　ほかのお仕置きでいっぱい愉しんでもらいますから、浣腸だけはお許しください」

「親子ともに淫乱な牝奴隷だから、いっしょに仕置きをしてマゾの悦虐感を共有させてくれと願ったのはおまえたちだろう。その願いを二匹同時浣腸によってかなえてやろうというんだ。今さらいやですとは言わせぬぞ」

「うひいっ、別のお仕置きで……」

「それに、この仕置きを決めたのは、わしでなく彩華だ。わしが彩華に絶大な信頼を寄せているのは、彼女の考案する仕置きがわしを大いに愉しませると同時に、おまえたちにもマゾの悦びを存分に味わわせてくれるからだ」

典夫は必死に許し乞いをする奴隷親子に向かって厳しく申し渡した。

「だから、彩華の決定は、わしでさえも覆すことはできない……ほら、彩華が準備をして戻ってきたぞ」

典夫は寝室に繋がるドアに奴隷たちの視線を向けさせたが、そこを開けて彩華がワゴンを押してくるところであった。奈緒に対するアナル凌辱の終了後、彼女はつぎの仕置きの準備をするために席を外していたのだ。

「会長さま、お待たせいたしました……美紗、奈緒！　おまえたちもお浣腸のお仕置きが待ち遠しかっただろう」

「うひいっ……」

「ああっ、浣腸なんかされたら死んじゃう」

彩華が再登場すると、母娘の奴隷はもはや哀願する気力も失せ、絶望の呻《うめ》きを込み上げさせた。彼女が仕置きの支度を調えて戻ってきた以上、もはや取り消しはありえなかったのである。

「奈緒！　いやそうに『浣腸』なんて言ったら承知しないわよ。アナル奴隷が泣いて悦ぶお仕置きをしてもらうのだから『お浣腸』と言いなさい」

「ううっ、泣いて悦ぶだなんて……は、はい、『お浣腸』と言います」

「美紗！　おまえもよ。ほら、母親なんだから、親子を代表して会長さまにおねだりしなさい」

「ううっ、御主人さま。どうか私たち奴隷親子にお浣腸のお仕置きをしてください」

美紗は典夫に向かって苦しげな口調でおぞましい刑を懇願した。

「ケツの穴の中に浣腸液をため込んで我慢する苦しみと、人前でクソをひり出す恥ずかしさを味わいたいんだな」

「うひいっ、そんなことを……あ、味わわせてください」

「娘はどうだ。娘にも味わわせてやりたいのか」

「あうっ、お願いします。奈緒にも同じお仕置きをして、お浣腸プレイの苦しみと恥ずかしさを味わわせてやってください」

「フフフ、娘の分まで願い出るとは感心だ。さて、彩華がどういうふうにおまえたちを料理してくれるかな」

「ホホホ、準備は万端ですわ」

すぐに彩華が笑って応じた。彼女はワゴンを押して部屋に戻ってきたが、二段の棚の上にはさまざまな道具が載せられていたのである。

なかでも長いノズルと半透明の樹脂球からなるイチジク浣腸器は刑を待つ奴隷たちにとって恐怖の対象であったが、ワゴンの上段には箱から出されて剝き出しになったものがゴロゴロと十個以上も置かれていたのである。奴隷たちはそれらを見て、ぞっと怖じ気《け》をふるわずにはいられなかった。

「奈緒！　何個入れてほしい？」

「ひっ！　一個にして……」

「美紗！　おまえは？」

「お慈悲を、調教師さま！　一個だけでご容赦ください」

大量のイチジク浣腸器を目にした母娘は、背筋を凍らせながら女調教師に向かって哀願した。

「ふん、一個とは虫のいいお願いね。じゃあ、二匹とも四つん這いになってお尻をこっちに向けなさい」

彩華はつっけんどんな口調で命令したが、意外なことにワゴンの上から取り上げたのはイチジク浣腸器ではなかった。

彼女は黒く細長いアナル用の電動バイブを手にして奴隷たちの後ろにしゃがみ込んだのだ。バイブは直径三センチ、長さ三十センチほどのサイズで、表面にはリング状の突起が何段もつけられていた。

もちろんバイブは二本用意されていて、彩華は美紗と奈緒のアヌスにそれぞれ一本ずつ挿入した。

「ほら、奈緒！　おまえの大好きな責め具よ」

「あいっ、また穴が拡がっちゃう」

「美紗！　おまえも好きだろう？」

「ああっ、いいですぅ」

すぐにも浣腸液を注入されると怯えていた奴隷たちは、思いがけないバイブ挿入に悦楽の声をあげた。アナル専用奴隷に仕込まれた奈緒はもちろんのこと、美紗も尻の穴の快感を知っていたのだ。

「せいぜい今のうちに愉しんでおくのよ」

彩華は奴隷たちのアヌスにバイブをねじ込むと、それぞれスイッチのダイヤルを回して電源を入れてやった。

——ウイィーン！

「あひゃっ！　ビリビリ振動してきますぅ」

「わひゃひゃっ！　お尻の穴がブルブル痙攣するぅ」

――ウイーン……ブオーン！

「あひゃあーっ、振動だけでない」

「ああーん、穴の中で揺れ動く」

電動バイブが振動しながら竿をクネクネとうごめかせると、奴隷たちは尻をブルブル痙攣させて悦楽の悲鳴をあげた。彼女たちのアヌスを穿《うが》った電動バイブはバイブレーションとスイングの両機能を備えていたのである。

「会長さま、今回も飴と鞭をよろしくお願いします。最初はたっぷり甘い飴を舐めさせてやり、そのあと地獄の苦しみを味わわせてやってください」

「フフフ、バイブの快楽のあとに浣腸の苦しみが待っているということだな」

典夫は母娘のアヌスを穿った性具を覗き込んだ。

真っ黒な電動バイブは全長のうち十七、八センチを直腸に埋もれさせ、残りの十二、三センチを尻の穴から出していた。直腸の内部を観察することはできなかったが、狭隘な穴の中で電動責め具が活発に動いていることは、低く洩れ聞こえるモーター音や肛門の周囲が小刻みに震えている光景から推測することができた。

「まず、お部屋を二、三周させて、奴隷たちをマゾよがりのモードにしてやってください。そのあとまた趣向を凝らした責めをいたしますから」

彩華はそれぞれの奴隷のうなじにリードの鎖を接続すると、二本まとめて典夫に渡した。

「よし、行け！」

――ピシーン！　…ピシッ！

「ひいっ！」

「うひゃっ、はい！」

典夫がそれぞれの臀丘に一発ずつ鞭を見舞うと、母娘は肩を寄せ合いながら四つん這いの行進を開始した。

「ううっ……」

「あ、あひいっ……」

彼女たちの口からは掠れた喘ぎや低いため息がひっきりなしに洩れた。奈緒も美紗も畜生を彷彿《ほうふつ》させる四つん這い歩きに興奮しているのであった。

――ピシーン！

「うひいっ、お行儀よくします、御主人さま」

――ピシーン、お尻を振って歩きます」

「ひぃーん、

奴隷の母娘は性器を丸出しにしたあさましい四つん這い姿を自覚しながら悦虐の悲鳴をあげた。柔肌を揺るがす鞭が実際の痛みにも増してマゾの興奮をもたらしたわけは、母親は隣にいる娘を、そして娘は母親を強く意識したからである。つまり、みっともない姿や泣き声を肉親である相手に見られたり聴かれたりしているという気恥ずかしさが、よりいっそうマゾヒスティックな情感を煽りたてたのである。

　――ウィーン……ブゥイーン！

「ひゃひぃっ、バイブがお尻の穴の中で暴れているぅ」

――ウイーン……ブウィーン！

「うひゃあっ、気が変になりそうですぅ」

――ウイイ、ウイーン！

そして、マゾの牝奴隷たちの興奮を決定的に高めたのは、直腸に埋め込まれた電動バイブの発する強烈な振動や、竿をクネクネとスイングさせるいやらしげな動きであった。美紗と奈緒の親子は直腸の粘膜に伝わる不気味でおぞましい触感にすっかり平常心を失い、今にも狂気の世界に連れ込まれそうになるのであった。

2

「フフフ……」

典夫は奴隷の母娘のあとをついて歩きながら、サディスティックな笑いを込み上げさせた。淫蜜にまみれた性器をさらけ出し、電動バイブをアヌスに挿入された彼女たちを鞭で追い立てながら、あさましい畜生歩きを強いるという責めが彼の劣情をいたく刺激したのである。

奴隷たちの支配者である中年サディストはガウンを羽織《はお》ってスリッパを履いているものの、はだけた布地のあいだにペニスを剝き出しにしていた。少し前に奈緒のアヌスに大量の精液を放出した彼であるが、今ではすっかり精力を回復して股間の一物を高々と隆起させていた。

「奴隷を四つん這いで歩かせるのは、わしの大いに好みとするところだ。性器を無防備にさらけ出して恥ずかしげに歩く姿はマゾの哀感に満ちていて、わしの気分をゾクゾクと昂らせるからな」

典夫は左手にリードの鎖を持ち、右手に革鞭を携《たずさ》えながら、自慢げにうそぶいた。

「しかも、今夜の奴隷は二匹で、色気たっぷりの熟女とその娘の美少女高校生ときている。わしのペニスが勃たないほうがおかしいというものだ……美紗！」

「は、はい！」

「マンづゆがあふれているぞ」

「うひゃっ……」

四十路の熟女奴隷は意地悪な指摘にビクッと肩を震わせた。バイブのはまったアヌスの下にパイパンの性器は無防備にさらけ出され、後ろから追い立てる典夫の目に捉《とら》えられていたのである。

「おまえはついさっき『お行儀よくします』と言ったが、マンづゆこぼしのどこが行儀よいのだ」

「ううっ、お許しください！　牝奴隷美紗はこんな目に遭って卑しく興奮し、はしたなくお粗相をしてしまいました」

「こんな目とはどんな目に遭っているんだ」

「あ、あの……おま×こを丸出しにしてお尻の穴に電動バイブを入れられ、御主人さまに鞭を打たれながら娘の奈緒といっしょに四つん這い歩きをしています」

「そういう目に遭うとマゾの哀感がわいてくるのか」

「わいてきます。胸がドキドキして体が熱くなり、おま×こから卑しいおつゆをいっぱいこぼしてしまいます」

「発情しっぱなしの牝だな。そんなことでは娘に愛想を尽かされてしまうぞ……ん？　奈緒も垂れこぼしているのか。親が親なら、娘も娘だ」

典夫は視線を隣の少女に転じて、わざと呆れたように言った。奈緒も母親同様性器からあふれた淫蜜で太股を汚していたのだ。

「奈緒！　おまえも感じているのか」

「うあっ、感じています。お尻の穴がぞくぞくして、もう一度イッてしまいそうです」

「ケツの穴で天国を味わっているのか」

「味わっています……ああっ、バイブがお尻の穴の中でビリビリ振動しているのがよくわかります」

「フフフ、おまえは楽天的だな。美紗は天国どころかケツの穴で地獄を味わうことを恐れてビクビクしているぞ」

「あっ！」

「もっとも、その恐怖もマゾ熟女にとっては興奮のネタになるらしい。そうだな、美紗？　おまえはケツの穴からクソをひり出すシーンを想像して性器を濡らしているのだな」

「ひいっ、そんなことありません。お浣腸が怖くてブルブル震えています」

「そのわりにはヒイヒイとマゾのよがり声をあげ、奈緒よりいっぱいマンづゆをこぼしているじゃないか」

「ううっ、今夜はまだ御主人さまのオチ×チンをいただいていないからです。マゾ奴隷美紗は御主人さまの太いオチ×チンをハメられたくて、おま×こから卑しいおつゆを垂れこぼしながら、ウズウズと待ち焦がれています」

「奈緒の目の前でペニスをハメられ、よがり泣きしたいのだな。おまえは奈緒にヴァギナのセックスを禁じているから、自分だけ特権を味わう姿を娘に見せつけたいのだろう」

「そ、そんなことは！……」

「だが、物事には順番というものがある。おまえがわしのペニスを堪能するのは浣腸の仕置きが終わってからだ……ほらっ、二匹ともワゴンのところへ行け。彩華がつぎの準備をして待っているぞ」

典夫は四つん這いの奴隷親子に部屋の中を二周させると、彼女たちをワゴンのところに追い立てていった。

「ホホホ、話はここからもよく聞こえたわ。奈緒、おまえはバイブのおかげでお尻の穴の天国を味わったそうね」

「ううっ、どうか地獄には連れていかないでください」

女調教師にからかわれると、少女は泣きそうな顔で哀願した。しかし、彩華は奴隷たちの尻の穴からはみ出している電動バイブのダイヤルをさらに回してパワーをマックスにした。

「もうちょっとだけ天国を味わわせてあげるわ」

——ウイィーン！……ブヒューン！

「ひゃいーっ！」

「あひゃーん！　お尻の穴が痺れます」

直腸を穿ったバイブがいっそう激しく暴れ出すと、奴隷たちは浣腸の恐怖も忘れて悦虐感に悶え狂った。

「穴の中でバイブが動いても、おまえたちはじっと従順《おとな》しくしているのよ。さもないとイチジク浣腸の個数が増えて、地獄の苦しみが何倍にもなるからね」

彩華は謎めいた台詞で奴隷たちに警告を与えると、ワゴンの下段から真鍮《しんちゆう》製の平たい皿を取り出した。直径十五、六センチといったところで、縁を三分割して小さな穴が開き、それぞれ極細のチェーンが掛けてある。三本のチェーンは皿の上方三十センチほどの高さで出会い、直径四センチの金属リングに繋げられている。リングに指を通して持ち上げると、皿は三本のチェーンに支えられて水平を保った。

「これは天秤に吊るす受け皿よ」

彩華は皿をぶら下げる様子を奴隷たちの目の前で実演し、その正体を明かしてやった。

「おまえたちは、このお皿をお尻からぶら下げるのよ」

奴隷調教師はそのように予告すると、尻の穴から突き出しているバイブの柄にリングを通し、皿を宙に吊り下げた。

そして、皿の上にイチジク浣腸器を載せたが、一個だけでなく二個、三個、四個と載せられるだけ載せた。

「会長さま、準備ができました。会長さまがお好きなだけ、二周でも三周でも四つん這い歩きをさせてやってください」

「フフフ、この様子だと、二周もさせたら皿から全部転げ落ちてしまうだろう」

彩華の意図を悟った典夫はニヤニヤ笑って応じた。尻から吊り下げられた天秤皿にはそれぞれ四個のイチジク浣腸器が載せられているが、今にも皿から落ちてしまいそうであった。皿が狭くて直径が十四、五センチしかないところにイチジク浣腸器を四個も載せているので互いにひしめき合い、一個などは他の三個の上に載っかっているくらいであった。しかも浣腸器自体が球状でコロコロと転がりやすく、いつ皿の縁を越えてしまってもおかしくなかった。

「一周させて個数を決定するということにしてやるか」

「かしこまりました……美紗！　奈緒！　会長さまのお言葉を聞いたわね。おまえたちはイチジク浣腸器をお皿に載せてお部屋を一周して帰ってきたら、途中で落とした個数だけお浣腸をされるのよ」

「あわわ、お許しください！」

「ひいっ、お慈悲を！　そんな酷いお仕置きをしないでください」

恐ろしい刑を予告された奴隷たちは顔面蒼白になって許し乞いをした。しかし、彩華の残忍かつ斬新なアイデアをいたく気に入った典夫は早速奴隷たちに向かって命令した。

「さあ、歩け！　さっきと同じスピードで歩くんだ。ぐずぐずしていると、ケツに鞭を打ち込んでやるぞ」

「うひーっ、お情けを！」

「うあっ、鞭を打たれたら、お尻が揺れてお浣腸器を落としてしまう」

美紗と奈緒は典夫の脅しにほとんどパニックになりながら、恐怖の四つん這い歩きを再開した。尻から天秤皿を吊るしている彼女たちは大腿部が皿に触れないように以前よりも膝同士の間隔を広げなければならず、いっそう卑猥でぶざまな姿を典夫の目に曝すことになった。

しかし、今の彼女たちにとっては、みじめとか恥ずかしいとかの感情はまったく問題外で、イチジク浣腸器を落とす恐怖に全身をこわばらせ、ロボットのようにぎこちなく歩いていくのみであった。

バイブの柄尻から吊り下げられた天秤皿は三本の細いチェーンによってかろうじて水平を保っているが、けっして安定しているとは言えなかった。尻を激しく動かしたり体を捩《ねじ》ったりすればたちまちバランスを崩して傾いたり揺れたりする。そうすれば、丸くて転がりやすいイチジク浣腸器はすぐさま床に落ちてしまうだろう。

つまり、皿の上の浣腸器を落とさずに運ぶためには、体を揺らさずにそろそろと歩いていくよりほかなかったのだ。

しかし、そうすることが不可能なのは、彼女たちの置かれた環境から明らかであった。

「さっきと同じ速さで歩けといったはずだ。いうことをきけないのか」

「お慈悲を！　これ以上の速さでは……」

――ピシーン！

「ひゃあっ、お許しを！」

――ピシーン！

「ひいっ、堪忍してぇ！」

鞭を打たれる恐怖は、痛みよりもイチジク浣腸器を落とすことのほうにあった。鞭の衝撃で天秤皿が揺れて浣腸器が落ちるのが怖かったのだ。奴隷の親子は懸命に鞭の衝撃に耐え、のろのろした歩みをわずかにペースアップした。

だが、彼女たちを襲うのは典夫のふるう革鞭だけではなかった。

――ウイ、ウイーン！

「うあっ……あひっ、あひいっ！」

――ウイィーン！……ヒユウーン！

「あひゃあーっ！　お尻の穴がブルブル震える」

奴隷たちのアヌスを穿ったバイブはパワー全開で振動やスイングを繰り返している。

肛門の筋肉を懸命に引き締めてもそれらの動きを抑え込むのは至難の業《わざ》であり、また動きのもたらす淫らな刺激が彼女たちをじっとさせておかなかった。

——ウイーン、ウイーン！

「あひひっ、ひいーん！……あ、あわっ、落ちちゃう！」

美紗はバイブの振動に理性を狂わされ、思わず体をよろけさせた。その途端に皿が揺れ、イチジク浣腸器が一個床に転がり落ちた。

——グルル、ウイーン!!

「ひゃあっ、もうスイッチを切ってぇ！　あひゃっ、いやあーっ！」

さらに数歩先で、奈緒の皿から浣腸器がこぼれ落ちた。

「フフフ、ゴールまでにあと何個落ちるかな」

典夫は床に転がっている浣腸器を見やりながら、満悦の笑い声を込み上げさせた。彼はサディスティックな情欲を昂らせ、股間のペニスを硬くそばだてていた。

「ほらっ、もっと早く歩け」

——ピシーン！

「おひいっ！……あ、あわっ、また落ちるぅ！」

半周したところで、美紗の口から恐怖に満ちた悲鳴がほとばしった。彼女の吊るした天秤皿から二個目のイチジク浣腸器が転がり落ちたのである。

「これでおまえは二個の注入が確定だな。まごまごしていると、もっと増えるぞ」

「ひっ、ひっ、もうお許しください」

美紗はほとんど泣き声になって哀願した。しかし、立ち止まることは許されなかった。彼女は残りの二個を落とす恐怖に胸を締めつけられながらも、隣の奈緒とともに四つん這いの行進をつづけるのだった。

3

「止まれ！」

奴隷の母娘は鞭の打擲とアナルバイブの振動に耐えながら部屋を一周してゴールにたどり着こうとしたが、その目前で停止を命じられた。

「おまえたちは奴隷の作法を忘れたのか」

典夫は四つん這いの奴隷親子を見下ろして意地悪く訊ねた。

「えっ？」

「お作法？」

「美紗！　奴隷が四つん這いで歩くときの作法を言ってみろ」

「わひゃっ！……」

「どうした、言うんだ」

「ううっ、おま×こが丸見えのお尻を揺らしたり、腰をいやらしくくねらしたりして、御主人さまにご覧いただきます」

「奈緒も知っているな」

「は、はい……」

ゴールを目前にして典夫から難癖をつけられ、奴隷の親子はビクビクと怯えた。美紗も奈緒も奴隷調教で何度も四つん這い歩きをさせられ、典夫を愉しませるための仕種を覚え込まされていたのだ。

実際、最初に部屋の中を二周させられたときは、アヌスに挿入されたバイブの効果もあって彼女たちは尻をヒクヒクとうごめかせながら歩いたものだが、天秤皿を吊るされるとさすがにその動きをすることはできなかった。なぜならそんな仕種をすれば、皿の上からイチジク浣腸器が落ちてしまうからである。

「じゃあ、ここで二匹並んでケツを振れ」

「うひいっ、そんなことをしたら……」

「ああっ、きっと全部落ちてしまう」

奴隷たちは苦しげに呻き声をあげた。しかし、奴隷の身分では主人の命令に従わないわけにはいかなかった。彼女たちは皿の上に残った浣腸器を落とさないようにおずおずと尻を振りはじめた。

——ピシーン！

「うひいっ、堪忍！」

——ピシーン！

「ひゃっ、お許しください！」

「奈緒！　そんなへっぴり腰でわしを愉しませることができると思っているのか。もっといやらしく振れ！　さもないと、残っている浣腸器を鞭で全部たたき落とすぞ」

「いやあっ！　振りますから、たたき落とさないで……」

奈緒は典夫の脅しを聞くと、恐怖に駆られて双臀を大きく振り立てた。だが、その途端に三個残っていたイチジク浣腸器の一個が皿から転がり落ちた。

「ひーん、死にたーい！」

浣腸器の落下を知った少女は絶望の叫びをあげた。これで彼女は最低でも二個分の浣腸液をアヌスに注入されることが確定したのだ。

「美紗！」

典夫はつづいて美紗を標的に鞭をふるおうとした。だが、そのとき彼女は体をブルブルと痙攣させ、同時に尻から吊り下げた天秤皿を大きく波打たせた。

「ひひひ、ひいーん！　イク……イキますぅ！　あいいーん！」

美紗が悲鳴をあげながら激しくしゃくり上げると体が大きく揺れ、残っていた二個のイチジク浣腸器がはずみで皿から飛び出してしまった。直腸の粘膜を刺激するバイブは彼女を惑乱させ、絶頂へと追い上げたのである。

「フフフ、さすが淫乱熟女で奈緒の母親だけのことはある。浣腸に怯えるこの状況でもイッてしまうとはたいしたものだ」

典夫は何が起こったのかを理解すると、呆れるとも感心するともつかぬ口調で褒めてやった。

「さて、これで一周完了だ」

典夫は奴隷たちを追い立ててスタート地点に戻ってくると、奴隷調教師の彩華の到着を待った。

「ホホホ、派手にばらまいてくれたわね。おかげで集めるのに苦労したわ」

彩華は両手に六個のイチジク浣腸器をかかえてワゴンに戻ってきた。彼女は奴隷親子が床に落とした浣腸器を回収してきたのだ。

彩華は回収した分と奈緒の皿に残っていた分をすべてワゴンの上に戻すと、天秤皿を外して尻の穴からバイブを抜き取った。

「お浣腸液を入れられたら、もう一度四つん這いで行進するのよ。ただし、こんどは部屋の中を一周じゃなくて、隣の寝室に行くの。そこで会長さまのオチ×チンをたっぷり舐めさせてあげるわ。もちろん、お尻の穴にお浣腸液を入れたままでね」

「ううっ、きっとすぐにひり出してしまいます」

「ああっ、寝室まで保《も》たない」

「そんなことにならないように、お浣腸液を入れたらすぐに栓をしてあげるわ。これがお尻の穴の栓よ」

「あわっ……」

「ひっ……」

奴隷たちは彩華がワゴンの下段から持ち出した器具を見てぞっとした。それはU字の形をしたステンレスのパイプで一方の先端が球状に膨れているが、その直径は四センチもあった。

球の部分をアヌスに挿入して彩華の言う〝お尻の穴の栓〟とするのだが、どっしりした重量感と冷たい金属の光沢が不気味な印象を与え、奴隷たちを恐怖に駆り立てずにはおかなかった。

「美紗！　おまえは何個入れてもらうの」

「うう っ、四個入れていただきます」

美紗は哀しげに申告した。アナルバイブのもたらす快楽に我を忘れ、卑しくも絶頂に達してしまったツケをイチジク浣腸で払わなければならないのだ。

「奈緒！　お言い」

「二個入れていただきます、調教師さま」

奈緒もビクビクしながら申告したが、四個も注入される母親に引き比べれば多少は救われる気持ちであった。

「美紗、おまえはバイブで天国を味わったのね。だから、地獄に落とされても悔いはないんでしょう」

「うう っ、死ぬほど後悔しています」

美紗はイチジク浣腸器やアナルフックに怯えた視線をやりながら呻くように返事をした。大量の浣腸液を直腸に注入されたあとアナルフックで肛門に栓をされ、排泄を我慢しながら性奉仕をしなければならない。まさに地獄の苦しみを味わわされるのである。

「さて、四個も我慢できるかな」

「お、お慈悲を、御主人さま！」

典夫が口を挟むと、美紗はここぞとばかりに嘆願した。サディストの支配者に取り縋《すが》って、彼よりも恐ろしい彩華に口をきいてもらおうとしたのである。

「どうか、一つでも数を減らしてください。一生ご恩に着ますから」

「どうだ、彩華？　美紗は今夜マゾ奴隷のいやらしさを存分に発揮して、奈緒のよい手本になっただろう。ここは少し手加減をして、浣腸のつぎの仕置きのための余力を残しておいてやったらどうか」

「さて、それはどうでしょうか。四個の浣腸器を皿から落としたのですから四つの罪を犯したことになります。その一つ一つの罪に罰を与えなければ示しがつきませんわ」

「うーん、厳しい奴隷調教師だな。減刑には応じられないというわけか」

「いえ、そうじゃなくて……まあ、ちょっと私にお任せください……奈緒！」

「は、はい！」

「会長さまは美紗にお情けをかけて、お浣腸の数を一個減らしてやろうとおっしゃっているけれど、おまえはどう思う？」

「あ、どうか、お母さんのお仕置きを軽くしてやってください」

奈緒は熱心に頼み込んだ。自分の倍の浣腸液を注入されることになった母親に同情したのである。

「でも、四つ落としたら、四つ分のお仕置きをされるって決まっていたわね。美紗はバイブによがり狂って罪を犯したのよ」

「ああっ、どうかお母さんを許してやってください。あのとき奈緒もバイブの快感に気が狂いそうで、もうちょっとでお母さんのようにイッてしまうところでした。お母さんも奈緒もマゾの淫乱奴隷なので、あんな責めをされると我を忘れてよがってしまうんです」

「あんな責めとは？」

「バイブにお尻の穴を揺さぶられながら、イチジク浣腸器をお皿に載せて四つん這いで運ぶお仕置きです。いつ落としてしまうか怖くて仕方なかったんですが、それでかえって興奮してバイブの振動や鞭の痛みにゾクゾク感じてしまいました。お母さんがイッたのを知ってはっと我に返りましたが、もしお母さんがイッてなかったら、代わりに奈緒がイッてしまうところでした」

「じゃあ、美紗に感謝しているの」

「感謝しています。お母さんのおかげでお浣腸器を二個以上落とさずにすみました」

「すると、美紗はおまえを助けたために、おまえよりも二個多くイチジク浣腸をされることになったのね」

「あうっ、そんなふうに言われても……」

「奈緒、おまえは今夜美紗といっしょに会長さまにお仕えすることができて、よかったと思っているわね」

「あっ、はい。お母さんといっしょにお仕置きされると、いつもよりずっと興奮します」

「実の親子だから、つらい目に遭わされる相手の気持ちがよくわかって、ハラハラドキドキしたり羨ましく思ったりするんでしょう。つまり、おまえたちは一蓮托生《いちれんたくしょう》の親子奴隷なのよ」

「……」

「だから、おまえの罪は美紗の罪であり、美紗の罪はおまえの罪ってことになるわ。つまり、おまえたち親子奴隷は連帯責任を負わなければならないってわけ」

「えっ？　そ、それって……」

話のおかしな雲行きに奈緒は不安と戸惑いの声をあげた。

「美紗が可哀想だと思うのなら、彼女のお尻の穴に入れられる浣腸液を一個分おまえが引き受けてやったらどう？」

「あ、あわっ……そんな！」

「おまえが一個引き受ければ、二人とも三個ずつで苦しみを公平に分け合えるでしょう。それに、おまえが美紗を助けてやれば、美紗もきっとおまえの快楽に尽くしてくれるわよ。さっきおま×こを舐められて気持ちよかったんでしょう」

「……」

「舐められて気持ちいいだけじゃなく、会長さまのオチ×チンをそこに入れてもらえるかもしれないわよ。ヴァギナのセックスを解禁できるのは美紗だけだからね」

「……」

奈緒はゴクリと生唾を飲んだ。彩華の台詞に感じるものがあったのである。

「さあ、返事をおし」

「ひ、引き受けます。奈緒もイチジク浣腸を三個入れてもらいますから、お母さんのお仕置きを軽くしてください」

「な、奈緒ちゃん！」

意を決して奈緒が自らの犠牲と引き換えに母親の減刑を懇願すると、美紗は感極まったように涙ぐんだ。

「ううっ、奈緒ちゃん！　お母さん、奈緒ちゃんに何と言ってあやまったらいいのか……」

「いいのよ、お母さん。本当のことを言うと怖くて仕方ないけれど、お母さんに励ましてもらえば、きっと耐えられるわ」

「ううっ、ありがとう、美紗ちゃん！　これからはいつもいっしょよ」

「フフフ、たいしたものだぞ、彩華。やはり、おまえはこの屋敷になくてはならぬ奴隷調教師だ」

典夫は手放しで彩華を褒めた。まさしく彼女は、典夫が奴隷調教を愉しむために不可欠の存在だったのである。

「さて、そうと決まったら注入開始といくか。出したくても出せない地獄の苦しみを味わいながら、牝どもがどんな表情をするのか見ものだ」

第十一章　前後同時口淫奉仕

1

浣腸液のアヌス注入はまず奈緒に対して行なわれた。

「肘を曲げて床につきなさい。脚を大きく開くのよ」

彩華は四つん這いの奈緒に命じると、彼女のうなじを摑んで身動きできないようにした。

「三本注入するから、終わるまでじっとしているんだぞ」

典夫は少女の後ろでイチジク浣腸器を取り上げると、細長いノズルを尻の穴に挿し込んだ。そして、浣腸液のなみなみと満たされている球体を手で押しつぶした。

「うひゃーっ！」

浣腸液が肛門から勢いよく注入され、排泄を促す薬剤が直腸の粘膜を刺激した。奈緒はたちまち便意を催し、苦しげな呻きを込み上げさせた。

だが、典夫はノズルを抜き取るとすばやく二本目を挿入し、新たな薬液を直腸に注入した。

「ひやあーっ！」

少女は体を捩って手足をバタバタさせた。服従する気持ちはあっても、苦しさに耐えかねて体が勝手に反応してしまうのであった。

「動いちゃだめよ」

彩華が厳しく叱りつけ、うなじを摑んだ手で少女を押さえ込んだ。

「最後の一本だ」

典夫は奈緒が排泄しないように指で肛門を押さえ、その隙間からノズルを尻の穴深く挿し込んだ。

「うひゃーっ、我慢できません！」

「そこを我慢するんだ」

さらに典夫はアナルフックを手に取り、U字の先端の球状突起をアヌスに押し込んだ。

「あひゃ、あーん！　ああっ、漏れちゃいそう……お母さーん！」

「奈緒ちゃん、しっかり！　我慢できるでしょう。ね、我慢して！」

愛娘の泣き声を聞くと、美紗はいても立ってもいられず背中を撫でたり手を握ったりして奈緒を励ました。

しかし、彼女自身もすぐに奈緒と同じ目に遭わなければならなかった。

「美紗！　今度はおまえよ」

彩華は典夫がアナルフックで少女の尻の穴に栓をするのを確かめると、母親を押さえつけて娘と同じポーズをさせた。

「……うひーっ！」

美紗も甲高い悲鳴をつづけざまに三回ほとばしらせ、ボリューム感あふれる尻をブルブルと震わせた。彼女も娘同様三個分の浣腸液をアヌスに注入され、漏れないように栓をされたのである。

奴隷親子の肛門に栓をしたアナルフックは先端の球が五センチ近くあって、いったん尻の穴の中に呑み込まれると自力で排泄することはほぼ不可能であった。また、穴から出ているステンレスパイプは上向きに湾曲して尻の頂上から背中近くまで延びていた。サディストの支配者たちはパイプの端と首輪のうなじを鎖で繋ぎ、アナルフックを固定してしまった。こうなると、いくら下腹を息ませても絶対にフックが抜けることはなかった。

「さてとこれで完了だ」

典夫は立ち上がると、猛烈な便意に苦しむ美紗と奈緒をサディスティックな目で見下ろした。

「奈緒！　苦しいか」

「うひっ、うひーっ！　お浣腸液がグルグル渦を巻いています……あひーっ、あーん！」

「美紗！　バイブの快楽に溺れた報いをしっかり味わっているか」

「うあっ、死ぬほど味わっています！　美紗はバイブの快楽に負けてよがり狂い、お浣腸器を運んでいる最中にイッてしまいました。それで、罰としてお浣腸液をお尻の穴からあふれるほど入れられ、地獄の苦しみを味わっています……うひひーっ！　あっ、つらい」

「いくら便意が差し迫っても、穴を栓で塞がれているからクソをひり出すことはできない。おまえたちは地獄の苦しみを味わいながら、だれに支配される奴隷であるのか、骨の髄まで覚え込むんだ」

「うひいっ、美紗は御主人さまに支配される奴隷です！　御主人さまのお情けがなければ生きていけないことを、骨身に沁みて知っています」

「奈緒はお父さまのアナル専用奴隷です！　お父さまの言いつけをいやがったり拒んだりしたことはありません。これからもよい子の奴隷でいますから、どうかお尻の穴の栓を抜いてください」

奴隷の母娘は必死に哀訴したが、もとより許されるはずがなかった。浣腸の仕置きはまだはじまったばかりなのだから。

「栓を抜いてやるのは、寝室でおまえたちが奴隷の務めを果たしてからだ」

「お浣腸が苦しくて御奉仕がおろそかになると、ずっとお仕置きがつづくわよ」

典夫が厳しく申し渡すと、彩華も意地悪く言い添えた。

「それ、行け！」

――ピシーン！……ピシーッ！

「うひひっ……」

「うあっ、ううっ……」

奴隷の母娘は鞭を打たれると、苦しげな呻きを洩らしながら四つん這いの行進を再開した。今度は部屋の中を周回するのではなく、隣の寝室に行ってそこで奴隷の性奉仕を行なうのである。

「ウフフ、美紗も奈緒も四つん這いの牝犬姿が実によく似合う奴隷だ。マゾの雰囲気をムンムンと醸し出しているぞ」

典夫は歩きはじめた母娘の後ろ姿に目をやりながら、あらためて感心したように言った。

彼は例によってガウンをはだけてペニスを露にし、左手には奴隷たちを支配するリードの鎖、右手には革鞭を携えていた。

一方奴隷の母娘は隣り合わせに並び、典夫の目に性器を隈なく捉えられながら四つん這いで懸命に歩いていく。

美紗も奈緒もクレヴァスやラビアは淫蜜に濡れそぼち、あふれ出た粘液を太股に伝わらせている。

その眺めだけでもじゅうぶん観賞に値《あたい》するが、特に今回典夫を悦ばせたのは、二匹とも尻にステンレス製のアナルフックを挿入され、それがU字に湾曲して背中に達していることであった。一方の端は球状に膨れて直腸の内部にわだかまり、便の排泄を阻止する栓となっている。そして、もう一方の端には鎖が取りつけられて首輪のうなじと結ばれている。

球の部分こそアヌスに埋もれて観察することはできなかったが、体外に露出している部分は重量感たっぷりで金属特有の冷たい光沢を湛《たた》え、それを装着された母娘の苦しみを推察させるにじゅうぶんであった。

「うひっ、うひひっ……」

「うあっ！……うひいっ」

実際、排泄をせき立てる浣腸液と、物理的にそれを不可能にするアナルフックは相互に作用して、彼女たちを身も心もマゾの被虐感に陥《おとしい》れた。

「うひいっ……うひいっ、どうにかして！」

「うあっ、死んじゃう……」

母娘は猛烈な便意に半狂乱になりながらも、リードの首輪に支配されて四つん這いの歩行をつづけた。しかし、彼女たちの足取りはおぼつかなく、ふらふらとよろけて今にも床に崩れ落ちそうであった。

——ピシーン！

「うひゃっ……」

——ピシーッ！

「うひっ、ううっ……」

それでも彼女たちが何とかもちこたえたのは、剝き出しの尻に見舞われる革鞭の痛みが気つけ薬となったからである。こうして彼女たちは右によろけたり左にふらついたりしながら隣の寝室へ這い進んだ。

「会長さま、この椅子をお使いください」

典夫が奴隷たちを追い立てて円形ベッドのところまでやってくると、そこで待ち構えていた彩華が一脚の椅子を差し出した。彼女は一行より先回りして寝室に入り、新たな調教の準備を整えていたのである。

彼女がベッドの脇に置いたのは、がっしりした四脚に支えられる木製の肘掛け椅子であった。しかし、通常の椅子とは大きく異なり、座板は水平ではなく、座板が手前から奥に向かうにつれてだんだん高くなっている。つまり、座板は二十度ほどの傾斜角をつけて取りつけられていたのだ。さらに、座板の一番奥の端は半月形に刳《く》り抜かれていて、その部分にあてがわれる尻が露出するようになっている。

「フフフ、気がきくな」

典夫は彩華の意図を悟ってニヤニヤ笑った。彼はガウンを羽織《はお》っているが、それを脱いで椅子に座れば、ちょうど半月形に刳り抜かれた部分に尻の中心がすっぽりはまり、アヌスが剝き出しになる。

すなわち、奴隷の母娘を前後に配置することによって、ペニスとアヌスへの口淫奉仕を同時に味わうことを可能にする椅子なのであった。

「美紗！　おまえはさっきアナルバイブによがり狂った言い訳に、今夜はまだわしのペニスを恵んでもらっていないから、ウズウズ発情してしまったと言ったな」

「うっ、はい……」

「ではおまえにはペニスを咥えさせてやる。しっかり舐めてわしを悦ばせろ」

「うひいっ、お愉しみいただきます……あむ、あんむう」

美紗は苦しげな喘ぎを込み上げさせながら、典夫のペニスに恭《うやうや》しく口づけをした。

たしかに今夜の彼女はペニスに触れるのはこれが初めてであった。アナルバイブで絶頂に達してしまうほどの淫乱熟女にとっては、ようやく待望のペニスにありつけたということになるだろう。

だが、猛烈な便意に苛《さいな》まれている現状ではペニスを舐める悦びは半減し、舌や唇の動きも滞《とどこお》りがちであった。

――ピシーン！

「ひゃいっ！　あむうーっ」

すぐさま背中越しに鞭が打ち込まれ、ペニスを加えている最中の熟女奴隷に悲鳴をあげさせた。

「おまえが奉仕に身を入れているか、それともケツの穴に気をとられて奉仕をおろそかにしているか、ペニスに伝わる舌の動きでわしにはすべてお見通しだ。わしを満足させることができなければ、いつまでたっても地獄の苦しみから解放されないぞ」

「うひひーっ！　心を込めて御奉仕いたします……あんむ、ぺろ！」

「奈緒！　おまえは椅子の後ろに回れ。アナルクンニをしてわしを愉しませるんだ」

「は、はい、お父さま！……うあっ」

少女は典夫の命令を聞くと、萎えそうになる手足を懸命に励まして後ろに回った。

前述のように典夫の座っている椅子は構造上アヌスを剝き出しにするので、奈緒は椅子の空所に首を突っ込んでその箇所を自在に舐めることができた。

もっとも、彼女も母親の美紗同様に三個のイチジク浣腸を注入されているので、アブノーマルなアナル口淫奉仕は凄絶な色彩を帯びずにはいられなかった。

「うむ、ぴちゃ、うむ……うひいっ、ううっ！」

「おまえもわかっているな。わしの快楽に尽くすことができなければ、ケツの穴の栓はずっとそのままだぞ」

「あうーっ、お父さまに悦んでもらいます……ぴちゃ、ぺろ」

「おまえには会長さまの目が届かないから、私が監督をしてあげるわ……ほらっ！」

——ピシーン！

「ひゃいっ！　あんむうっ、ぺろ……ああっ、死にたい」

「美紗！　おまえも気つけ薬がほしかろう」

——ピシーン！

「ひゃあっ！　御主人さまにお愉しみいただきます……ぺろ、ぺろ、むんむ」

革鞭が椅子の前後で舞い、奴隷たちに悲鳴をあげさせた。だが、彼女たちにとって鞭の打擲はまさしく気つけ薬で、ともすれば排泄への思いにとらわれそうになる意識を支配者への快楽奉仕に向けさせる効果があった。

奴隷の母娘は猛烈な便意に苛まれつつも、椅子の前後に侍《はべ》ってそれぞれペニスやアヌスに舌を這わせるのだった。

2

——ピシーン！

「ひゃひーん！　あむ、あんむう……」

――ピシーッ！

「あひゃあっ！　ぺろ、ぴちゃ、んむ……」

奴隷調教室を兼ねた寝室では典夫をあいだに挟んで前に美紗、後ろに奈緒がひざまずき、それぞれペニスとアヌスに屈従の口淫奉仕を行なっていた。

彼女たちの尻の穴には依然として浣腸液が満たされ、出口である肛門をステンレス製のアナルフックで塞がれている。そのため、激しい便意はあるものの排泄することがかなわず、彼女たちは額や首筋に脂汗を滲ませながら屈従の奴隷奉仕をつづけるよりほかなかった。

――ピシーッ！

「ひゃんむーっ！　むんぐうっ、んむ、む」

典夫は舌や唇のもたらす淫らな刺激を前後二カ所の性感帯で享受しながら、ときおり美紗の背中越しに鞭を打ち下ろして残虐な勝利感に酔いしれた。

実際、彼の行なっている今夜の奴隷調教はサディスト冥利《みようり》に尽きるものであった。

美熟女、美少女の母娘を奴隷として同時に支配し、それぞれの見ている前で仕置きをしたり凌辱したりするのである。

特に現在は奴隷に奉仕をさせるために特別に製作された椅子に座り、母親にペニスを、そして娘にはアヌスを舐めさせている。いわば、受動的な親子丼を味わっているのであった。

「彩華！　こんな贅沢な愉しみを享受できる者は、わし以外にいるだろうか」

典夫はペニスとアヌスに受ける淫猥な刺激にゾクゾクと気分を昂らせながら、後ろの奴隷調教師に向かって自慢げに訊ねた。

「まず、いないでしょうね。色気たっぷりの熟女と十六の美少女高校生を奴隷のコンビにすることさえ難しいのに、その二匹が血の繋がった親子というのですから」

彩華はそう返事をしたが追従《ついしょう》やへつらいのニュアンスはかけらもなく、まさに真実味が込められていた。

「それにしても、よくできた椅子だな。二匹の奴隷コンビにペニスとケツの穴を同時に舐めさせるのにうってつけだ」

典夫は自分の腰掛けている椅子の優れた機能をあらためて認識した。

座板が手前から奥に向かって高くなるように取り付けられているので、膝を浅く曲げた中腰の姿勢で座ることになる。それで、下腹と太股のなす角度も浅くなり、普通の椅子よりも股間が前方にやってくる。つまり、椅子の前にひざまずいて口淫奉仕をする奴隷にとってペニスが舐めやすい位置と角度になるのである。

さらに、座板の後端に半月状の切れ込みが入っているので、普通の椅子では板に阻《はば》まれて舐めることのできないアヌスに舌を届かせることができる。それも、座板が傾斜しているので下にもぐり込む必要はなく、ひざまずいたまま後ろから舌を伸ばせば菊蕾の窪みに突き当たるのであった。

「これからは美紗と奈緒をいっしょに責める機会が増えましょうから、この椅子の出番が多くなりそうですわね。ところで、奈緒はちゃんと御奉仕をしていますか」

「この娘はケツの穴専用奴隷なので、アナルクンニのツボは心得ている。今夜もよくやっていると褒めてやりたいところだが、あいにく舌の動きにいつもの力強さが感じられない。やはり浣腸の仕置きがこたえているようだ」

「まあ、あれほど言っておいたのに！　奈緒！」

――ピシーン！

「うひゃーっ！　舐めますぅ……あんむ、むにゅ、ぺろ」

「お尻の穴の奥まで舌を届かせて、会長さまに悦んでもらうのよ」

「はひ！　あむ、むむっ……んむ！」

奈緒は女調教師にきつくお灸を据えられると舌を細く尖らせて直腸を穿《うが》ち、粘膜をえぐるように舐め回した。

「おうっ、そうやって舐めてわしを悦ばせるんだ……美紗！　おまえも舌の動きが鈍いぞ。いつもなら、飢えた牝犬よろしくがつがつと舌や唇を絡めてくるのに、今夜はからきし元気がないじゃないか」

「うひっ、お尻の穴がつらくて……」

――ピシーン！

「あひーん！　お愉しみいただけるように舐めますぅ……あんむ、ぺろ、あむーうっ」

「ペニスの一番下まで咥え込め。亀頭からつけ根まですっぽり口の中に入れて、舌を絡めたり唇で締めつけたりするんだ」

「うんむ、うむ……むむ、むんぐ、むうっ」

美紗は目に涙を滲ませながら、太くて長いペニスをつけ根まで咥え込み、注文どおり舌を肉竿に絡めたり唇を窄めたりして支配者の快楽に尽くした。

「フフフ、二匹とも青息吐息だが、コンビ自体は絶妙だ。何と言っても、実の母娘が手分けをしてペニスとケツの穴を同時に舐めるのだからな」

「母と娘のテクニック比べというところですわね」

「そのとおりだ。本人たちも、親子であると同時にわしの寵愛《ちょうあい》を争うマゾ奴隷だということをよく自覚しているだろう。だから、相手がすぐ近くでペニスやアヌスを舐めているのを意識すると、ライバル心や嫉妬心がムラムラとわいてくる。そうだな、美紗？」

「あむ、おっしゃるとおりです。私よりも奈緒のほうが御主人さまを悦ばせるなどということになったら、母親の面目が立ちません……あんむ、ぺろ」

「ホホホ、奈緒！　聞いただろう。おまえだって負けたくないわよね」

「あんむ、お母さんには負けたくありません。お母さん以上に御奉仕をして、お父さまにいっぱい悦んでもらいます……ぺろ、ぴちゃ」

奴隷の母娘は支配者たちに言葉巧みにけしかけられると、以前よりも舌や唇を活発に動かしてそれぞれの局所に淫らな刺激を送り込んだ。そうすることで彼女たちはほんのわずかでも便意を紛らわせることができるのだった。

「美紗！」

さらに典夫は娘を引き合いに出して美紗を挑発した。

「奈緒はケツの穴を上手《じょうず》に舐めて、わしをゾクゾク興奮させているぞ。あとを引き継いで、娘以上にわしを悦ばせることができるか」

「で、できます！　どうか、美紗にもお尻の穴を舐めさせてください」

「よし、じゃあ、奈緒と交替しろ……彩華！　奈緒をこちらに寄越してくれ」

「はい！　お行き、奈緒！　今度は会長さまのオチ×チンを舐めさせてもらうのよ」

美紗と奈緒は受け持ち箇所を交換し、あらためて典夫の快楽に尽くすことになった。

美紗がアヌスを、そして奈緒がペニスを舐めるのである。

「フフフ、母親に舐めさせたペニスを引きつづき娘に舐めさせるというのは、罪悪感なしにはできぬプレイだな」

典夫は足もとにひざまずいた少女を見下ろすと、ニヤニヤ笑いながら心にもないことを言った。

彼は罪悪感どころか悪魔的な悦びを感じていたのである。一本のペニスを美紗と奈緒に舐めさせることによって、親子もろとも背徳の快楽に溺れさせる……そう思うとサディスティックな愉悦が心の底からわき上がってくるのであった。

「美紗は淫乱熟女のテクニックでわしを悦ばせたが、おまえも同じことができるか」

「で、できます。お母さんよりも悦んでもらいます……ぺろ、あんむ」

奈緒は典夫に煽られると、母親へのライバル心を燃やして熱心にペニスに舌を絡めた。

「ぴちゃ、んむ、ぺろ……」

「どうだ、ペニスはヌルヌルしているか」

「あむ、ヌルヌルしていて、温かいです……む、ぺろ」

「美紗が舐めたあとだということが実感できるだろう」

「実感できます。お父さまのペニスを舐めると、同じペニスをお母さんが舐めたということが生々しく感じられます」

「美紗！」

典夫は奈緒の返事を聞くと、今度は後ろで彼のアヌスを舐めている美紗に向かって声をかけた。

「おまえも奈緒のあとでアナルクンニをすると、娘の舐めたケツの穴だということがよくわかるだろう」

「あむ、わかります。御主人さまのお尻の穴は奈緒の唾液でヌルヌルしています」

「フフフ、おまえたち親子はわしの奴隷として、同じペニスやケツの穴を舐めさせられているんだ」

典夫は母娘の置かれている境遇をあらためて彼女たちに自覚させた。

「そのことを意識すれば、わしの寵愛を得ようとするライバル心だけでなく、マゾ奴隷の身分を共有しようという連帯感がわき上がってくるだろう。つまり、おまえたちは常に互いを身近に感じながら奴隷の務めを行なうんだ。そうすれば、単独で奉仕を行なうよりも遥かに大きな悦びを得ることができる」

「ああっ、おっしゃるとおりです！　奈緒のそばで御主人さまにお仕えすると、ドキドキと興奮します」

「奈緒も同じです。今夜はお母さんに見られながらお仕置きをされたりオチ×チンを舐めさせられたりしているので、いつも以上に興奮しています」

「フフフ、二匹ともそのことを自覚しながら奴隷奉仕に励むんだ……それっ！」

——ピシーン！

「ひゃいっ！　あむう、むむん」

少女は督励《とくれい》の鞭を浴びると、太いペニスを咥えて熱心に舌を絡ませた。

「美紗！　娘が打たれたら、母親のおまえが無事ってわけにはいかないわね。ほらっ、会長さまに代わってお仕置きしてやるわ」

——ピシーン！

「ひーん、舐めますーっ！　お尻の穴を奥まで舐めて、御主人さまに悦んでいただきますぅ」

美紗も典夫の双臀の谷底に顔を押しつけながら、舌で菊蕾の窪みを深く穿った。

こうして奈緒は母親の舐めたあとのペニスをつけ根まで咥え、美紗は娘の舐めたあとのアヌスを舌で穿つのであった。

親子それぞれの唾液の沁み込んだペニスやアヌスをねぶるという倒錯の状況は、彼女たちにいっそうのマゾ的興奮をもたらした。彼女たちはおぞましい便意に苛まれながらも、それぞれフェラチオ奉仕とアナルクンニに精を出すのであった。

3

やがて典夫は椅子から立ち上がると、美紗と奈緒を四つん這いで並ばせた。奴隷親子の口淫奉仕をじゅうぶん堪能した彼は、浣腸プレイの仕上げをしようと思ったのである。

「二匹ともわしを愉しませてくれたから、褒美にケツの穴の中のものを排泄させてやろう」

「……」

「……」

典夫は恩着せがましく言ったが、美紗と奈緒はそう聞くとかえって不安になった。彼女たちの尻の穴にたまっているのは浣腸液だけではなかったからである。薬液によって粘膜を刺激された腸は蠕動《ぜんどう》によって大便を肛門に送り込み、奴隷たちに猛烈な便意を覚えさせていたのである。排泄したいのはやまやまだが、その場面を想像すると恐怖感が募ってくるのであった。

「彩華、牝奴隷たちをトイレに連れていくか、それともわしの見ている前でひり出させるか」

「あちらにオマルを出してありますわ」

奴隷調教に関しては何事につけても気のきく彩華は、つぎの仕置きを見越してちゃんと準備をしていた。

「奥の壁際に二つ並べてあります。それらを用いてウンチのお作法を躾けてやったらよろしいかと存じます」

「ということは、公開で排泄をさせようというのだな」

「奈緒にしても美紗にしても、会長さまの目の前でウンチをひり出す恥ずかしさを味わえば、よりいっそうマゾ奴隷の服従心を覚えることでしょう。それどころか、お浣腸プレイが病《や》みつきになって、お仕置きのたびに自分たちからおねだりするようになるかもしれませんわ」

「うあっ、病みつきになんかなりません」

「うひいっ、おトイレに行かせてください」

「フフフ、病みつきになろうとなるまいと、おまえたちは恥ずかしさとみじめさのなかでマゾの悦びを覚えるんだ……さあ、行け！」

典夫はリードを繰って奴隷たちを部屋の奥に這い進ませた。そこは奈緒には馴染みのある場所で、壁に梯子《はしご》が垂直に取りつけられていた。少女は典夫の奴隷となった最初の日に梯子に登らされて、空中でパールを用いた芸を躾けられたりアナル凌辱をされたりしたのである。

そして、彩華の言葉どおり、梯子の脇には琺瑯《ほうろう》引きの白いオマルが二個置かれていた。

「最初は美紗よ。おまえは奈緒の母親なのだから、お行儀よくウンチをしてお手本になりなさい」

「お、お行儀よくって？」

美紗はビクビク怯えながら問い返した。

「もちろん、ウンチをオマルの外にひり落とさないことよ。おまえはこれに登って高いところからウンチをするんだから」

「えっ？……わひゃっ！」

美紗は自分がどのようなところから排便をするのかを知らされて周章狼狽《しゅうしょうろうばい》した。

奴隷調教師の彩華は壁に固定された梯子を指し示したのだ。

「これからアナルフックを外すけれど、すぐにひり出してはだめよ。我慢できるでしょう？」

「うっ、はい……」

奴隷たちが尻の穴に浣腸液を注入されてからもう二十分近くたっていた。当初は凄まじい便意に気を失いそうになるほど苦しめられたが、排泄できないまま典夫への口淫奉仕をしているうちに体が少しずつ慣れてきて、何とかこらえられるようになっていた。

「まだ四つん這いでいるのよ。私がいいと言ったら、梯子を登っていきなさい」

彩華はアナルフックと首輪を結ぶ鎖を外し、さらにフックの本体をアヌスからゆっくり引き抜いた。ステンレスの球が菊皺を拡げて抜き取られるとぽっかり大きな穴が開いたが、すぐに収縮してもとに戻った。

「どう、我慢できる？」

「な、なんとか……」

彩華が訊ねると、美紗はうわずった声で返事をした。実際、尻の穴の栓は抜かれたものの、アヌスの筋肉は力を取り戻してかろうじて便意をこらえることができた。それに、浣腸液を注入されてだいぶ時間がたつので粘膜が刺激に慣れて当初よりも排泄への欲求が低下していたのである。

「じゃあ、こうしてあげるわ」

美紗を気遣って訊ねたのかと思いきや、彩華は彼女の返事を聞くと無防備な菊蕾にイチジク浣腸器のノズルを深々と突き刺し、液の詰まった球を力任せに押しつぶした。

「うひゃーっ！」

冷たい液が勢いよく注入される感触に美紗は何が起こったのかを悟り、狂ったように悲鳴をあげた。彼女は女調教師が追加用のイチジク浣腸器をここまで運んできたことに初めて気づいたのだ。

「さあ、お立ち！　梯子を登るのよ！」

「！……」

彩華に尻をぽんと叩かれてはっと我に返り、慌てて立ち上がった。新たに注入された浣腸液は美紗の便意を再びかき立て、排泄への欲求を急速に募らせた。一刻も早く梯子を登って、排便の体勢を整えなければならなかった。

しかし、すでにアナルフックを抜き取られているので尻の穴を塞ぐ栓は存在しない。肛門の筋肉を引き締めて脱糞を防ぐよりほかなかった。

「あうっ、うあっ……」

美紗は喘ぎながら懸命に梯子を登っていった。甦《よみがえ》った便意は最初のものに迫るほど激しく、栓なしでは二、三秒しか保《も》たないだろう。

「一番上まで登るのよ」

「うひっ、ううっ、うあうっ……」

登っている最中、苦しげな呻きがひっきりなしに咽喉からほとばしった。抑制不可能になりつつある便意を無理に押さえつけているので手足が萎え、梯子を摑んでいることさえも困難であった。それでも彼女は必死で梯子を登り、床と天井の中間より少し上のあたりまで肉体を押し上げた。

だが、そこまでが精一杯で彼女は両手両足を段にかけた格好で裸体をブルブルと震わせた。

「お尻をできるだけ梯子から離しなさい。排泄物が梯子にかからないようにするのよ」

彩華が下から注意を与えたが、美紗の耳にはほとんど届かなかった。ついに我慢できなくなって下腹を息ませた途端に肛門が開き、たまっていたものを排泄しはじめたのである。

「うあああっ……」

肛門を割って液が勢いよく噴出したが、幸い水流は真下に置かれたオマルに命中した。彩華が尻の位置に合わせてオマルを移動しておいたのだ。

イチジク浣腸の薬液が排泄されるのとわずかのタイムラグをおいて、蠕動によって肛門まで降りてきていた大便がこぼれ落ちた。

「！……」

美紗は大便が肛門を割って落ちる気配を感じると、声にならない呻きを洩らした。恥ずかしさとみじめさ、そしてマゾヒスティックな敗北感がわき上がってきたのである。

しかし、いったんはじめた排泄の行為を止めることはできなかった。彼女は典夫と彩華、そして自分の娘である奈緒の視線を意識しながら、固形の糞便をオマルの中にひり落としていった。

「あ、あうっ……」

それは何ともおぞましく、また生々しい光景であった。宙に浮いた尻の穴を割って固形の便がゆっくり排泄されていったん宙吊りになり、十数センチの長さになったところで穴から離れて床のオマルに向かって落下していく。

そして、太く硬い固形便のつぎに軟便がこぼれ落ち、あたりに野卑な匂いを立ち込めさせた。

「フフフ、こんな光景に出くわすと、眩しくて目がつぶれてしまいそうだな」

美紗がようやくすべての排泄物をオマルに落とし込むと、食い入るように見つめていた典夫が照れ笑いを浮かべながら言った。彼はエネマプレイの愛好者というわけではなかったが、浣腸の公開処刑をすることで奴隷を羞恥と敗北感に追いやるという効果のほどはじゅうぶんに認識していたのだ。

「ウンチを出して体が軽くなったでしょう。そうしたら、梯子を一番上まで登って、会長さまにお尻の穴を観察していただきなさい」

「は、はい……」

美紗は蚊の鳴くような声で返事をして梯子をさらに登っていった。彼女はさっき便意を我慢できなくなって、途中で止まってしまったのだ。

「段の上に置いた足を離しなさい」

「……」

美紗は恥ずかしさをこらえて、梯子の段を踏んでいるハイヒールの足を大きく離した。そうすることによって素っ裸の双臀は左右に割り開かれ、下から観察する男女の目に菊蕾とその周囲が生々しく捉えられた。

排泄を終えたばかりのアヌスは菊蕾を収縮させて穴を窄めていたが、窪みには糞便の残滓がいくらかこびりついていた。

「どうだ、すっきりしたか」

典夫が宙に浮いた尻を見上げながら訊ねた。

「ううっ、はい……」

「気分は爽快か」

「い、虐めないでください。恥ずかしくて死にそうです」

美紗は梯子に取り縋ったまま情けなさそうな声を出した。人前で糞便を排泄させられるのはもちろんのこと、排泄後の尻の穴を観察される恥ずかしさやみじめさ、屈辱感はとうてい言葉には言い表せなかった。いや、むしろ排泄後のほうが苦しみから脱して人心地ついているだけに、自分の置かれた状況が骨身に沁みて感じられ、深い後悔とともに身も世もない気分にさせられるのであった。

「フフフ、下からケツの穴を見上げるのはなかなか趣があるな」

典夫はぶざまな格好で尻を曝している美紗を見上げながらニヤニヤ笑った。

「だが、クソをひり出したあとのケツだけあって、滓《かす》がこびりついているぞ」

「ひっ、お許しください！　不潔なものをさらけ出す不作法をお許しください」

「もっとも、クソまみれというほどではないから、ちょっと拭けばきれいになるだろう。わしが拭いてやろうか」

「あわっ……」

典夫の思いもよらぬ申し出を聞くと、美紗は狼狽の声をあげた。四十路の女盛りで美熟女と自他ともに認めるいい大人が尻の穴を他人に拭かれるなんて、屈辱以外の何ものでもなかった。

しかし、梯子に縋りついている状況ではそうしてもらう以外に尻を拭《ぬぐ》う手段はなかった。彼女は恥ずかしげに尻をもじもじとうごめかせながら屈従の懇願をした。

「お、お願いします。どうか、御主人さま、美紗のお尻の穴を拭いてください」

「フフフ、ケツの穴の世話をしてもらえば、いっそうわしになつくだろう」

「美紗！　会長さまに感謝するのよ。ウンチまみれの不潔なお尻の穴を会長さまに拭いていただくのだから」

「ううっ、感謝します……あうっ」

トイレットペーパーを持った手に菊蕾の糞滓が拭き取られる感触に、美紗は恥ずかしげな呻き声を漏らした。彼女は典夫に脱糞の始末をしてもらうことによって、ますます彼に頭の上がらなくなったことを自覚せざるをえなかった。

「奈緒！」

「は、はい！」

典夫に名前を呼ばれた奈緒はビクッと裸体を震わせた。自分の番がやってきたことを悟ったのだ。

「待ち遠しかったか」

「……」

そう聞かれても、奈緒は容易に返事をすることができなかった。彼女は美紗のあとに回されたので、それだけ長く苦しまなければならなかった。しかし、早く排便をしたいという欲求がある反面、母親の生々しい脱糞ショーを見ていたので恐ろしくもあったのだ。

「奈緒！　おまえも美紗のように梯子の上からオマルにウンチをひり落とすことができる？」

「うっ……き、きっと！」

「それじゃあ、お尻の栓を外すから、会長さまにいっぱい愉しんでいただきなさい」

奴隷調教師の彩華は少女のアヌスからゆっくりとアナルフックを抜き出した。そして、美紗にしたように新手のイチジク浣腸器を無防備な肛門に挿入し、薬液を勢いよく注ぎ込んだ。

「ほらっ、お行き！　美紗よりも高く登るのよ」

「ひーん！　漏れちゃう……あぁーっ！」

激しく甦った便意に駆られ、少女は梯子を懸命に登りはじめた。しかし、途中まで登ったところで直腸の粘膜が勝手に痙攣しはじめ、肛門から浣腸液を噴出してしまった。そして、美紗と同じように固形の糞便をひり出し、生々しい光景によって見物人たちに息を呑ませるのであった。

第十二章　悦虐の絆で結ばれた母娘

1

奴隷の母娘を苦痛と羞恥のどん底に突き落とした公開浣腸の刑は、排泄のあともつづけられた。

彼女たちは自分のひり出した排泄物をトイレまで運んでいかなければならなかったのだ。それも、天秤皿にイチジク浣腸を載せて運んだときよりもさらに卑猥かつ屈辱的な方法で……。

「さあ、オマルを口に咥えて！　不潔なウンチをトイレにもっていくのよ」

彩華は四つん這いの奴隷たちに向かってそのように命令した。

洗面器の形をした琺瑯製のオマルには半円形のツルが二本付属しているので、それを起こせば手に提《さ》げて運ぶことができるようになっていた。

だが、奴隷調教師の彩華は彼女たちに手を使うことを許さなかった。四つん這いのまま口にツルを咥え、糞便の入ったオマルを顔の下に提げて運ぶことを命じたのだ。

「フフフ、臭くて不潔なものをいっぱいひり出した報いだな。そうやって自分の糞の匂いを嗅ぎながら四つん這いで歩いていくんだ」

典夫は、あさましい姿でオマルを口に咥えた奴隷たちを見下ろしながら皮肉たっぷりに言った。彼は母親の美紗を先に歩かせ、そのあとに娘の奈緒を従わせた。

「どうだ、美紗！　自分が卑しい奴隷だとよくわかるだろう」

「おっしゃるとおりです。奴隷美紗は卑しい牝なので、御主人さまの目の前でウンチをいっぱいひり落としてしまいました」

「梯子の一番上まで上がることができず、途中で漏らしてしまったんだな」

「ううっ、お漏らしをしました。牝奴隷美紗はお尻の穴の締まりが悪いので、お仕置きの最中にお漏らしをしてしまいました」

「おまえはお漏らし奴隷か」

「ああっ、お漏らし奴隷です」

典夫の意地悪な問いに、美紗は哀しげな声で返事をした。

「それで、罰としてクソの入ったオマルを口で運ばされているというわけだ。お漏らし奴隷に相応《ふさわ》しい罰だな」

「あうっ、おっしゃるとおりです。牝奴隷美紗はお漏らしをした罰にウンチの入ったオマルを口に咥えさせられています」

「そらっ、自分の卑しさを思い知れ！」

——ピシーン！

「ひーん！　御主人さまの鞭で卑しさを実感します。お漏らし奴隷の美紗はお粗相の報いを受けています」

「奈緒！　おまえも同罪よ」

——ピシーン！

「ひーん！　奈緒もお漏らし奴隷です。お母さんと同じように、梯子の途中でウンチをお漏らししてしまいました」

典夫のあとに従っている彩華は彼に倣《なら》って少女の臀丘を鞭で打ち懲らした。

こうして、お漏らし奴隷のレッテルを貼られた美紗と奈緒は支配者たちに追い立てられて浴室に入っていった。

「ウンチを流す許可をいただきなさい」

「う、御主人さま！　美紗のひり出したウンチをトイレに流すお許しをください」

「お父さま！　どうか、汚いウンチを流させてください」

「今夜のことを忘れるんじゃないぞ。おまえたちはわしに見られながらオマルにクソをひり落としたんだ」

「ううっ、忘れません」

「あんな恥ずかしいことは絶対に忘れません」

「フフフ、よし、流せ。ついでにケツの穴をよく洗ってこい」

典夫は奴隷たちに許可を与えると一足先に寝室に戻り、奴隷たちが身綺麗にして戻ってくるのを待った。母娘を交えて淫らな性戯を堪能しようと思ったのである。

「御主人さま、洗ってまいりました」

「お父さま、お尻の穴をきれいにしてきました」

二匹の奴隷たちも仕置きや凌辱がまだつづくことを覚悟していた。

いや、覚悟というよりもむしろ期待のほうが大きかった。美紗と奈緒は親子ともども淫乱なマゾ奴隷に躾けられ、一度や二度の絶頂感を得たくらいでは飽き足らなかったのである。

特に、美紗は四十路の熟女でセックスの快楽をじゅうぶん知っていたが、今夜はヴァギナとアヌスのどちらにも典夫のペニスを入れられていなかった。それで、彼女は密かな欲求と期待を込めて前後の穴を丹念に洗ってきたのである。

もっとも、親子奴隷のコンビとして奈緒といっしょに典夫に仕えるので、自分の欲望ばかり通すわけにはいかなかったが……。

「よし。では、二匹ともベッドに乗れ」

典夫は美紗と奈緒を連れてベッドに上がると枕を尻に敷いて胡座《あぐら》をかき、母娘を両膝のあいだに侍《はべ》らせた。

「二匹でいっしょにペニスを舐めろ」

「はい！　あんむ」

「うむ、ぺろ」

美紗と奈緒は典夫の命令を聞くと、左右からペニスに顔を寄せてフェラチオ奉仕を開始した。

「むむ、ぴちゃ」

「あんむ、むむ」

美紗と奈緒がいっしょに典夫のペニスを舐めるのはこれが初めてであった。しかし、親子の奴隷コンビとしてすっかり息の合った彼女たちは、躊躇《ためら》ったり争ったりすることなく協力して舌や唇をペニスに這わせた。美紗が亀頭の頂部や鈴口に舌を這わせると、娘の奈緒はカリの溝や稜線に舌を絡める、あるいは奈緒がペニスを頭から咥え込むと、美紗は肉竿のつけ根や陰嚢に舌を這わせるといった具合に……そして、母娘の舌や唇が相手のものに触れたり絡まったりするすることによって、親子が一本のペニスを分け合うという倒錯の状況を互いに認識し、一人で舐めているとき以上にマゾヒスティックな興奮を覚えるのであった。

「ぴちゃ、奈緒ちゃん……」

「あむ、お母さん……」

親子の心は連帯の絆でしっかりと結ばれていた。二人とも典夫に恣《ほしいまま》に支配される奴隷で、互いの目の前で鞭を打たれたり浣腸液を注入されたりしてみじめであさましい姿を曝してきた。

しかし、そのことが互いの共感《シンパシー》を呼び合い、マゾの興奮、すなわち悦虐感を昂らせるのであった。

「うむ、親子だけあってぴったり呼吸が合っているな」

典夫は母娘が協同して行なうフェラチオ奉仕を心地よく味わいながら感心したよう

に言った。

「美紗！　わしのペニスをじっくり味わっているか」

「味わっています。奈緒といっしょに御主人さまの太いオチ×チンを、おいしくいただいています……あんむ、ぺろ！」

「おまえはむしろ、口で味わうよりも、別の箇所で味わいたいとウズウズしているんじゃないか」

「あむ、おっしゃるとおりです……淫乱マゾの美紗は、御主人さまの太いオチ×チンをおま×こにいただきたくてウズウズしています」

典夫に水を向けられると、美紗はうわずった声で真情を吐露《とろ》した。淫乱なマゾ奴隷に仕込まれた四十路の熟女はすっかり発情して、ヴァギナを凌辱されたいという情欲に駆り立てられていたのだ。

「ハメてほしいのか」

「ハ、ハメてください！　卑しく発情した牝奴隷のおま×こに、太くて硬いオチ×チンをハメてください」

「奈緒はどうするんだ。母親のおまえがハメられているあいだ、娘は指を咥えて見ていなければならないぞ」

「あ、あの……」

「お父さま！　奈緒にもオチ×チンをハメてください。お母さんの許可をもらいました」

「美紗が許可を？」

「あの、さっき浴室でお尻の穴の洗滌《せんじょう》をしながら、二人で相談して決めました。どうか、御主人さま！　奈緒の処女を奪ってやってください」

「どうしてそういう気になったのだ」

「これから先、マゾ奴隷の親子として二人いっしょに御主人さまにお仕えすることが多くなると思いますが、そのときにオチ×チンを交互にハメていただければ、きっと御主人さまが満足なさると思いまして」

「わしをダシにしているが、本音はおまえたちが愉しみたいのだろう」

「あうっ、お見通しです。二人いっしょにハメてもらえば、お互いの姿やよがり声が刺激になって、一人のとき以上に大きなマゾの興奮を得られると思っています……あの、もちろん、御主人さまもお悦びでしょうし」

「フフフ、どうしてもわしに親子丼を食わせたいようだな」

「会長さま、感心じゃありませんか。きっと、このマゾ牝たちはお浣腸のお仕置きをいっしょにされて、親子ともども会長さまの奴隷として心からお仕えしようと覚悟したんじゃありませんか。親子で恥ずかしい脱糞の一部始終を見られて、ウンチのついたお尻の穴まで会長さまに拭き取ってもらったのですから……どう、美紗？　返事をおし」

「ううっ、調教師さまのおっしゃるとおりです。娘といっしょにお浣腸のお仕置きをされて、私たち親子が御主人さまの奴隷であることを骨身に沁みて思い知りました。奈緒も心の底から御主人さまに服従して、奴隷のお務めをする気になっています。どうか、娘を御主人さまの奴隷として、お尻の穴だけでなく、前の穴もお使いになってくださいませ」

「奈緒からもお願いします。お母さんが太いオチ×チンをおま×こにハメられてよがり泣く様子を、ただ指を咥えて見学しているのではあまりにも酷《むご》いです」

「ということは、ケツの穴専用奴隷を卒業して母親と同等の奴隷になりたいというのだな」

「はい、お母さんと同じように、奈緒のおま×こにもお父さまのオチ×チンをハメて、ヒイヒイとよがり泣きをさせてください」

「御主人さま！　私たち親子を交互に犯して、マゾのよがり泣きを競わせてください。

きっと、御主人さまに悦んでいただきます」

「フフ、それならおまえたちの望みどおり、親子丼を味わってやろう」

典夫は奴隷たちに恩を着せながら内心ほくそ笑んだ。彼の思惑どおり、美紗と奈緒は親子奴隷のコンビとして性器もアヌスも差し出すことになったのだ。彼は処女の味見をする期待感に胸を膨らませながら、ベッドの上で奈緒を四つん這いにした。

2

「美紗！　おまえは奈緒と反対向きになって隣に並べ」

典夫は美紗に命じて彼女を娘の隣に並ばせた。奈緒は典夫に対して尻を向け、美紗は彼に対して顔を向けるというそれぞれの体位であった。

「おまえは母親として、娘の処女喪失に立ち会うんだ。こんなに運のいい母親はどこを探しても見つからないぞ」

「！……」

美紗ははっとした。彼女は自分の娘が処女を奪われる現場に居合わせるのだ。今夜彼女は娘とともに残酷な仕置きをされたり屈従の奴隷奉仕をさせられたりしたが、これから行なわれるのは彼女たちが経験してきたアブノーマルなＳＭ性戯の集大成とも言えるものであった。

「奈緒！　おまえは嘘偽りなく処女か」

典夫は、四つん這いで性器を無防備に曝す少女に向かって厳しく問いかけた。

「しょ、処女です……」

奈緒はビクビクしながら返事をした。

「今まで男の人のオチ×チンをおま×この中に入れられたことは一度もありません」

「美紗！　おまえは母親として奈緒の処女を保証できるか」

「もし、奈緒が処女じゃなかったら、母親のおまえも同罪よ」

典夫が問いかけると、彩華も厳しく念を押した。

「あ、あの……保証します。奈緒は処女です」

「どうして保証できるんだ」

「さっき浴室で『早くお父さまに処女を奪ってほしい。そうすればお母さんのようにヴァギナの快楽を味わえるのに』と言っていましたから」

「よし、では実際に調べてやる」

典夫は奈緒の後ろに膝をつくとペニスを性器にあてがい、亀頭でラビアをかき分けた。

「フフフ、ヌルヌルだな。処女でも男がほしくて発情するのか」

「ああん、発情しています。奈緒はお父さまのオチ×チンがほしくて発情しています。どうか早く、太いオチ×チンで割れ目を奥まで突いてください」

「そらっ！」

「あっ！　あひーん！……ひゃっ、痛ぁーい！」

穴を穿《うが》って太く長いペニスが奥まで貫通すると、奈緒は眉をしかめて悲鳴をあげた。しかし、典夫は彼女の悲鳴をあえて無視し、二度、三度と強烈に突き上げて太いペニスを膣の粘膜にこすりつけた。

そうしておいてからペニスを引き抜き、血管の青く浮き出た肉竿に目をやった。

「うん、血がついているな」

竿の表面にはたしかに血がついていた。淫蜜と混じり合っているため真っ赤というほどではなかったが、間違いなく破瓜《はか》の血であった。

「美紗！　舐めろ」

「は、はい！　あんむ、ぺろ」

美紗は典夫の命令を聞いて、彼女が奈緒と反対向きで隣り合わせに並ばされている理由を悟った。彼女はまさしく奈緒が処女であったことの証人になるために、血のついた生々しいペニスを舐めさせられたのである。

「血の味がするか」

「します！　ぺろ、ぴちゃ、ぺろ」

「奈緒の性器も舐めてやれ。唾液で傷口の痛みが少しは癒されるだろう」

「はい！　奈緒ちゃん……あむ」

美紗はクレヴァスの中に舌を挿し込んで、傷ついた粘膜を丁寧に舐めてやった。かいがいしく行なう性器クンニリングスは破瓜の出血をした娘をいたわっているかのようであった。

「おまえの保証したとおり、奈緒は処女だったな」

典夫は満足そうに言った。

「はい、御主人さまに処女の娘を差し出すことができて、ほっとしています」

「だが、わしはおまえの娘を奴隷にして処女を奪ったのだぞ。わしのような残虐な支配者に娘を差し出して悔いが残らないのか」

「御主人さまが残酷な性質で、奴隷を暴力的に犯すことは、自分の経験からじゅうぶん承知しています。でも、マゾの悦びを知った牝奴隷美紗にとって、お仕置きのあとで御主人さまの凶暴なオチ×チンに犯される悦びと興奮は何ものにも代えがたいです。今夜娘といっしょにお仕置きを受けて、奈緒もすっかりマゾ奴隷に躾けられたことを知りました。ですから、この際御主人さまに処女を奪っていただけば、お屋敷で生活する奈緒に新たな悦びがつけ加わると思ったのです。奈緒もきっと同じ考えでしょう」

「奈緒、わしに処女を奪われて後悔していないか」

「していません。アナル専用奴隷から両方の穴の奴隷にしてもらって、とても嬉しいです」

「まだ痛みはあるか」

「少しヒリヒリしていますが、きっと我慢できます」

「では、おまえたちの望みどおり親子丼のセックスをしてやろう……美紗！　おまえも四つん這いになって奈緒の上に重なれ」

典夫は奴隷の親子に向かって体位を指示した。ベッドの上で四つん這いになっている奈緒の肘を曲げて体を低くさせ、その背中の上に美紗の肉体を重ならせるのであった。美紗は四つん這いといっても膝を「く」の字にしてベッドから浮かせ、両手を奈緒の肩に置くという体位であった。

「フフフ、淫乱熟女と発情娘の重ね餅だな。どちらもいやらしさたっぷりの性器とケツの穴を曝しているぞ」

典夫は奴隷たちの後ろ姿に目を凝らして上機嫌に声をかけた。

「うん？　美紗は早くもケツを振りはじめたな。ほしくてたまらないといった風情《ふぜい》じゃないか」

「おっしゃるとおりです、御主人さま！　淫乱牝の美紗はさっきからずっとお預けをさせられて、おま×こからおつゆを垂らしながら太いオチ×チンを待ちわびています。どうか早く、マゾ牝奴隷のおま×こに逞しい肉棒をハメて、ヒイヒイとよがり声をあげさせてください」

美紗は重ね餅の上段でヒクヒクと尻をくねらせて典夫の情欲を挑発し、卑屈な語句でセックスをねだった。剝き出しとなっている尻の中心ではアンバーに色づくアヌスとともに淫蜜にまみれた性器がパイパンの媚肉を妖しげにうごめかせ、熟れた女体の魅力を遺憾なく発揮していた。

「よし、存分によがって、下にいる奈緒を羨ましがらせてやれ」

典夫は中腰になってペニスを彼女の性器にあてがい、亀頭でラビアをかき分けながらズブリとヴァギナに侵入させた。

「あ……ああっ、あん！　太いのをハメられますぅ」

ペニスが狭隘な膣壁を押し拡げながら深く侵入してくると、美紗は双臀をブルッと震わせて掠れた嬌声をあげた。

「うひひっ、うひひーん！……ああっ、硬いオチ×チンに粘膜をゴリゴリこすられるぅ」

「うむ、ペニスが動くたびに、温かい肉がぎゅっと締めつけてくるぞ……うーむ、ホカホカの餡饅《あんまん》に包まれているような快感だ」

典夫は膣の感触を肉竿全体で味わうかのようにゆっくりと腰を動かした。しかし、その動きはギヤをローに入れたエンジンのように重厚なトルクがあり、ペニスが子宮にまで達するとズシンという衝撃を粘膜に生じさせた。

「あん、あひっ！……あっあっ、あひーん！」

「美紗をハメてやるのは久しぶりだが、よほどペニスに飢えているとみえて、娘の手前も憚《はばか》らず卑しい泣き声をあげるじゃないか。母親として恥ずかしくないのか」

「ひいっ、あひいっ！　恥ずかしいけれど、娘に聞かれてかえって興奮するんです。奈緒は私と奴隷のコンビを組むかけがえのないパートナーです。奈緒がいるから私が興奮し、私がいるから奈緒が興奮するのです。今こうしているように私が御主人さまのオチ×チンにおま×こをこすられてヒイヒイよがり泣きをすると、奈緒も自分のことのように興奮してくれます……奈緒ちゃん！　どうか、少しのあいだ我慢していてちょうだいね。きっとすぐ御主人さまが太いオチ×チンをハメなおしてくださるから」

「だいじょうぶよ、お母さん。待っているあいだにお母さんのよがり泣きを聞くと、どんどん興奮してきて、期待が高まっていくから」

「ありがとう奈緒ちゃん……ひぃーん、おま×こがゾクゾクと感じますぅ！　ああっ、奈緒ちゃんに卑しい泣き声を聞かれると、どうしようもなく気分が昂ってしまう」

「奈緒にハメてやると『お父さまの凶暴なオチ×チンにお仕置きをされます』と言って、狂ったようにマゾ泣きをするぞ。奈緒にとって、ペニスの凌辱は淫乱な肉体を懲らしめる仕置きであって、さらにその仕置きがマゾの快楽の種になるというわけだ。おまえもわしのペニスに仕置きをされていると感じるか」

「感じます！　マゾ奴隷の美紗は、御主人さまの凶暴なオチ×チンにおま×こをお仕置きされて、ヒイヒイとマゾよがりをしています」

「フフフ、それっ！」

「あひいっ、あひぃーん！　子宮にズシンと響きますぅ」

典夫は美紗の子宮を数十回突き上げたが、夢中になって快楽を貪る彼女にはほんの一瞬の出来事のようにしか感じられなかった。

「よし、今度はおまえに奈緒のよがり泣きを聞かせてやろう」

典夫は美紗との結合を解くと、淫蜜にまみれた肉竿をそのまま奈緒のヴァギナに入れなおした。

「ほら、母親のマンづゆがべっとりついたペニスだから、ヌルッと入っていくだろう」

「あひっ、嬉しい！　ああん、硬い肉棒におま×この壁をえぐられますぅ」

「まだ痛いか」

「もう痛くありません。お母さんにしてやったように、お父さまの太いオチ×チンで奈緒をお仕置きしてください」

「凶暴になってもいいんだな」

「ああっ、うんと凶暴になってください。凶暴なオチ×チンでマゾ奴隷奈緒のおま×こを思いきりお仕置きして、お母さんに負けないくらいのよがり泣きをさせてください」

奈緒は典夫に向かってうわずった声で懇願した。美紗が言ったように親子の奴隷は切っても切れぬ絆《きずな》で結ばれていたのである。互いのうちにライバル心や嫉妬心があったとしても、それ以上に相手の存在が性的興奮を高め合うのであった。まさに、美紗にとって奈緒は、また奈緒にとって美紗はかけがいのないパートナーだったのである。

「フフフ、感心な娘だ。望みどおり凶暴なペニスでうんと懲らしめてやろう」

「あっ？　わひゃっ……ひん、ひん、ひぃーん！」

典夫が腰を力強くスイングすると、カリ高の太いペニスは狭隘な膣をえぐって少女にマゾヒスティックな悲鳴をあげさせた。

奈緒は処女膜を破られたばかりであるがすでに傷の痛みは癒え、代わりに粘膜をこするペニスの圧迫感と子宮を突きあげる亀頭の衝撃が彼女にめくるめくような眩暈《めまい》を覚えさせた。

彼女はヴァギナの快感を確実に覚えていったのだ。もっとも、マゾ奴隷にとっての快感とは苦痛と切っても切り離されぬものであったが……。

「ひーん！　オチ×チンが太すぎて、膣がヒリヒリしますぅ……あひひーん！　今度はオチ×チンが長すぎて、子宮にズシンと突き刺さりますぅ……ひぃーん、お母さん！　助けてぇ」

「奈緒ちゃん、しっかりして！　お母さん、ここにいるから」

重ね餅で奈緒の肉体の上に覆い被さった美紗は、自分と同じ奴隷の境遇にある娘の手をぎゅっと握って懸命に励ました。

「御主人さまは奈緒ちゃんの素質を見抜いているからこそ、凶暴なオチ×チンでお仕置きをしてくださっているのよ。奈緒ちゃんはマゾだから、お仕置きをされるといっそう濡れてくるでしょう。私も奈緒ちゃんがお仕置きされる様子を肌で感じて、奈緒ちゃんと同じようにおま×こからおつゆをいっぱい垂らしてしまったわ」

「ひいっ、わかりました！　奈緒はきっとお仕置きに耐えます。お仕置きの最中にいっぱいマゾ泣きをして、お父さまに悦んでもらいます……ひっ、ひーん、お父さまぁ！」

「フフフ……」

典夫は心の底から込み上げてくる愉悦と勝利感に酔いしれた。美紗と奈緒という美人親子を奴隷として交互に犯す悦びは言葉に尽くせぬほど大きかった。

彼はペニスを少女のヴァギナに送り込みながら、近い将来美紗も屋敷に住まわせようと思うのだった。

◉新人作品**大募集**◉

マドンナメイト編集部では、意欲あふれる新人作品を常時募集しております。採用された作品は、本人通知のうえ当文庫より出版されることになります。

【応募要項】 未発表作品に限る。四〇〇字詰原稿用紙換算で三〇〇枚以上四〇〇枚以内。必ず梗概をお書き添えのうえ、名前・住所・電話番号を明記してお送り下さい。なお、採否にかかわらず原稿は返却いたしません。また、電話でのお問い合せはご遠慮下さい。

【送付先】 〒一〇一‐八四〇五 東京都千代田区神田三崎町二‐一八‐一一 マドンナ社編集部 新人作品募集係

母娘奴隷《おやこどれい》 魔《ま》のダブル肛虐調教《のだぶるこうぎゃくちょうきょう》

二〇二一年六月十日 初版発行

著者◉深山幽谷【みやま・ゆうこく】

発行◉マドンナ社
発売◉二見書房
東京都千代田区神田三崎町二‐一八‐一一
電話 〇三‐三五一五‐二三一一（代表）
郵便振替 〇〇一七〇‐四‐二六三九

印刷◉株式会社堀内印刷所 製本◉株式会社村上製本所 落丁・乱丁本はお取替えいたします。定価は、カバーに表示してあります。

ISBN978-4-576-21071-1◉Printed in Japan◉©Y.miyama 2021

マドンナメイトが楽しめる！ マドンナ社 **電子出版**（インターネット）……https://madonna.futami.co.jp/

Madonna Mate